아시아 생태설화

아시아 생태설화

—

기후위기 시대,
옛이야기에서 발견한 공생의 삶

권혁래 지음

책과함께

Asian Ecological Folktales

—

A Life of Symbiosis Discovered in Old Stories in the Era of Climate Crisis

Kwon, Hyeok Rae

이 책의 최종원고를 제출하면서 연구에 직접적인 도움을 주신 몇 분의 이름을 떠올리며 감사인사를 전한다. 식민지 설화에서 생태문학 주제에 눈을 돌릴 수 있도록 영감을 주신 일본 도쿄가쿠게이대학東京學藝大學의 이시이 마사미石井正己 명예교수님께 감사드린다. 이시이 교수는 일본에서 1923년 관동대지진을 제재로 한 재난문학, 옛이야기와 환경문학 등을 주제로 해 왕성한 연구와 강연활동을 하고 있다. 필자는 2019년 8월 한국에서 열린 학술대회에서 처음 소개받은 인연을 계기로, 이시이 교수와 연락을 주고받으며 생태문학 연구를 진행하고 있다. 교수님을 통해 생태문학을 비롯해, 한일 협력연구를 지속할 수 있기를 바란다.

　2017년부터 함께 한 일본어 자료 강독세미나를 통해 다양한 아시아 설화를 읽고 다양한 주제에 대해 토론해주신 숭실대 일문과 조은애 교수님께 감사드린다. 조은애 교수님이 아니었으면 일본어로 된 방대한 설화 자료는 읽어볼 엄두도 내지 못했을 것이다. 이 책 구석구석에 선생님의 조언과 혜안에 도움 얻어 쓴 내용이 얼마나 많은지 감사의 글을 쓰며 떠올린다.

2019년부터 2022년까지 3년간 한국연구재단 지원사업의 연구보조원으로 일하면서 인도네시아 생태설화를 찾고 번역 작업을 도와준 마가렛 테레시아Margareth Theresia(경희대 국문과 박사과정 수료) 선생께 감사드린다. 마가렛 선생의 성실한 도움 덕분에 인도네시아 설화와 문화에 대해 자료를 조사 번역하고 연구논문을 작성할 수 있었다.

이 책을 쓸 기회를 제공해주시고, 최종원고를 내기까지 긴 시간을 기다려주신 아모레퍼시픽문화재단에 깊이 감사드린다.

2025년 1월
용인대 연구실에서
권혁래

Acknowledgements

As I submit the final manuscript of this book, I would like to express my gratitude to a few individuals who have directly assisted my research. I extend my heartfelt thanks to Professor Masami Ishii(石井正己), Emeritus Professor at Tokyo Gakugei University, who inspired me to turn my attention to the themes of ecological literature in colonial folktales. Professor Ishii has been actively engaged in research and lectures on disaster literature, traditional tales, and environmental literature, particularly in relation to the Great Kanto Earthquake of 1923. I first met Professor Ishii at a conference held in Korea in August 2019, which initiated our correspondence and allowed me to pursue research in ecological literature. I hope to continue collaborative research in ecological literature, as well as in Korea-Japan cooperation, through his guidance.

I would like to express my gratitude to Professor Eun-Ae Cho from the Department of Japanese Literature at Soongsil University, who has guided us since 2017 in reading various Asian folktales and facilitated discussions on a wide range of topics through the Japanese literature reading seminar we have shared together. Without Professor Cho's guidance, I would not have dared to tackle the vast collection of folktale materials in Japanese. Writing this note of thanks, I am reminded of just how much of the content in this book was enriched by her insightful advice and wisdom.

I am also deeply grateful to Margareth Theresia(PhD candidate in the Department of Korean Literature at Kyung Hee University) for her assistance in locating and translating Indonesian ecological folktales while working as a research assistant for the National Research Foundation of Korea's funded project from 2019 to 2022. Thanks to her dedicated assistance, I was able to delve into Indonesian folktales and culture in depth and compose a research paper on the topic.

Lastly, I extend my heartfelt thanks to the Amore Pacific Foundation, which offered me the opportunity to write this book and waited patiently throughout the lengthy process of completing the final manuscript.

January, 2025
In the office at Yong In University,
Kwon, Hyeok Rae

서장

이 책은 아시아 각국의 생태설화 작품을 발굴·소개하고, 흥미로운 서사를 비교분석하며, 오늘날 생태위기의 현실에서 의미 있다고 생각한 생태의식 및 생태미학에 대해 쓴 것이다. 필자는 2020년 코로나19 바이러스 감염병의 대유행이 시작되기 얼마 전부터 생태문학이라는 주제에 관심을 갖게 되었다. 그리고 아시아 몇 나라의 설화 작품을 강독하고 자료를 조사해오던 가운데 생태를 주제로 한 아시아 설화들을 발견하고 생태문학, 생태설화라는 범주를 정해 글을 쓰기 시작했다. 이 책은 오늘날 기후위기와 생태환경 파괴가 심각해짐을 실감하면서, 문학 연구자로서 2020~2024년까지 5년간의 연구를 통해 기후위기에 대응하려는 활동의 한 결과물이다.

오늘날 우리가 사는 세계는 인구팽창, 식량부족, 환경오염과 함께 지진·해일·홍수·산불·집중호우·폭염 등의 기후위기, 그리고 코로나19 바이러스와 같은 전염병의 전 지구적 확산으로 심각한 생태계 위기를 겪고 있다. 지구생태계 파괴는 인간뿐 아니라 동·식물에도 심각한 위협이 된다. 이러한 지구생태 위기에 대응하는 시도로서 다양한 생태학적 진단과 처방이 이뤄지고 있다. 생태학은 생물과 그 환경 사이의 작용, 반작용, 상호작용을 연구하는 학문으로, 20세기 후반 이후 중요한 분야로 부각되었다.

생태학은 환경과 생태계 위기가 어디에서 연원하는가를 분석하고 비판할 뿐 아니라, 위기 극복 방안을 탐구하는 학문이다. 생태학의 문제의식은 다른 학문 분과에도 많은 영향을 미치며 파생학문 개념을 낳고 있다. 최근 몇 년간의 연구 동향을 보아도, 생태복지학, 생태교육(철학), 생태유아교육, 생태비평 및 생태글쓰기, 생태체육교육, 생태여성신학 등 각 분과 학문에서 생태학의 문제의식을 접목한 개념이 발견된다. 또한 지구법학, 인류세와 미술, 친환경디자인, 생태적 패키지 디자인, 장례절차와 생태미학적 디자인, 생태관광과 에코뮤지엄, 포스트휴먼 시대의 한국어교육, 생태시민성Ecological Citizenship 함양과 영어교육, 생태연극-에코드라마터지Ecodramaturgy, 비판적 포스트휴머니즘 등 생태학적 세계관 및 방법론을 적용한 주제의 연구 결과가 수백 편씩 쏟아져 나오고 있다. 이러한 현상은 일시적 유행 같은 것일 수도 있지만, 오늘날 기후위기와 코로나19 바이러스 팬데믹에 위기의식을 느끼고 전 사회, 전 학문 영역에서 생태중심주의, 친환경적 삶, 포스트휴먼의 가치를 실현·적용하려는 행동이 이뤄지고 있음을 보여준다.

문학 분야에서는 생태문학과 문학생태학의 방향에서 연구가 촉진되고 있으며, 연관하여 환경문학, 재난문학, 질병문학, 포스트휴먼, 파국과 디스토피아 등의 개념도 연구 주제로 부각되고 있다. 생태문학이 생태의식을 일깨우고 생태학적 세계관을 보여주는 문학작품이라면, 문학생태학은 문학과 환경, 지구생태계 보전을 위한 문학의 과제와 역할을 연구하는 학문을 말한다.[2] 생태문학은 본질적으로 인간과 자연의 어긋난 관계를 문제시하며, 인간과 자연의 조화·공존을 지향한다는 인식, 실천적 방향을 제시해야 한다는 기준 또는 기대치가 전제되어 있다. 생태학이 과학적 연구 방법을 통해 생태계의 관계 및 유지에 관해 연구하듯, 생태문학에 대한 연구도 이에 걸맞은 문제의식 및 현재의 생태계에 관한 실천적 연구 결과를 제시해야 할 것이다. 이러한 요구는 전근대 문학 작품을 연구할 때에도 동일하게 적용된다. 1990년대 말부터 한국의 전통적인 자연관, 동물성 인식을 제재로 한 연구논저가 발표되었는데, 작가가 특정한 동·식물이나 자연을 애호愛好하는 것을 넘어, 동물 살육 및 자연훼손 행위에 대해 반성하는 시각이나 비판적으로 사고하는 점이 보이지 않는 작품까지 생태문학 범주에 넣어 연구하는 것은 문제가 있다.[3]

필자는 이 책에서 아시아 설화에서의 생태적 제재를 연구 주제로, 생태설화를 발굴하여 소개하고 서사를 비교분석했으며, 작품에 담긴 생태의식을 분석하며 환경 문제에 어떻게 대응할 것인지에 대해 논의했다. 아시아 생태설화의 읽기와 연구를 통해 재난과 인간존중정신, 재난과 생태적 삶, 생태계 회복의 문제, 생명존중정신, 인간과 야생동물의 공존 문제, 결혼이주여성들의 이주와 적응의 문제 등의 개념과 현재적 의미에 대해 독자들과 같이 생각해볼 수 있기를 바란다.

이 책은 '서장, 8개 장의 본문, 종장' 체제로 구성되어 있다. 각 장의 핵심 개념과 내용, 논의의 방향에 대해 소개하면 다음과 같다.

1장에서는 문학생태학의 관점에서 아시아 설화 연구 동향을 살펴보았다. 문학생태학의 연구 관점은 글쓰기 및 문학 연구를 통해 재난과 자연친화적 삶에 대해 성찰하며 인간과 동물·자연이 공존할 수 있는 삶, 정주민과 이주민 간의 공생하는 삶이 가능한지를 탐색하는 것이다. 이러한 관점에서의 설화 연구는 설화에 나타난 재난과 생태적 삶, 인간과 동물, 인간과 자연의 관계에 대한 생태적 사유, 동물보은담 등을 주제로 진행되고 있다. 설화 연구는 생태문학 관점에서 한국뿐 아니라 아시아의 전근대 문학 작품을 발굴하고, 연구와 번역·출판을 통해 아시아인이 텍스트를 공유하며 상호소통 및 평화, 자연파괴 및 재해 예방에 기여할 현실적 방안을 찾을 필요가 있다.

2장에서는 '인간과 자연의 화해 추구'라는 생태미학 관점에 대해 논하고, 아시아 생태설화의 제재와 연구 방향 및 과제에 대해 전망했다. 아시아 학계의 문학생태학 연구자들은 한국을 비롯한 아시아의 사회정치 및 생태적·과학적 현실을 더욱 민감하게 인식하고, 전통적 설화 및 경험담, 현대구전설화 텍스트의 해석을 현재적 사건 및 미래에 대한 전망과 연결 짓는 태도가 필요하다. 이를 통해 현재의 지구환경 및 생태 문제의 인식과 해결 방안을 제시하는 데에도 힘을 기울여야 한다.

3장에서는 17세기 재난문학 『어우야담』에 기술된 설화를 바탕으로 16~17세기 조선의 재난 상황과 인식 태도를 살피고, 재난 상황에서 발휘된 인간존중정신에 대해 고찰했다. 『어우야담』에는 전란, 표류, 역병, 수해, 가뭄, 하늘과 땅의 이상 징후를 제재로 한 재난담 20여 편이 수록되어 있다. 유몽인은 1592년 임진왜란부터 1619년 심하전투에 이르기까지 전란으로 인해 죽은 사민士民을 애도하고, 포로생활 및 망명인·표류민의 유랑과 가족이산의 고통을 서사화했다. 『어우야담』 재난설화에 그려진 전란과 기근, 전염병의 극심한 재난 상황에서 인간존중정신이 어떻게 나타나는지 주목할 필요가 있다.

4장에서는 인도네시아 설화집에 수록된 20여 편의 작품을 통해 재난의 의미, 인도네시아 민중이 생각하는 생태적 삶에 대해 살펴보았다. 인도네시아 설화에서 생태적 제재의 작품은 크게 홍수·가뭄 관련 이야기, 열대 우기 지역에 사는 사람들이 좀더 힘들어하는 피부병 및 질병 관련 이야기, 자연친화적 삶을 형상화하거나 전쟁을 피하고 평화로운 삶을 희구하는 이야기들이 풍부한 편이다. 이러한 이야기들을 통해 재난과 생태적 삶에 대해 소통하며, 21세기 기후위기 대응방안에 대해 생각해볼 수 있을 것이다.

5장에서는 한국과 일본, 인도네시아, 필리핀 등 4개국 여섯 개의 설화집에서 발견한 11편의 생태설화를 분석하며 재난의 양상과 생태의식에 대해 살펴보았다. 설화 작품들에는 인간의 선행과 동물의 보은이 교환관계를 이룬다는 인식부터 살생의 반성 및 생명존중정신, 인과응보 의식까지 비교적 다양한 생태의식이 발견된다. 작품들을 읽으며 설화에 나타난 생명존중 또는 파국의 서사를 재인식하며 오늘날 생태위기의 현실에서 동물과 자연, 지구생태계에 대한 이해를 넓히고, 활용방안을 찾는 것은 흥미로울 것이다.

6장에서는 인도네시아의 〈황금수박〉, 한국의 〈놀부와 흥부〉, 일본의 〈허리 부러진 참새〉 등 아시아 6개국의 설화에서 선악형제담을 발굴하여 소개하고, 서사를 비교분석했다. 선악형제담에서는 착한 동생이 다친 새를 치료해주었다가 새의 보은으로 얻은 열매에서 금·은 등의 보화가 생겨 부자가 되며, 욕심 많은 형은 동생을 따라 했다가 실패한다는 서사를 통해 권선징악 및 인과응보의 교훈이 표현된다. 아시아 각국의 선악형제담을 발굴해 주제별로 비교연구하는 작업은 흥미로울 것이다. 설화 각 편에서 파악되는 문화요소와 문화상징은 선악관념과 함께, 아시아 문화를 이해하고 소통하는 문화 코드로 활용될 것이다.

7장에서는 한·중·일 동물보은담을 비교분석하고 인간과 야생동물의 공존 문제에 대해 다양한 방식으로 생각을 전개했다. 동물보은담은 본질적으로 인간-동물이 선의적 관계를 형성할 수 있다는 전제 위에서, 인간과 야생동물의 우호적 관계 및 공생·공존 관계가 가능한지를 탐색하는 이야기다. 필자는 설화를 분석하면서 동물에 대한 연민의 정서, 생명, 동물에 대한 예의와 복지 등에 대해 생각해보려고 했다. 아시아 동물보은담의 성찰을 통해 이 지구공동체에서 인간과 야생동물이 공존하고 자연환경을 보존하며 공생하는 원리에 대해 생각해볼 수 있기를 기대한다.

8장에서는 동남아 출신 결혼이주여성들의 한국 이주 경험담을 분석하고, 이들의 한국 이주 과정에서 발생한 환경변화와 문화적응 과정을 살펴보았다. 또한 결혼이주여성들의 삶에 대한 생태적 인식과 지원의 방향에 대해 환대와 상호문화주의의 시각에서 논의를 전개했다. 이주 경험담을 통해 우리는 이주민들의 이주 과정과 새로운 환경에 대한 적응, 이주민과 정주민의 갈등과 상호이해에 대해 생각해볼 수 있을 것이다.

종장에서는 포스트코로나 시대에 '기후위기 해결'이라는 과제에 대해, '공생의 인문학' 개념으로 생태주의에 기반해 인문학의 범주와 핵심개념을 재정립하고, 이에 바탕하여 분과학문별로 융합적 실천·활용 방향을 탐구하자고 제안했다. 우리는 아시아의 옛이야기를 통해 자연과 생태적 삶, 공생의 정신, 화해와 소통, 평화의 정신에 대해 상상하며 지구공동체 구성원들의 연대 방안을 상상하게 될 것이다.

이 책의 본문 원고는 필자가 쓴 아래 목록의 논문을 바탕으로 집필했으며, 이 책을 쓰면서 선행 연구의 구성과 본문 내용을 전체적으로 고쳐 썼음을 밝힌다.

1장: 「동아시아 옛이야기 연구 방법론으로써의 환경문학-생태문학론 검토: 최근 연구 동향 분석을 중심으로」, 『동아시아고대학』 57, 2020.03.

2장: 「인간과 자연의 화해를 위한 아시아 생태설화 연구」, 『동아시아고대학』 73, 2024.03.

3장: 「17세기 재난문학 『어우야담』을 통해 보는 재난 상황과 인간존중 정신」, 『동아시아고대학』 61, 2021.03.

4장: 「인도네시아 옛이야기를 통해 생각하는 재난과 생태적 삶, 공생의 인문학」, 『열상고전연구』 76, 2022.02.

5장: 「아시아 4개국 생태설화에 나타난 생태의식 연구: 한·일·인니·필 설화집을 대상으로」, 『스토리앤이미지텔링』 21, 2021.06.

6장: 「아시아 선악형제담 비교연구: '놀부와 흥부'·'황금수박' 유형을 대상으로」, 『열상고전연구』 72, 2020.10.

7장: 「한·중·일 동물보은담의 생태의식과 공생의 인문학」, 『동아시아고대학』 67, 2022.09.

8장: 「동남아 출신 결혼이주여성의 한국 이주 경험담 연구」, 『우리문학연구』 80, 2023.10.

차례

1장

아시아 설화 연구 동향과
문학생태학

I. 아시아 설화의 연구시각

설화는 한 나라의 기층문화, 정서, 가치관, 생활사, 민속 등을 보여주는 문화자료다. 설화는 신화·전설·민담의 장르로 하위분류되는데, 이 책에서는 주로 민담을 연구 대상으로 할 것이다. 민담은 19세기 말엽부터 20세기 후반에 이르기까지 아시아 각국에서 조사·출판되었다. 민담과 비슷한 용어 및 외국어로는 옛이야기, 동화·전래동화, folktale, fairy tale, old story, tale, 무카시바나시昔話, 민간고사民間故事 등이 있다. 여기에 20세기 후반 이래 조사·보고된 현대의 구전설화 가운데 경험담을 연구 대상에 포함시켰다.

설화, 좀더 한정한 범주인 민담은 평범한 사람들의 생활과 꿈, 욕망과 웃음, 세계관과 윤리의식 등이 잘 표현된 구비문학 장르다. 민담은 한 인간 집단의 생활과 문화를 잘 보여줄 뿐 아니라, 인간과 세계, 인간과 자연 및 인간과 동물에 대한 생각도 잘 보여주기 때문에 문화인류학 분야에서도 중요한 연구 자료로 삼고 있다. 21세기 한국의 다문화 환경에서 설화는 다양한 인종 및 민족 집단 간의 상호존중과 이해에 기여할 수 있다. 나아가 이주와 문화·경제 교류가 활발하게 이뤄지고 있는 아시아 사회에서 각 나라의 사람들끼리, 그리고 정주민과 이주민 간의 상호소통과 공생의식을 높이는 데 활용될 것으로 기대된다.

아시아 설화에 대한 연구는 크게 네 가지 연구 경향을 보이는데, 첫째, 비교문학적 관점, 둘째, 탈식민주의 관점, 셋째, 다문화주의 관점, 넷째, 문학생태학 관점이다. 비교문학적 관점은 아시아 국가 간 설화의 기원과 전파, 설화 화형話型 및 주제의 유사점과 차이, 변이 등을 비교 연구하는 관점이다. 아시아 각국에서 이 연구의 관점에서 이뤄진 많은 연구는 한국·중국·일본·몽골·베트남·인도네시아·타이 등 아시아 국가들의 설화 간에 공통적이거나 유사한 점을 발견하고 그 기원과 영향 관계, 설화에 내재된 사상을 밝히거나 친연성의 이유를 해명하는 데 많은 공력을 기울여왔다. 다른 한편으로는, 각국 설화의 비슷하면서도 차이 나는 지점을 향유층의 문화의식이나 역사적 배경 면에서 연구해왔다.

탈식민주의 관점은 설화 연구를 할 때 '민족'과 '근대', 그리고 '제국주의적 문학 연구'의 시각을 비판하고 과거 식민지였던 나라들의 '민족문화 회복'을 강조하는 관점이다.* 이는 포스트콜로니얼리즘post-colonialism, 곧 '탈식민주의' 또는 '후기 식민주의'로 번역되는 문화이론과 연관하여 설명되고 있다.** 아시아 각국의 설화는 대부분 19세기 말부

---

* 최원식은 한국문학 연구가 '민족'과 '근대', '제국'을 넘어서는 새로운 연구 방향으로 나아가야 함을 주장했다. 이에 대해서는 최원식의 『민족문학의 논리』(창작과비평사, 1982), 『제국 이후의 동아시아』(창비, 2009)를 참조할 것. 설화 연구에서 탈식민주의적 관점은 2000년 초반부터 시도된 것으로 파악된다.

** 포스트콜로니얼리즘은 식민지와 제국주의의 특수한 경험이 생산되고 수용되는 역사적이며 국가적인 맥락들과 얽혀 있다. 탈식민주의 관점의 문화 연구는 제국주의적 시각에 의해 식민지국가의 문화가 저열하게 판단되고 특정한 시각에 의해 자료가 편집·재단된 점을 비판하며, 독립 국가로서의 문화적 정체성을 되찾고 세계 체제에 걸맞은 자기 위상을 세우려는 연구 관점이다.

터 20세기 전반기에 이르기까지 서양 제국이나 일본의 정부 관료, 선교사 및 민간인들에 의해 조사·출판되기 시작했다. 제국에서 파견된 위 조사자들은 대개 식민 통치를 받고 있는 나라의 문화적 특성과 민족의 심성을 파악하려는 목적에서 설화를 조사했다. 타이완, 한국, 중국, 베트남 등의 경우, 20세기 전반기 제국 출신의 외부인에 의해 조사된 설화에는 오리엔탈리즘의 시각이 작동하며 원주민들의 문화를 저열하게 바라보는 시각이 내재되어 있을 것이라고 의심받는 경우가 적지 않다. 탈식민주의 관점의 설화 연구는 식민 지배를 받은 아시아 국가와 민족들이 외부인의 관점에서 부정적으로 인식·수집된 설화 자료를 비판적으로 분석하고 내재적 관점에서 설화를 조사·분석하며 민족문화의 정체성을 재발견하고자 하는 움직임이다. 아시아 국가들은 타이를 제외하면, 대부분 제국-식민지 체제를 경험했으므로 한국·중국·일본의 동아시아, 수백 년간의 식민 지배를 경험한 동남아 국가의 설화 연구 등에 이러한 연구 방법을 적용할 수 있다.[*]

다문화주의 관점이란 한국에 도래한 다문화사회 및 한국-아시아

---

[*] 일례로, 조선총독부는 1910년대에 한국의 전설·민담을 조사해 『조선동화집』(1924)을 간행해 식민지교육에 활용했다. 일본 군부는 1940년대 초 태평양전쟁을 일으킨 후 그들이 점령한 인도네시아, 말레이시아, 베트남, 필리핀 등 6개국의 민담을 조사해 1942~1944년에 걸쳐 '대동아권동화총서(大東亞圈童話叢書)'(전6권)을 간행해 일본 아동의 교육에 활용했다. 네덜란드, 스페인·미국 등으로부터 350년이 넘는 기간 동안 식민 지배를 받은 인도네시아나 필리핀의 경우도 이러한 양상은 유사하게 나타난다. 아시아 각국은 20세기 후반 이래 정치·경제뿐 아니라, 문학·문화·교육 면에서 식민지의 역사적 잔재를 극복하고 문화적 정체성을 회복하려는 노력을 지속적으로 해오고 있다. 이에 대해서는 이시이 마사미(石井正己)의 「帝國主義·植民地主義と昔話研究」(『昔話: 研究と資料』 43, 東京: 三弥井書店, 2015), 권혁래의 「대동아권동화총서'에 나타난 제국의 시각과 아시아 전래동화총서의 면모」(『열상고전연구』 61, 2018) 등을 참조할 것.

국가들과의 교류 상황에 바탕해 아시아 설화를 연구하자는 관점이다. 1990년대 중반 이후 아시아계 이주민 및 다문화가정이 급속도로 증가하면서, 2007~2008년부터 한국 초등교육학계에서는 '다문화교육'에 대한 학위논문 지도와 결혼이주민들이 참여하는 '다문화·이중어강사 과정'이 시작된 것으로 파악된다. 2010년을 전후해 다문화동화라는 이름으로 아시아 설화가 출판·보급되고 있다. 10종가량 발간된 다문화 동화집에는 아시아 국가의 작품들이 90퍼센트 이상 수록되었는데, 이 작품들은 '이주민들이 한국에 안고 들어온 글로컬 문학'이라 할 수 있다.[1] 2010년대 이후 조사된 결혼이주민들의 이주 경험담은 현대구전설화로 인식·분류되고 있다. 현재 한국 사회에서 한국의 설화, 그리고 아시아 설화, 이주 경험담 등은 우리 사회에 이미 실현되고 있는 다문화 사회를 물적 토대로, 다문화가족 및 그 자녀들과의 소통, 다문화교육, 상호문화주의와 환대 등의 주제에서 논의되고 있다.[2] 이러한 관점의 설화 연구는 20세기 전반기 일본에서의 아시아 설화 연구나 20세기 후반 이후 진행되고 있는 비교문학적 관점에서의 연구와는 큰 차이가 있어 아시아인의 소통과 새로운 관계 형성에 기여할 것으로 기대된다.

　문학생태학 관점은 글쓰기 및 문학 연구를 통해 재난과 자연친화적 삶에 대해 성찰하며 인간과 동물·자연이 공존할 수 있는 삶, 정주민과 이주민들 간이 공생하는 삶이 어떻게 이뤄질 수 있을지를 관찰하고 방향을 제시하는 시각이다. 이러한 관점에서의 설화 연구는 설화에 나타난 재난과 생태적 삶, 인간과 동물, 인간과 자연의 관계에 대한 생태적 사유,[3] 동물보은담 등을 주제로 진행되고 있다. 최근 한국, 일본, 중국, 베트남 등 동아시아 학계에서는 학술대회 및 연구논저를 통해 '환경, 재해, 생태, 질병'이란 주제에 대해 연대하며 비교적 활발한 연구 활동이 전개되고 있다. 이에 대해서는 II절에서 좀더 알아보기로 한다.

II. 문학생태학 관점에서의 아시아 설화 연구 동향

1. 아시아에 일어나고 있는 환경문학론과 생태문학론

최근 한국을 중심으로 일본, 중국 등지에서는 환경문학 및 생태문학 관점에서의 설화가 눈에 띄게 증가하고 있다. 이러한 설화 연구 방법이 아시아의 어떠한 사회정치적 모순을 드러내고 어떠한 문학적 해결 방식을 제시하는지 살펴보자.

환경문학은 인간을 둘러싸고 있는 자연, 사회를 환경에 포함시키고, 오늘날 지구상의 환경파괴를 기술문명에 의해 극복할 수 있다는 전망을 담보한다. 이 용어에는 인간의 기술을 통해 자연을 조정, 지배하려는 인간중심적 사고가 있다. 생태문학은 이를 부정하고, 인간과 자연이 하나의 생명체라는 인식과 더불어 상호 간 소통과 침투를 전제하고, 인간과 자연생태계의 동시적인 생존을 도모한다.[4] 환경문학과 생태문학은 자연과 인간의 관계를 다룬다는 점에서 유사점이 있지만, 환경문학이 환경오염 및 환경보호 등 환경 문제를 다루는 데 반해, 생태문학은 생태학적 인식을 바탕으로 자연과 인간의 문제를 성찰한다는 점에서 구별된다. 환경문학이 환경오염이나 자연파괴의 실상을 문제 삼고 그에 대한 비판이나 절망을 표현한 문학이라면, 생태문학은 생태학적 인식을 바탕으로 자연친화적 삶을 추구하는 문학이라 말할 수 있다.[5] 김욱동은 생태문학을 생태의식을 일깨우고 생태학적 세계관을 보여주는 문학이라고 정의했다.[6] 이러한 정의에 따르면, 환경문학은 그 성격상 현대사회의 여러 모순된 현실과 관련되고, 이와 충돌되는 지점이 강할 것으로 인식된다. 이에 비해 생태문학은 그 시작이 현실의 사회정치적 모순과 관련된 것은 공통될지라도, 그 지향은 인간과 자연의 조화·공존 방법을 모색하는 것에 있다는 점에서 차별점이 인식된다. 생태학이 과학적 연구 방법을 통해 생태계의 관계 및 유지에 관해 연구하듯, 생태문학도 이에 걸맞은 문제의식 및 분석적 문학 연구 방법과 현대사회의 생태문제 해결에 기여하는 연구 결과를 제시해야 할 것이다.

아시아 국가 중에서는 일본이 비교적 일찍 환경 문제와 생태문학에 대해 관심을 보였다. 일본에서는 환경 문제가 1960년대 공해 문제에서 비롯되었는데, 이시무레 미치코石牟礼道子가 『고해정토 우리 미나마타병苦界淨土 我が水保丙』(1969)이라는 책을 출판하면서 미나마타병과 그 비참함이 세상에 알려졌다.[*] 이시무레는 이후 『신들의 마을神々の村』(1974) 등의 책을 통해 개인 및 공동체의 문제와 환경 문제는 밀접하게 연결되어 있으며, 자연과 함께 했던 공동체적 정신세계의 회복 및 계승을 통한 개인의 정신적 회복에서 해결 방안을 찾았다.[7] 일본에서는 1996년 문학과환경학회가 출범하면서 환경과 생태에 관한 문학창작과 연구 활동에 영향을 주었으며, 근래에는 환경문학에 관한 다양한 관점의 대담

[*] 이 책은 르포와 다큐멘터리, 듣고 받아쓴 에세이의 성격을 갖춘 글인데, 일본 환경문학의 고전으로 평가되고 있다. 한국에는 『슬픈 미나마타』(이시무레 미치코, 김경인 옮김, 달팽이, 2007)란 제목으로 번역되었다.

과 강연, 학술발표가 이뤄지고, 그것이 『환경이라고 하는 시각環境という 視座』(2011), 『문학에서 환경을 생각하다文学から環境を考える』(2014)와 같은 책으로 출판되고 있다. 이시이 마사미石井正己 교수는 1923년 관동대지진 때 작가들이 남긴 방대한 체험기를 고찰한 연구 결과를 『문호들의 간토대진재 체험기文豪たちの関東大震災体験記』(小學館, 2013)로 출간하면서 초대형 지진과 화재, 감염병에 무기력할 수밖에 없었던 일본인의 모습을 작가들의 기록을 통해 관찰하고 성찰했다. 또한 2020년 일본에서의 코로나19 바이러스 감염병의 확산 속에서 근대 일본인 작가 15명이 쓴 작품을 분석하여 『감염증문학론 서론感染症文学論序說』(河出書房新社, 2021)을 출간했다. 이 책에서는 작품에 그려진 콜레라, 결핵, 장티푸스, 천연두, 페스트, 이질, 스페인독감, 매독 등의 감염증을 검토했다. 저자는 '머리말: 사료로서의 감염증문학'에서 "그래도 감염증의 실태를 생생하게 전하는 것은 공적인 통계나 기록물이 아닌, 문학이 아닐까? 문학은 분명 허구이지만, 상투적 표현을 쓰자면, 문학에야말로 진실이 있다고 말해도 좋을 것이다"라고 하여 문학적 글쓰기에 진실성과 힘이 있음을 말했다.

한국에서 문학생태학은 1980년대에 소개되었고, 2001년 문학과환경학회가 출범하고, 2002년 학술지 『문학과 환경』이 발간되면서 관련 연구 결과가 본격적으로 발표되기 시작했다.[8] 손민달은 『문학과 환경』 학술지에 10년간 게재된 63편 논문을 분석한 결과를 바탕으로 생태주의 문학 이론의 내용과 의미, 한계 및 과제에 대해 발표했다. 그 내용을 보면, 가장 많은 관심과 이론적 변용을 보여준 생태주의 문학 이론의 주제는 '인간과 자연의 관계'에 관한 사항이다. 그다음으로는 '공동체와 계층의 문제', '노장사상과 불교, 자생적 생태사상', '욕망과 생태윤리의 문제' 등이 있다. 한국의 생태주의 문학 연구의 의의로서, 개인의 문제로 침잠되어가는 문학적 현실에서 전 지구적인 범위에서 함께 성찰해야 할 과제가 됨으로써 협소한 이론의 틀에 갇히기보다 현실과 문학의 관계를 진지하게 고민하게 만드는 역할을 했다는 점, 동양사상을 위시한 자생적 사상이 문학 이론으로서 좋은 방법적 기준이 될 수 있다는 점을 확인했다는 점 등을 평가했다.

손민달은 생태주의 문학 이론의 과제에 대해서는 첫째, 기존의 생태문학 성과에 대한 비판적인 메타 비평적 노력을 할 것, 둘째, 생태주의 문학 이론이 가지고 있는 지구적 담론에 좀더 관심을 기울일 것, 셋째, 동양사상이나 자생적 생태사상에 뿌리를 두고 생태주의 이론의 실천적 노력을 할 것, 넷째, 생태주의 문학의 외연을 확장하면서 최근 문학작품에 대해서도 생태주의적 비평을 할 것, 다섯째, 생태윤리를 생태주의 문학 이론으로 정교하게 흡수할 것 등을 제시했다.[9]

2007년 이후 한국, 일본, 인도, 중국, 말레이시아, 오스트레일리아 등 많은 아시아 국가들이 문학과환경학회를 설립하고 국제심포지엄 활동을 벌이고 있다. 한국이나 중국에서는 환경문학보다는 생태문학이라는 개념을 좀더 사용하는 경향이 있다. 2020년 시작된 코로나19 바이러스 감염병 대유행은 동아시아 각국에서 환경·생태·재난 주제의 문학 연구가 크게 활성화되는 계기가 되었다. 특히 동물과 인간의 관계, 생태학적 자연관에 관한 연구가 많이 진행되고 있는 것으로 파악된다. 일본에서는 환경문학이라는 용어가 주로 쓰이는데, 재해와 연관해 환경문학적 글쓰기와 설화의 활용이 주목되고 있다.

2. 환경문학론과 최근 설화 연구 동향

2019년을 즈음하여 한국, 일본, 베트남의 일부 학술대회에서는 이전과는 조금 다른 주제의 학술대회가 몇몇 발견된다. 이 가운데 환경문학과 관련된 학술대회 및 관련 연구논저는 다음과 같다.

> 1) 한국-일본: '2019 동아시아 환경문학 국제심포지엄'(서울대 국문학과, 2019.3.16.)
> 2) 일본: '민담·자연·동일본대지진'(이시이 마사미, 『일본 민담의 연구와 교육』, 2018) 등
> 3) 일본: '옛이야기·민속의 역사와 현대: 전쟁·재해·인생'(일본 도쿄가쿠게이대학 포럼, 2019.6.30.)

1)의 서울대 국문학과에서 한국과 일본의 설화·고전문학 연구자들을 초청해 개최한 '동아시아 환경문학 국제심포지엄'에서는 다음과 같은 논문이 발표되었다.

> ① 고미네 가즈아키, 「일본과 동아시아의 환경문학: 16세기를 전후하여」
> ② 이종묵, 「格物工夫와 친구 만들기」
> ③ 소메야 도모유키, 「일본의 天災, 한국의 戰災, 무사층과 양반층의 존립기반」
> ④ 김영순, 「동아시아의 한문설화에서 본 재해의 표상」
> ⑤ 조은애, 「지역설화의 생성과 변용: 남원의 과거와 현재」 등

고미네 가즈아키小峰和明 릿교대 교수는 일본의 저명한 설화·고전문학 연구자다. 고미네는 발표논문 「일본과 동아시아의 환경문학: 16세기를 전후하여」의 서론에서, '환경문학'은 "자연환경과 인간사회 및 문화와의 관계를 파악한 문학 전반을 가리키는 개념"이라고 하고, 인문학이 고사 위기를 맞는 현재, "인문학이 고루孤陋를 지키는 것이 아니라, 자연과학이나 생명과학에 적극 동참하고 가교하는 방위를 전략적이고 본격적으로 모색"하는 방편으로 환경인문학, 환경문학이 필요하다고 했다. 그는 한신·아와지대지진(1995), 동일본대지진 및 방사능 오염(2011)이 일어나 주민들이 고통받고 사건은 망각되고 있을 때, 9세기에 발간된 역사서 『방장기方丈記』, 『삼대실록三代實錄』에 기록된 박진감 있는 지진 묘사 장면을 읽어 고통을 환기하는 것이 주민들에게 고전이 재해문학, 환경문학으로서 힘을 발휘한 것이라고 했다.

　　그는 환경문학의 대상과 방법에 대해, 기존의 문학작품에 한정하지 않고, 회화나 조형을 포함해 폭넓은 자료를 확보하고, 상상력이나 환상영역, 은유 등의 언어표현, 이미지 표상 등을 활용해 재해의 양상을 재현하자고 했다. 그뒤로는 '바람風'이라는 제재가 역사 기록, 문학 텍스트에서 어떠한 양상으로 나타나는가를 고찰했다. 그는 발표문 8쪽에 걸친 분량으로 바람에 관한 다양한 기록을 살펴보았는데, 그 내용은 대체로 바람을 둘러싼 이변이나 피해에 대한 기록이 새로운 이변을 가져오는 전조前兆가 됨을 알 수 있다는 것이었다. 고미네는 마치 '바람'에 관한 백과사전 항목을 서술하듯 다양한 텍스트를 찾아 내용을 편집·서술했지만, 필자가 보기에 이러한 서술이 환경보호, 재해 예방 및 인문학적 치료에 무엇을, 어떻게 기여할 수 있는지는 명확히 파악되지 않는다. 고미네의 연구는 옛 기록에서 '재해'에 관한 자료를 편집해 읽거나, 묘사와 상징을 파악하고 사유하는 방식을 제시했는데, 이러한 연구 행위가 재해 예방에 어떻게 기여할 수 있을지는 알기 어렵다.

소메야 도모유키染谷智幸 이바라키 그리스도교대 교수는 발표논문 「일본의 天災, 한국의 戰災, 무사층과 양반층의 존립기반」에서 한국을 포함한 동북아시아에 일본은 태풍이나 쓰나미 등 자연재해를 막아준 방파제가 되었으며, 일본에 한국은 외국과의 전쟁(외침)을 막아준 방어벽이 되어, 양국은 재해 예방 면에서 상호보완 관계가 되었다고 주장했다. 이 연구는 양국의 '지정학적 위치' 및 '재해'를 '환경'이라는 개념으로 삼고, 이것이 양국 사회에 영향과 결과를 미쳤다는 관점을 보여주었다. 일본의 자연재해, 한국의 전쟁재해가 각기 일본의 무사층과 한국의 양반층의 존립기반이 되었다는 분석은 재해라는 환경에 양국의 지배층이 어떻게 대응·활용했는지에 대한 통찰력을 보여준다.

김영순은 「동아시아의 한문설화에서 본 재해의 표상」에서 한국, 일본, 베트남 한문설화에서 자연재해가 어떻게 그려지며 인식되었는지를 고찰했다. 한국의 『어우야담』은 재해를 상세히 그려내는 것만을 목적으로 하지 않고, 산사태 이야기에서처럼 용이나 악어의 소행을 떠올리며 상황을 이해하려 했고, 을사년 홍수 기록에 등장한 세 사람의 서술을 통해서는 학문과 지식이 재해에 대처할 수 있는 지침이 된다고 보고, 재해에 대한 현실적 판단과 대응을 주제로 삼았다. 일본의 재해 이야기에서는 폭풍·홍수·대지진을 자세하고 생동감 있게 묘사했기 때문에 재해를 간접 체험할 수 있다고 했다. 베트남의 재해 이야기에서는 수해를 주제로 한 이야기들을 통해, 수해가 인간과 수신水神의 싸움 결과임을 인식할 수 있으며, 인간이 싸워 극복해야 할 상대가 자연이라는 것을 보여준다고 했다. 이 논문은 문학 텍스트에서 재해의 표상 및 인간의 대응 방식을 분석하는 방식을 추출했는데, 이러한 방식으로 현재의 주민(인류)들이 고전문학에서 자연재해를 극복·해결하는 방식을 배울 수 있을 것이라고 기대하기에는 좀 미흡하지 않은가 생각된다.

이종묵은 「격물공부格物工夫와 친구 만들기」에서, 동아시아 전근대 지식인들의 격물치지格物致知 공부법이 일상의 사물을 관찰하고 내면 성찰을 거쳐 삶의 지혜를 터득하고 주위의 사물이나 사람을 친구와 스승으로 삼을 수 있게 해준다고 말했다. 성인과 현인의 옛글에서 생명을 소중히 여기는 사람들의 마음을 읽고 살생, 육식, 인간중심주의가 부조리하다는 사상(성찰)을 읽어낸 이 논문은 환경문학이라기보다는 생태문학적 연구 시각을 취한 논문에 가깝다. 이 논문은 선인들의 격물치지 공부법이 인간이 자연과 조화할 수 있게 안내하는 지혜임을 제시한다. 하지만 '선비사상을 익히는 것이 자연친화적 삶을 사는 비결'이라는 결론에 이르러서는 복고적인 것이 아닌가 하는 생각에 선뜻 동의하기 어렵다.

조은애는 「지역설화의 생성과 변용: 남원의 과거와 현재」에서 남원 지역의 지명 — 분토마을, 율림 등 — 의 유래·변천을 대상으로 시간과 시대의 흐름에 따라 변화하는 자연환경과 공동체의 의식변화 등의 영향으로 생성되고 변용되는 설화의 양상에 대해 고찰했다.[*] 이 연구에서

---

[*] 저자는 남원시 분토동이라는 지명이 '토끼가 달을 보고 달린다'(奔兔)라는 뜻에서 온 것인데, 시대에 따라 흙가루(粉土), 또는 분토(盆土, 分土) 등으로 변했으며, 율림(栗林)이라는 지명의 유래를 김덕령 장군 설화, 말무덤 설화와 관련지어 변천을 고찰한 결과, 원 설화에서

환경문학적 관점이란 풍수나 지형적 특색 또는 시대적 변화가 설화 및 지명 형성 과정에 어떠한 영향을 끼쳤는가를 주시하는 연구방법론이다. 이러한 관점은 환경 영향론의 관점에서 문학의 형성 과정을 이해하고 해석한 것임을 알 수 있다.

2)의 '민담·자연·동일본대지진'은 일본의 설화학자 이시이 마사미 교수의 저서를 한국어로 번역한 『일본민담의 연구와 교육』[10] 2부의 주제다. 저자는 이 책에서 단순히 민담을 소개하는 것에 그치지 않고, 작품에 내재되어 있는 환경보호, 자연친화 사상을 밝혀 일반 대중들에게 강연으로 전달하는 연구 방식을 택했다. 저자는 이러한 생각들을 통해 동일본대지진 이후 일본이 직면해 있는 과제와 함께 민담의 현대적 의의에 대해 견해를 나타냈다. 1부는 "민담을 통해 보는 식문화"라는 제목 아래 〈모모타로〉, 〈딱딱산〉, 〈원숭이와 게의 싸움〉 등 일본에서 가장 잘 알려진 민담을 음식문화와 연결하여 해석, 해설했다. 2부 "민담·자연·동일본대지진"의 목록을 보면 다음과 같다.

1. 〈모모타로〉: 산과 강으로 이루어진 자연 속에서 전해지다

2. 〈혀 잘린 참새〉: 인간과 자연의 접점에서 발생하다

3. 〈남편새〉: 작은 새의 울음소리를 듣다

4. 〈소몰이꾼과 야마우바〉: 산의 공포를 들려주다

5. 자연·개발·민담: 세계 유산과 댐 건설의 고향에서 생각하다

김덕령이 율장(栗場)에서 의병을 훈련시키면서 훈련을 위해 밤나무를 베어냈다고 하는 내용으로 변하고, 김덕령의 이미지가 '난폭함'에서 '신이함'으로 변화했다고 했다.

저자는 위 차례 및 본문에서 일본 민담 작품이 특정한 자연, 환경 속에서 발생된 과정 및 특성에 대해 고찰하고, 자연을 성찰하고 자연의 소중함과 생활환경 보호의 필요성을 인식해야 함을 강조했다. 이 책은 저자가 일본 각지에서 대중들을 대상으로 강연한 원고를 출판한 것으로 자연재해 및 현대의 원전 사고와 연관하여 민담 작품에서 현재 사회에 필요한 지혜와 교훈을 찾는 태도를 볼 수 있다. 이시이가 2019년에 일본에서 출판한 『부흥과 민화: 말로 이어지는 마음復興と民話: ことばでつなぐ心』[11]은 자연재해를 입은 지역 주민들을 대상으로 일본의 전통적 민화를 제재로 해 강연한 내용을 책으로 묶은 것이다. 그는 이 책에서 대지진과 방사능 오염으로 고통받고 있는 지역 주민들에게 "민화는 부흥을 지지해주는 힘民話は復興を支える力"이라고 역설한다. 저자는 재해를 입은 주민들이 낙심하고 지쳐 있으며, 외부 사람들은 그들의 고통과 상처를 빠르게 잊고 마는데, 주민들이 직접 쓴 재해 다큐멘터리, 그리고 재해를 소재로 한 옛이야기는 사람의 마음을 위로하고 힘을 내게 해준다고 했다. 그래서 그는 민화를 들고 재해 지역을 부지런히 찾아가, 옛날에 살았던 사람들도 지금 사람 못지않게 힘겹고 눈물겨운 처지를 당했지만, 낙심하지 않고 살았다는 이야기를 하며 민화에 들어 있는 아름

다운 마음, 사람을 위로하는 권선징악의 메시지를 전한다. 재해를 입은 지역의 당사자들이 자신의 이야기를 말과 글로 표현하게 하며, 민화 텍스트를 인용·해석하며 재해 예방 및 지역부흥에 관해 대중들에게 강연하는 방식은 현대인들이 '환경오염'과 관련된 사회적·정치적 문제들이 생태학적 문제와 연관됨을 환기하고 치유 방식을 제기한다는 점에서 적극적인 환경문학 연구 태도이자 삶의 문제 해결 방식이라고 평가하고 싶다.

　이시이의 설화 연구 이력에서 흥미로운 점은 그가 2010년 이래 10년간, 과거 일본 정계 및 군부가 식민지주의 정책의 일환으로 간행했던 자국 및 아시아 각국의 설화집·교과서의 실상을 구체적으로 조사하고 객관적 시각에서 평가하려 했고, 평화교육의 필요성을 주장해왔다는 점이다.[12] 이러한 이력 위에서 환경문학적 연구 방법으로 설화를 연구하고, 대중들과 함께 환경오염 개선을 위해 노력하는 모습은 실천력을 지닌 연구자 상을 보여준다.

　3)의 일본 도쿄가쿠게이대학 포럼은 이시이 마사미 교수 측에서 조직한 것으로서, 주제는 "민화·민속의 역사와 현대: 전쟁·재해·인생" 등이다. 이시이 마사미, 노무라 게이코野村敬子 등은 강연 및 자료집 발간을 통해 전쟁과 여성, 민화, 자연재해, 인생사에 대한 기록·기억을 되살리고 교훈을 얻자고 했다.

3. 생태문학론과 최근 설화 연구 동향

한국과 중국의 고전문학 연구에서는 환경문학 대신 생태문학이란 개

넘을 주로 사용한다. 앞서 목록을 제시했듯 한국 고전문학 연구에서 생태문학론과 관련된 연구 성과는 2000년대 초반부터 간간이 발표되고 있으며, 2019~2020년 학술대회에서는 생태학을 핵심어로 한 발표가 몇 건 발견된다. 중국에서도 2010년대 이래로 생태문학에 관한 연구 성과가 발표되고 있다고 하며, 그러한 연구의 일부가 베트남 학계에 소개되기도 했다. 최근 진행된 관련 학술대회 및 연구논저는 아래 목록과 같다. 생태와 환경을 주제로 한 문학창작 및 연구는 대개 국내외 근·현대 문학 작품을 대상으로 주로 이뤄졌다. 전근대 문학을 대상으로 한 경우는 많지 않다가 2020년 코로나19 바이러스 감염병의 대유행을 계기로 다양한 주제의 연구가 시도된 것으로 파악된다.

1) 한국: 「〈산천굿〉에 담긴 인간과 자연의 생태학과 순환적 생명론」(신동흔, 2019, 한국구비문학회 춘계학술대회, 2019.5.11.)

2) 한국: '구비문학과 자연, 생명'(한국구비문학회 동계학술대회, 2020.2.6.)

3) 한국: '한국문학과 질병'(한국문학회 학술대회, 2019.6.22.)

4) 한국: 김재웅, 『나무로 읽는 삼국유사』(2019) 외

5) 베트남-중국: "What is the environmental biography?"(베트남 호치민 사범대학, 2019.8.2.)

6) 한국: '아시아 생태문학을 통해 보는 공생과 평화'(열상고전연구회 2022 국제학술대회, 2022.1.20~21.)

1)의 한국구비문학회 춘계학술대회 발표논문 가운데 신동흔의 「〈산천굿〉에 담긴 인간과 자연의 생태학과 순환적 생명론」에서는 '생

태', '순환적 생명론'이라는 키워드가 발견된다. 이 발표문은 『구비문학연구』 53집에 게재되어 최종 내용을 살필 수 있다.[13] 신동흔은 〈산천굿〉이 자연에 인간의 합리적 인식을 넘어서는 차원의 심원한 생명적 메커니즘이 작동하고 있음을 보여주는 작품이라고 했다. 그는 인간이 문명의 편견과 자기 오만 때문에 자연에 함부로 개입하면 심각한 문제가 발생한다며, 이야기에서 붉은선비는 고목에서 불타는 각시를 위해 불을 껐는데, 그것은 노쇠한 자연의 자체적 갱신 과정을 중단시킨 것이었고, 그 결과로 자연적 신성이 재앙신이 되고 말았다고 했다. 그는 〈산천굿〉이 자연적 체계를 따르는 인간의 길을 추구하는 서사이며, 한국 신화의 생태학적 사유와 생명철학을 잘 보여주는 작품이라고 했다. 그리고 인간이 함부로 자신의 질서에 개입하면 자연은 질서와 체계가 깨진다고 했다.

이 논문은 논리적으로 잘 서술된 듯하지만, 몇 가지 해결되지 않은 문제가 있다. 첫째, 서사무가 텍스트의 문제다. 이 작품은 오랫동안 굿마당에서 전승되어온, 의미를 알기 어려운 단어와 문장으로 가득한 텍스트다. 일반인들은 거의 이해할 수 없는 종교적 성격의 텍스트를 생태문학 연구의 대상으로 활용하는 것이 적절한 것인지 비판적으로 논의할 필요가 있다. 둘째, 저자는 〈산천굿〉의 굿 행위와 서사의 의미를 "인간과 자연이 합일"하거나, "인간이 자연의 일원이 된다"는 식으로 지나치게 신비화하고 추상화했다. 셋째, 결론 부분에서 굿과 무가신화를 "구비 생명과학"이라고 한 주장은 원시 종합예술 텍스트인 서사무가를 과장되게 표현한 면이 있다. 저자는 '구비 생명과학'이라는 용어가 수사적 용어인지, 아니면 무가신화가 실천적 규범을 제시할 만한 합리적 인식과 방법론을 갖췄다는 의미인지 분명히 할 필요가 있다. 저자는 〈산천굿〉에 담긴 생태학과 순환적 생명론을 현재화시켜야 한다고 했는데, 오늘날 어떠한 사례에 구체적으로 어떻게 적용할 것인지까지 논의를 진전시켜야 할 것으로 보인다.

2)의 2020년 한국구비문학회 동계학술대회의 주제는 '구비문학과 자연, 생명'이다. 학회에서는 다음과 같이 기획 취지를 밝혔다.

20세기 이후 전 세계적으로 급속하게 진행되고 있는 자연의 파괴, 생명의 경시 풍조는 국내외적으로 위기와 불안을 낳고 있으며, 이에 따라 우리 사회 역시 많은 진통을 겪고 있다. 이는 우리의 후손에게 지속가능한 미래를 넘겨주어야 할 우리에게 자연이 보내는 메시지이자 경고로서, 지금까지 이루어져 왔던 인간 중심의 인식에서 벗어나, 인간과 자연, 인간과 모든 생명을 아우르는 통합적이고 공생적인 인식으로의 전환을 촉구하고 있다. 하지만 이러한 사고방식은 새로운 것이 아니라 이미 오랜 세월 동안 수많은 이야기와 노래를 통해 강조되어 온 것이다. 이에 구비문학 속에 담겨있는 자연관과 생명관을 통해 인간과 자연이 공존 공생할 수 있는 내적 논리를 탐색해 보고자 한다. 구체적으로는 공기나 물, 토양, 동식물, 산과 바다, 천지와 우주에 대한 구비문학적 인식을 고찰하고, 생명의 근원과 지속 원리, 삶과 죽음에 대한 미의식을 이론화하여 한국인의 자연관, 생명 의식을 탐구하고자 한다. 이에 '자연에 대한 인간의 인식과 과제', '인간과 동식물의 관계에 대한 인식 대안', '탄생과 죽음에 대한 구비 철학적 인식과 자세', '구비문학에 나타난 늙음의 문제와 지혜' 등을 구체적인 하위 주제로 다루어 볼 수 있다. 이로써 자연과 생명에 대한 구비문학적 인식을 통해 미래 사회의 문제를 풀어나갈 대안과 삶의 과제 등을 모색하게 될 것이다. (학술대회 프로그램 안내 PDF 문서. 밑줄은 인용자 강조, 이후 동일)

위 인용문 중 밑줄 친 부분을 보면, 한국구비문학회의 이 학술 활동은 현실에서 시작된 자연파괴, 생명경시 풍조를 심각하게 인식하고, 인간중심의 인식에서 벗어나, 인간과 자연, 인간과 모든 생명이 공생할 수 있는 인식이 필요하다는 점에서 조직되었다. 또한 학술 활동을 통해 '자연에 대한 인간의 인식', '인간과 동·식물 관계에 대한 인식 대안', '인간의 탄생·죽음·노화에 대한 구비철학적 인식' 등 구체적 주제를 다루며 삶의 대안 및 과제를 모색하자고 진지하게 제안했다. 2020년 2월 6일에 예정된 강연 및 발표 제목은 "한국 민요에 나타난 자연·생명관과 지속가능한 미래를 위한 성찰", "설화에서 공유되는 민중의 자연생명 인식", "〈숙종대왕과 풍수〉 설화 속 인물들의 정립 관계에 나타난 자연생명과 공동체 윤리", "신 앞에 펼쳐진 인간과 자연의 오래된 놀이, 황해도 '소놀음굿'" 등이다. 공교롭게도 이날 학술대회는 중국 우한에서 시작된 신종 코로나19 바이러스가 유행하면서 연기되었다. 생태문학론은 본질적으로 문학에 생태학적 삶의 인식 태도를 표현하거나 문학에서 이를 읽어내 삶의 문제에 적용해 해결을 모색하는 실천학문이다. 하지만 이후 진행된 학술대회 발표와 논문 발간 결과를 보면, 구비문학 분야 연구에서 자연과 생명에 대해 새로운 인식을 얻어내었으며 삶의 대안 및 실천 과제를 구체적으로 제시했다고 평가하기 어렵다. 이는 문학생태학 이론을 정립하고 구체적 현실 해결 방안을 얻는 것이 그만큼 어렵다는 것을 반증한다.

3)의 한국문학회 학술대회의 주제는 '한국문학과 질병'이다. 이날 발표된 논문들의 제목은, 「고소설에 드러난 조선후기 한국인의 질병과 건강에 대한 인식 고찰」, 「조선지식인의 안질과 그 의미」, 「조선후기 고소설에 나타난 장애인 양상과 인식」(이상 고전문학) 등이었다. 이러한 연구들은 고전 작가들이 인간의 몸에 발생한 이상 징후, 병, 장애에 대해 그 사회정치적 원인과 해결 방법이 무엇인지, 또는 병든 몸과 자아를 어떠한 은유와 상징 수법을 발휘하여 표현했는지를 관찰, 분석하려는 의도에서 이뤄진 것으로 파악된다. 김승룡은 그의 완성된 논문에서, '안질'을 키워드로 해 한시 자료를 조사하고, 고전 지식인들이 눈의 질병을 문학적으로 어떻게 표현했는지 분석했다. 그는 안질이 지식인들에게 '눈'의 역할과 기능을 재확인시켜주는 계기가 되었으며, 육안에 머물지 않는 심안心眼의 세계를 추구하며 근본적 내면 수양의 필요성을 인식하게 되었다고 했다.

한국문학회 편집위원회는 '인간 삶의 다양한 양상과 실천적 지평 모색'을 위해 '노년, 장애, 어린이, 질병' 등의 키워드로 연속주제 발표와 연구를 진행할 예정이라고 했다. 이러한 연구기획은 문학이 인간의 '몸'과 '사회'에 행해진 부정적 사건에 어떻게 반응해 표현했는지를 관찰하려는 의도로 보이는데, 이 또한 연구자들이 문제의식을 가다듬어 작품에 그려진 삶과 생태 문제를 오늘날 현실과 환경과 연결 짓고 미학적으로 해석하는 작업이 필요하다. 이상과 같이 생태문학, 몸과 질병 등의 주제가 2019년 학술대회에서 한국의 설화를 비롯해 고전문학·현대문학에서 화두가 되고 있는 것은 생태문학론에 관한 관심이 학계 전반적으로 높아지고 있으나, 그 방법론이나 성과 면에서는 한계가 있다는 점을 보여준다.

4)의 『나무로 읽는 삼국유사』는 김재웅이 『삼국유사』에 그려진 나무 관련 51편 이야기를 생태문학적 관점에서 해석한 연구 성과다.[14] 그는 『삼국유사』 〈기이〉 편 수록 설화들에서 나무들과 관련된 생태문학적 상상력이 풍부하게 발현된다며, 나무의 상징을 해석했다. 예컨대, 〈단군신화〉와 태백산의 신단수, 〈박혁거세신화〉와 나정의 소나무 숲과 우물, 〈김알지신화〉와 계림의 참느릅나무 등과 같이 신성한 나무와 숲에서 신화적 인물이 탄생했음을 말하며, 나무와 숲은 새로운 생명을 잉태하는 공간이며 자손의 번창과 번영을 기원하는 힘이 있다고 했다. 저자는 그동안 자신이 오랫동안 생각한 내용을 인문학 강연의 방식으로 대중들과 소통하고 관련 논문[15]과 강연 원고를 묶어 책으로 출판하며, '나무 인문학 답사'라는 생태문화기행을 기획해 일반인들이 『삼국유사』의 현장을 방문하고 생태문화를 체험할 수 있도록 했다. 이러한 방식은 『삼국유사』와 '나무·숲'이라는 주제로 '연구·글쓰기', '인문학 강연', '문화기행' 활동을 연계한 연구·실천 모형이라는 점에서 흥미롭다.

5)의 "환경전기란 무엇인가?"는 중국 베이징대 세계전기연구센터世界传记研究中心 소장인 자오바이성趙白生 교수[16]가 베트남 호치민사범대학에서 특강한 세미나 주제다. 그는 환경 문제 및 생태위기가 심각한 현대 사회에서 환경인문학은 인문과학의 새로운 방향을 제시해준다는 점을 강조하고, 환경전기environmental biography 및 자연전기自然傳記·생태전기生態傳記적 문학 및 글쓰기가 지구적·인류적 문제에 응답하는 것이라

고 했다.[*] 그는 미국 작가 헨리 데이비드 소로의 수필집 『월든Walden』[**]의 문장을 보여주며 생태전기 글쓰기에 대해 소개하고, 소로의 자연친화적 삶을 예찬했다. 이날 그의 특강은 『월든』의 내용을 일부 소개하며 환경의 중요성을 강조하고, 생태주의운동을 주장하는 것으로 순서를 마쳤다. 이날 자오 교수의 발표가 새롭거나 생태문학 운동에 관한 예지叡智를 보여주었다고 하기는 어렵더라도, 호치민에 모인 연구자들에게 적어도 생태문학론의 의미나 방향성은 환기하지 않았을까 생각해본다.

한국에서 전대 중국문학을 생태학적 관점에서 연구한 최근 성과로는 정선경의 『요재지이聊齋志異』에 대한 연구가 발견된다.[17] 저자는 청대 소설집 『요재지이』에 그려진 생태적 세계관 및 의미를 인간과 이물異物의 관계 방식에 따라 호혜적 관계, 대립적 관계, 호환적 관계 등으로 파악하거나, 이러한 해석이 생명에 대한 생물학적 차원의 논증을 넘어서 인간과 타자의 사회문화적 관계 회복에 기여할 것이라고 했다.

6)의 열상고전연구회 2022 국제학술대회의 주제는 '아시아 생태문학을 통해 보는 공생과 평화'다. 학술대회의 연구 대상을 '아시아 생태문학'이라 한 것은 아시아 각 나라의 문학을 좀더 넓게 묶어 사유하자

---

[*] 2019년 8월 3일 호치민사범대학에서 열릴 국제학술대회를 하루 앞두고 열린 이날 세미나에서 필자는 호치민사범대학, 호치민인인문사회대학 등에 소속된 베트남 문학 연구자들과 함께 자오 교수의 환경생태학 특강을 경청했다. 베트남에서 '환경생태학'을 주제로 한 발표는 이례적이라는 점에서 이날 세미나는 생태문학 연구 관점을 알리는 계기가 되었을 것이다.

[**] 소로는 1854년 출판한 수필집 『월든』에서 자신이 미국 뉴잉글랜드 지방의 월든 호숫가에서 보낸 원시적 생활과 자연생태를 묘사하고, 자연친화적 삶을 예찬했다. 환경 문제가 심각해지고 있는 현재, 『월든』은 에콜로지와 환경생태학에 관한 선구적 저서로서 전 세계적으로 높이 평가받고 있다. 한국에는 『월든』(헨리 데이비드 소로, 강승영 옮김, 은행나무, 2011, 개정3판) 등 약 10종이 번역·출판되었다.

는 것, 생태문제를 아시아의 문학 연구자들이 공동으로 인식하고 문학을 통해 풀어가자는 뜻이 있다. '공생과 평화'라는 주제는 생태문학을 통해 인간과 동물·자연의 공생, 민족과 타민족, 정주민과 이주민 간의 공생과 평화에 대해 생각하고 해결 방안을 찾자는 방향성을 내포한다.

이틀간의 학술대회를 통해, "인도네시아 옛이야기를 통해 생각하는 생태위기와 재난, 공생의 인문학"(권혁래), "아이누 곰 제의와 신화의 상호 관련성을 통해본 인간과 자연의 공생 문제"(최원오), "共生을 위한 '아시아문학'의 가능성: 이규보 영역시 선정을 중심으로"(안영훈), "Body and Nature: Feminist ecological consciousness in Ho Xuan Huong's poetry(몸과 자연: 베트남 시인 호슈안흐엉의 시에 나타난 에코페미니즘 연구)"(베트남, 호칸번), "감염증을 둘러싼 기적담: 고전에서 근대에 이르기까지"(일본, 이시이 마사미), "샘구멍 설화에 나타난 절용節用관과 생태의식 연구: 중국 산서山西·섬서陝西 지역을 중심으로"(중국, 팡지엔춘), "전근대 한국의 생태환경과 문학 연구사 검토와 논의: 영어권 저서를 중심으로"(김유미), "연암 박지원의 생태 정신과 공생의 미학"(박수밀), "조선후기 역병 재난과 대응 양상"(이주영), "고전문학 교육에 대한 생태학적 접근과 실천"(권대광), "메소포타미아 문명의 수메르 길가메시 신화와 한국 고대신화의 인간과 자연의 관계, 자연에 대한 화목communion 인식 비교"(윤혜신), "신선설화에 내재된 생태문화: TV애니메이션 〈꼬마 신선타오〉에서의 변용을 중심으로"(정민경), "이념의 관점으로 본 고전 속 음식의 형상화 방식"(한경란) 등의 제목으로 17편의 생태문학 기획주제 논문 발표가 이뤄졌다.

학술대회에서는 한국, 중국, 일본, 베트남, 인도네시아, 필리핀, 수메르 등 아시아 각국의 설화가 검토·비교·분석되었으며, 발표된 논문들에는 다양한 생태·자연관이 드러나며, 제재나 주제 역시 자연관, 존재의 평등의식, 사회생태관, 음식과 종교의 관계, 에코페미니즘, 한센병, 역병, 생태적 사유 등 다양하다. 발표된 논문 가운데 10편의 논문이 『열상고전연구』 76, 77집에 게재된 것은 아시아 생태문학 연구의 큰 성과라 할 수 있다.

김유미는 「국외의 동아시아 연구와 한국학 동향: 전근대 생태문학에 관한 영어권 저서를 중심으로」에서 전근대 한국의 생태문학을 다룬 영어권 저서를 중심으로 연구사 동향을 고찰했다. 저자는 전근대 산문의 번역과 도입의 필요성, 인간과 자연 사이에 벌어진 투쟁과 갈등에 대한 자료의 수용, 도시 공간 연구의 필요성을 말하고, 중국 중심의 동아시아적 시각을 경계해야 한다고 했다.

김홍백은 「유몽인 記文에서의 '자연'」에서 조선 중기 유몽인이 쓴 기문記文 32편에 드러난 '자연 인식'을 종합적으로 고찰했다. 유몽인에 따르면, 자연은 사람을 통해 드러나고 사람은 자연을 통해 나타난다. 저자는 유몽인 기문에서 전범으로서의 자연과 고전, 유가적 자연, 자연의 정치화, 자연의 윤리화 등의 개념을 사용하며 자연 인식의 추상화 수준을 높였다. 유몽인의 자연론을 좀더 쉽게 풀어 말할 수 있다면, 오늘날 생태문제의 인식에 더욱 많이 기여할지도 모른다.

박수밀은 꽤 오랫동안 연암의 문학을 생태문학의 관점에서 고찰한 연구자다. 저자는 「연암 박지원의 생태 정신과 공생 미학」에서 연암 박지원의 생태 정신과 공생 미학에서 오늘날 생태위기 극복 방안을 찾자고 했다. 저자는 연암의 문학과 사상에서 생명존중정신, 인간·문명 반성론, 평등시각, 상생정신 등을 찾았다. 이러한 개념과 논의가 오늘날의 생태 문제 및 생태문학과 잘 연결되면 좋을 것이다.

팡젠춘은 「천역泉域 사회의 물관리 전설 및 사회생태관」에서 민속학의 관점에서, 수자원이 부족한 중국 산시성山西省 천역泉域 사회에 대해, 민간전설에 담긴 마을공동체 간의 관계와 조직 운영에 대해 고찰하고, 전설의 배후에 숨겨진 사회생태관을 탐구했다. 저자는 수집한 전설을 고찰해, '불평등 속의 평등'이란 사회생태관이 발현되며, 마을이 공동체적 성격을 띠게 된 과정, 치열한 용수 분쟁 및 용수 갈등의 평화로운 처리 과정을 살피고, 마을 사람들 간에 질서 있게 발전된 사회구조와 심층의식이 발견된다는 점을 보고했다.

음식은 인간과 인간, 인간과 신의 관계에서 중요한 의미를 지닌 실체로 작동해왔다. 한경란은 「고전 속 음식의 형상화 방식」에서 고전에서 음식의 인식 및 형상화가 종교적 관점에 따라 어떻게 달라지는지를 보며 인간과 신, 인간의 본성과 사회질서 간 관계를 살폈다. 유교에서의 음식은 사회적 가치 실현의 수단으로 활용되며, 도교에서는 '불로장생'이라는 개인적 욕망 실현의 수단으로 활용된다. 음식을 이념적 메시지로 활용하기 위해 유교와 불교에서 각각 '상징'과 '주술'의 원리가 작동해왔다는 점을 분석한 방식은 흥미롭다.

베트남 호치민국립대학의 연구자 호칸번은 "Body and Nature: Feminist ecological consciousness in Ho Xuan Huong's Sino-Nom poetry"에서 베트남 중세의 여성 작가 호슈안흐엉胡春香의 츠놈 시를 에코페미니즘Ecofeminism(생태여성주의)의 관점에서 분석했다. 저자는 그녀의 시에서 사람 또는 여성의 몸이 자연이며 자연은 인체의 화신으로 그려진다는 점, 자연의 재현을 통해 여성을 억압하고 지배하는 가혹한 가부장제에 대한 저항을 보여준다는 점 등을 평가하고, 이러한 시 정신이 츠놈 시를 형성하는 주요 계제가 된다고 했다. 생태여성주의는 남성중심적 가부장제에 기인한 남성과 여성의 지배구조에 주목하고 이것이 인간과 자연의 지배구조의 원인임을 주장하며 이를 비판·부정하는 관점이다. 생태여성주의의 시각에서 베트남의 대표적 여성 작가의 시를 구체적으로 분석한 연구 내용이 한국의 학술지에 게재된 것은 의미 있는 결과로 평가될 것이다.

이시이 마사미는 「일본 한센병 문학의 계보」에서 일본 고전문학에서 한센병이라는 감염병이 어떻게 인식되어왔는지를 고찰했다. 일본의 기록에서는 12세기 『곤자쿠모노가타리집今昔物語集』에서 한센병이 기록된 양상을 살폈으며, 이후 문학작품들에서도 한센병 환자들이 묘사되고 치유되는 양상을 살피며, 감염증과 정면으로 마주하는 사람들의 심리를 파악했다. 이 논문은 코로나19 팬데믹 시대에 일본문학 연구자들이 어떻게 현실 이슈에 대응하는지를 보여준다는 점에서 흥미롭다.

안영훈은 「서양인이 간행한 이규보 영역시의 양상과 특징」에서 서양인 번역가들이 간행한 이규보 영역시를 생태적 관점에서 읽고 그 의미를 음미했다. 제임스 게일, 리차드 러트, 케빈 오록 등이 선택·번역한 이규보의 시가 대체로 자연친화적이며 오늘날의 생태적 사유와 연결되는 작품들이 많다는 점이 저자의 주장이다. 본격적 논의를 하지 않았기에 한국 고전을 선집·번역한 번역자들의 시각을 어떻게 생태적 관점에서 평가할지는 저자가 끌고 가야 할 문제일 것이다.

이주영은 「조선후기 문학의 역병 재난과 대응 양상」에서 조선 후기 문학에 그려진 역병 재난과 대응 문제를 고찰했다. 저자는 『어우야담』, 『천예록』, 『변강쇠가』 등에서 염병, 두창, 괴질 등의 역병이 역귀疫鬼로 인식되는 당대인들의 믿음과 상상, 위기의식, 공포의식, 사회적 병리현상 등의 문제를 심도 있게 고찰했다. 감염병의 인식과 대응 과정이 문학작품에 어떻게 서술·형상화되는지를 살피는 것은 고전문학 학계에서 생태문학적 이슈를 풀어가는 주요한 방식이 될 것이다. 이러한 논의들을 통해 한국, 중국, 일본, 베트남(인도네시아) 등 아시아 국가의 생태문학과 사유가 좀더 새롭게 읽히고 공유될 것이라 기대한다.

위에서 최근 몇 년 사이에 진행된 환경문학-생태문학 관련 국내외 학술대회의 동향과 연구논저의 주제를 검토했는데, 여전히 적지 않는 질문이 남는다. 설화에 관한 한국 연구자, 일본과 중국 연구자들의 환경문학-생태문학론적 연구에서 우리는 미래 사회에 대한 어떠한 예지나 메시지를 얻을 수 있을까? 연구 방법으로서의 환경문학론이나 생태문학론은 본질적으로, 범세계적인 환경파괴 및 생태학적 위기를 문학적 관점에서 인식하고 해결 방향을 모색하고자 하는 실천학문이다. 이러한 현실위기 인식 및 실천적 의지가 전제되지 않고 진행되는 아시아 설화 및 고전문학에 관한 환경문학-생태문학론적 연구는 본질에 도달하기 어려울 것이다.

환경문학, 생태문학론적 연구는 기본적으로 탈식민주의 문학 연구보다 생활 중심적이면서도 미래지향적인 연구라는 인식이 전제되어 있다. 하지만 개인이나 공동체, 국가 및 동아시아 지역이 처한 삶의 환경, 국제이주와 다문화사회, 환경오염 및 자연재해, 생태계 붕괴 등의 현실을 도외시한 채 진행되는 환경문학-생태문학적 연구는 추상화될 수밖에 없고, 결과적으로 탈역사적·복고적 메시지로 읽힐 위험이 있다. 생태학적 시각을 적용한 초기 고전문학 연구에서 자연, 환경, 생태, 녹색, 생명 등의 용어를 부정확하게 사용하며, 연구의 문제의식과 시사점을 구체적으로 드러내지 못한 경우가 많았으며, 전근대 한국을 완벽한 생태환경이 구현된 시기와 장소로 이상화하는 경향도 적지 않았다. 연구자들이 자연·생태·생명 등의 용어를 쓸 때 정의를 명확히 하고, 이에 상응하는 특성이 해당 작품에 있음을 드러내야 하며, 현대의 생태학적 문제에 부응하는 실천적 의의나 과제를 제시할 필요가 있다.[18] 설화 연구는 생태문학 관점에서 한국뿐 아니라 아시아의 전근대 문학 작품을 발굴하고, 연구와 번역·출판을 통해 아시아인들이 텍스트를 공유하며 상호소통 및 평화, 자연파괴 및 재해 예방에 기여할 현실적 방안을 찾을 필요가 있다.

2장

문학생태학과 아시아 생태설화의 연구 과제

I. 민담과 경험담에서 발견한 아시아 생태설화

설화는 한 나라의 기층문화, 정서, 가치관, 생활사, 민속 등을 보여주는 문화자료다. 21세기 한국 사회의 다문화 환경에서 설화는 다양한 인종 및 민족 집단 간의 상호존중과 이해에 기여할 수 있다. 나아가 이주와 문화·경제 교류가 활발하게 이뤄지고 있는 아시아 사회에서 각 나라의 사람들끼리, 그리고 정주민과 이주민 간의 상호소통과 공생의식을 높이는 데 활용될 것으로 기대된다.

설화는 신화·전설·민담·현대구전설화 등의 장르로 하위분류되는데, 이 연구에서는 민담 및 현대구전설화를 주요 연구 대상으로 할 것이다. 민담은 오랫동안 민간에서 구전되다가 19세기 말엽부터 20세기 후반에 이르기까지 아시아 각국에서 조사·출판되었다. 민담과 비슷한 용어 및 외국어로는 옛이야기, 동화·전래동화, folktale, fairy tale, 무카시바나시昔話, 민간고사民間故事 등이 있다. 전통 설화가 허구를 바탕으로 서사가 구축된 것이라면, 현대구전설화는 구연자 본인이 살아오면서 겪었던 개인적 체험이나 구연자를 포함하여 주변의 인물들이 근현대에 발발했던 역사적 사건들을 겪으면서 체험한 역사적 체험을 구술한 자료들이다. 한국에서는 2000년대 들어 현대구전설화를 채록하는 작업이 진행되고 있는데, 이 가운데 주요 비중을 차지하는 개인 생애담과 역사 체험담은 '경험담'으로 통칭되고 있다.*

필자는 앞에서 생태문학은 생태의식을 일깨우고 생태학적 세계관을 보여주는 문학작품이며, 창작과 연구의 방향을 논할 때 본질적으로 인간과 자연의 어긋난 관계를 문제시하고, 인간과 자연의 조화·공존을 지향한다는 인식 또는 실천적 방향을 제시해야 한다고 했다. 생태설화 연구 역시 이러한 생태문학 연구의 기본 방향을 취해야 할 것이다. 민담 및 경험담은 평범한 사람들의 생활과 꿈, 욕망과 웃음, 세계관과 윤리의식 등이 잘 표현된 구비문학 장르다. 민담 및 경험담은 대개 인간 중심적인 세계관과 서사를 보여주는데, 소수의 작품에서 환경과 재난, 인간과 자연 및 인간과 동물의 관계에 대한 진지한 인식이 발견된다. 이러한 작품들이 생태설화의 기본 범주를 이룬다. 이에 따라 아시아 생태설화의 주요 제재는 재난과 생태, 인간과 자연의 관계, 인간과 야생 동물의 관계 등이 될 것으로 예상한다. 이는 필자가 현실적으로 연구가 가능할 것으로 예상하는 아시아 생태설화 연구의 제재이기도 하다. 연구 제재에 대해 상술하면 다음과 같다.

첫째, '재난과 생태' 개념에서는 인간사회 및 개인에게 닥치는 재난·위험·위협의 문제를 다룬다. 생태문학 및 생태설화 연구에서 주요

---

* 한국구비문학대계 개정증보사업에서 현대구전설화 자료를 조사목록에 포함시킨 것은 전래의 전승 설화들이 빠르게 소멸되어가는 현실에 대한 고려도 있지만, 현재의 이야기가 미래에는 설화적 가치를 지닐 수 있다는 생각, 개인과 집단의 경험이 시간과 역사와 만나 새로운 서사를 생산해내는 현상을 반영하기 위함이다. 이인경·김혜정, 「현대구전설화(MPN) 자료의 전승 양상과 분류방안 연구: 『한국구비문학대계』 개정증보사업 2008년~2012년 조사 설화를 중심으로」, 『민속연구』 34, 2017, 107~110쪽.

이슈가 되는 사건 및 주제는 자연재해, 전쟁, 생존, 평화, 학살, 전염병과 질병, 건강, 기이현상 등이다. 지구상에 인류가 생존하면서부터 인류는 많은 재난을 겪으며 살아왔다. 인류가 쌓아놓은 부와 문명도 끊임없이 닥쳐오는 각종 자연재난과 전쟁 등으로 인하여 소멸되거나 파괴되었다. 오늘날 전 세계는 지진, 홍수, 산불, 집중호우, 폭염 등의 기후위기와 함께, 코로나19 바이러스라는 세계적 감염병의 대유행으로 인해 심각한 사회적 재난을 겪었다.

필자는 현재 우리 사회가 맞고 있는 재난 상황에 대응하는 한 시도로서 전근대 시기 재난문학에 그려진 재난의 인식과 대응에 대해 살펴보는 것이 유용하다고 생각한다. 과거 공동체 구성원들이 겪은 재난에 대한 기록은 현재의 사회구성원들로 하여금 과거의 삶을 되돌아보며 자신을 추스를 수 있는 계기를 마련해주기 때문이다. 재난의 체험과 기억은 많은 사람에게 육체적·정서적 충격으로 남아 누군가에게 재난의 상황과 고통을 글로 기록하도록 하는 동기로 작용하기도 한다. 자연재해나 사회재해를 문학적으로 형상화한 문학작품, 이른바 재난문학은 재난의 실상을 사실적으로 기록하고 보고할 뿐 아니라, 재난의 원인을 성찰하며, 문학적 형상화를 통해 정서적 치유 및 실천적 대안, 새로운 삶의 방향을 모색하는 순기능을 한다.

한국의 전근대 시기 재난문학으로는 『어우야담』, 『징비록』처럼 전란의 참화를 기록·성찰한 작품을 비롯해, 가뭄·홍수 등의 자연재해의 양상을 기록하고 형상화한 산문과 상소문, 한시 및 국문시가, 설화와 야담 등이 있다. 조선 초기의 작가 구봉령具鳳齡(1526~1586), 홍여하洪汝河(1620~1674), 채팽윤蔡彭胤(1669~1731), 윤기尹愭(1741~1826) 등이 지은 한시에서는 슬픔과 좌절, 성찰과 해학, 병균·병증으로서의 두역痘疫 등으로 그려진 천연두 현상의 문학적 형상을 볼 수 있다.[1] 여제를 지내는 제문, 판소리 「변강쇠가」, 「덴동어미화전가」 등을 통해서는 19세기 문학에 나타난 역병의 양상을 살필 수 있다.[2] 박종우는 재난을 주제로 한 조선시대 한시 10여 편을 대상으로, 가뭄·홍수·우박 및 천문현상으로 인한 재난의 참상을 분석하고, 재난에 대한 인식 태도를 유형화해 고찰했다.[*] 최원오는 한국과 남아메리카 구비설화 가운데 자연재난을 소재로 한 자료를 대상으로 하여, 설화에 나타난 자연재난 인식의 정도를 파악하고 재난 인식의 메커니즘을 분석했다.[**]

　문집에는 고위 관료들이 가뭄과 수재 등 자연재해와 관련해 상소한 소차疏箚가 적지 않게 남아 있어 당시 재해의 양상과 대처방법에 대해 살필 수 있다. 홍수를 묘사한 한시 가운데 장편시로는 정칙鄭侙의 「홍수탄洪水嘆」, 「음우탄霖雨嘆」, 이춘원李春元의 「강릉대수행江陵大水行」, 김덕오金德五의 「무기탄戊己歎」, 「정해수재탄丁亥水災歎」 등이 있다. 장편 한글가사 「임계탄壬癸歎」에는 1731~1733년에 연속 3년간 전라도 장흥 지역

---

[*]　저자가 파악한 유형은 세 가지인데 첫째, 재난의 기억과 체험으로 인해 작가가 정서적 충격을 받아 재난의 고통을 적극적으로 보고하거나 고발하는 유형, 둘째, 재난을 현실 정치와 연계해 군왕과 위정자들을 향해 경계하고 반성하게 하는 유형, 셋째, 재난의 기억을 문학적 상상력을 동원하여 전이 내지는 해소하려는 유형이다. 박종우, 「재난 주제 한시의 형상화 양상과 그 의미」, 『인문학연구』 42, 2011, 43~68쪽.

[**]　이 연구에서 흥미로운 내용은 한국과 남아메리카 구비설화에서 자연재난은 '재난 디스토피아'로 귀결되기보다는 대부분 '재난 유토피아'로 귀결된다는 점이다. 이는 자연재난을 비극적으로 받아들이지 않기 위한 인식의 전환에 해당하며, 그 구체적 내용은 '공생'과 '갱신'으로 나타나고 있다고 했다. 최원오, 「한국과 남아메리카 구비설화에 나타난 자연재난 인식의 메커니즘」, 『문학치료연구』 42, 2017, 135~183쪽.

을 휩쓸었던 대기근으로 인한 고통과 백성들에 대한 탐관오리의 학정이 풍자적인 필치로 그려져 있다. 유희柳僖의 「장매부長梅賦」에는 1817년 40일에 걸친 장마의 실상과 피해 상황이 그려져 있다.[3]

한문산문 문체로서의 기사記事는 사관의 이목이 닿지 않은 곳의 사실을 기록한 야사적野史的 성격을 가진 양식으로 정의된다. 이 가운데 사건, 사고를 읊은 기사시記事詩에는 전란과 자연재해, 사회적 재해에 관한 기록과 인식을 볼 수 있다. 이성중李誠中의 「칠월십팔일기사七月十八日記事」와 이민구李敏求의 「임오입추일기사壬午立秋日紀事」에는 각각 남해에서 불어온 태풍과 입추에 내린 엄청난 양의 비로 인해 초토화된 마을의 모습이 그려져 있다. 정약용丁若鏞의 「전간기사田間紀事」, 이학규李學逵의 「기경기사시己庚紀事詩」, 신정申瀞의 「촌가기사村家記事」, 이건창李建昌의 「협촌기사峽村記事」 등에는 백성의 피땀 어린 재산을 노리는 부패한 관리들의 횡포 장면이 사실적으로 그려져 있다.[4]

재난의 문제를 그린 설화는 전란의 참화를 기록·성찰한 작품을 비롯해, 가뭄·홍수 등의 자연재해 양상을 기록하고 형상화한 설화와 야담, 현재의 경험담이 있다. 17세기 유몽인이 기술한 『어우야담』에 나타난 전란, 표류, 역병, 수해, 가뭄, 이상 징후에 관한 설화, 19세기 역병 체험을 그린 설화 등이 연구되어왔으며, 좀더 다양한 텍스트를 발굴하여 전란과 자연재해, 역병에 대한 인식과 대응 양상을 연구할 수 있다.[5]

중국은 수천 년 역사 동안 다양한 지리적 환경과 자연조건 등의 요인으로 재해와 재난이 빈발했다. 전통 시대에는 홍수·가뭄·지진·황재蝗災·전염병 등 자연재해로 인한 대규모 재난을 겪었으며, 근대 이후에는 자연재해에 더해 인구 증가, 자연파괴와 함께 전쟁·내란 등의 인위적 요인으로 인한 복합적인 재난의 양상을 겪었다.[6] 중국의 민간고사에도 가뭄과 수해, 전쟁 등의 재해로 인한 고통을 제재로 삼은 작품이 적지 않게 있으므로 이러한 작품을 발굴해 연구할 필요가 있다.

한반도에 비해 자연재해가 빈번했던 일본의 경우, 전근대 시기에 지진을 중심으로 하여 자연재난의 양상이 고전문헌이나 설화에 적지 않게 그려져 있다. 일본 민담 〈장님 수신水神〉[7]은 뱀 여인이자 수신이 자신이 인간 남자와 낳은 아이에 대한 모정이 권력자들에 의해 짓밟히자, 대지진과 해일로 한 지역을 몰살시킨 이야기를 그린다. 이 이야기는 인간의 이기심과 탐욕이 뱀 여인 또는 이류異類 생물을 고립시키고 절망을 안긴 결과가 대지진과 해일로 시미하라 지역을 몰살하는 대재앙으로 이어진다는 인식을 보여준다. 20세기 이후에는 1923년의 관동대지진, 1995년 한신·아와지대지진, 2011년 동일본대지진 등 여러 차례 지진이 발생하면서 이를 제재로 한 수필과 르포, 경험담이 많이 창작되고 이에 대한 연구도 최근 활발히 이뤄지고 있다.

이밖에 자연재해가 많은 인도네시아, 필리핀에서도 가뭄 및 지진, 피부병 및 감염병, 전쟁 등의 재난을 제재로 한 설화가 발견되므로 작품들을 찾아 대비 연구할 수 있다. 예컨대 〈소녀와 쌍둥이 나무〉[8]는 필리핀 루손섬 고산지대 원주민의 민담으로, 특별히 인간과 식물의 공생담을 보여준다. 이 부족들은 아이가 태어나면 나무 한 그루를 심고 '쌍둥이 나무'라고 했는데, 이는 나무가 자라면 아이도 자라고, 나무가 시들거나 죽으면 아이도 아프거나 죽게 된다는 인식의 표현이다. 어느 마을의 '부간'이라는 여자아이는 부아라 나무를 자기 쌍둥이 나무로 삼아 서로 이야기하고, 같이 먹으며 함께 성장한다. 어느 날 소녀가 갑자기 병들어 죽자, 슬퍼하던 나무는 지진이 났을 때 뿌리가 뽑혀 죽는다. 이 작품은 인간과 나무의 교감을 아름답게 그리며, 인간과 식물이 교호 交好·공생하며 사는 세상을 보여준다.

둘째, '인간과 자연'에서는 인간과 야생동물, 자연환경과의 관계를 다룬다. 생태설화에서 주요 이슈가 되는 사건 및 주제는 인간과 야생동물의 상생과 공존, 야생동물 몰살, 자연파괴, 생태계 파괴, 자연환경 보존 및 자연과의 조화로운 삶 등이다. 설화에 나타난 인간과 동물, 자연의 관계에 대한 생태적 사유에 관해서는 생태학적 동물인식, 동물보은담에 나타난 공생적 동물인식과 생태학적 자연관, 인간-동물 관계담의 생태적 양상과 의미 등의 주제가 연구되어왔다. 그중에서도 동물보은담 유형이 생태문학적 연구에 적합한 제재임이 확인된다. 임재해는 인간이 동물이 서로 도움을 주고받는 내용의 동물보은담이 동물에 대한 공생적 인식과 생태학적 자연관을 보여주고, 인간이 동물을 공생적인 피조물로 간주하면서 일상생활 속에서 이를 잘 실천했다는 점을 평가했다.[9] 또한 설화 학계에서 설화를 인간중심의 상투적 해석에서 벗어나 생태학적 시각으로 재해석하고 재창작하자고 제안했다.[10]

정영림은 말레이시아와 인도네시아 선악형제담 중에서 새를 매개자로 한 동물보은 이야기가 야생동물에 대한 연민의 감정과 공동체적인 감수성을 보여준다고 했다.[11] 오세정은 〈종을 울려 보은한 새 설화〉, 〈은혜 갚은 꿩〉, 〈까치의 보은〉 등 타종打鐘 보은담 유형 서사의 중심 행위를 '인간의 새 구원 → 인간의 위기 → 뱀의 복수 → 새의 보은'으로 파악하고, 불가의 세계관과 세속의 윤리, 동물들에 대한 상상력과 동물과 인간의 관계에 대한 상상력이 한데 어우러져 설화의 의미체계가 형성된다고 했다.[12] 김수연은 인간과 동물의 결혼담이 사라진 자리에 동물보은담이 그 역할을 대신하며, 동물보은담에서는 인간과 동물은 보은을 통해서 서로 호혜적 관계를 맺는다고 했다.[13] 조미라는 테크놀로지가 빠른 속도로 진화하는 과정에서 소외되고 배제되는 타자들을 '포스트휴먼의 이웃'이라 명명하고, 그 핵심 이웃의 하나로 '반려종'으로서의 동물에 주목했다. 그리고 기술 환경의 변화가 가져온 동물과 인간의 관계성에 대해 탐색하고, 인간과 동물의 새로운 관계를 설정해야 한다고 주장했다.[14]

이러한 논의들을 통해 동물보은담 또는 인간-동물 관계담이 인간과 동물의 조화 및 공생에 대한 인식의 단초를 보여준다는 점을 알 수 있다. 인간과 식물 또는 생태계의 교호 관계를 그린 작품은 앞서 본 필리핀의 〈소녀와 쌍둥이 나무〉가 있으며, 그밖에는 찾아보기가 어렵다. 그러므로 인간-동물 관계담을 중심으로, 설화를 통해 생태에 대한 현재적 문제의식을 일깨우고 구체적인 해결 방향을 찾는 것에 대해 논의할 수 있을 것이다.

II. 아시아 생태설화의 생태미학과 연구 방향: 인간과 자연의 화해

1. 생태미학 논의

생태문학과 관련해, 이 장르 문학의 요건 및 본질을 해명하는 요소인 생태미학에 대해 살펴볼 필요가 있다. 생태미학은 "생태학 이론과 방법을 동원해 미학을 연구하는 학문"으로 정의된다.[15] 생태미학이란 개념은 주로 문학·예술과 미학 분야에서 사용되고 있는데, 이 개념에 대해 연구한 근래의 성과를 찾아보면 4~5편 정도가 발견된다. 이 가운데 세 편 연구의 핵심 논의를 요약하면 다음과 같다.

유현주는 '생태미학은 가능한가?'라는 질문 아래, 시스템 이론의 시각에서 생태예술에 내재한 생태미학의 핵심적 원리에 대해 고찰했다. 저자는 생태예술은 인간, 사회 그리고 자연의 각 시스템을 어떻게 '지속가능할 것인가'의 관점에서 바라보고 모든 시스템이 서로 의존되어 있음을 말해주는 '연결'의 패턴을 자기조직화한 것이며, 이러한 예술의 생태미학은 인간, 비인간, 사회, 정치, 문화, 역사 등의 요소들의 '상호의존성'과 생물다양성과 문화다양성에 대한 '회복탄력성'의 원리가 있다고 했다.[16]

남치우는 동양의 생태미학에 대해 논하면서, 지난날 인간의 과오에 대한 반성으로부터 새로운 인간으로 거듭나게 하는 것, 인간이 유기체 아닌 것, 곧 '자연을 존중하는 태도'를 취하는 것이 생태미학의 핵심이라고 했다. 그는 생태미학이, 인간이 자연을 폭압적으로 착취한 것을 반성하며, 과학적이면서도 미학적 사고의 원리를 탐구해야 한다는 인식을 하면서 출현하게 되었다고 했다. 이런 관점에서 생태미학은 유기체적 시각을 수용함으로써 인간이 자연의 일부라는 사실을 인지해야 하며, 그동안 자연을 착취하며 황폐시킨 인간의 잘못에 대한 반성을 촉구해야 한다는 두 가지 전제를 내포해야 한다고 했다. 생태미학은 지난날 인간의 과오에 대한 반성으로부터 새로운 인간으로 거듭나게 하는 것이 핵심적 의제이며, 이를 위해 유기체론과 도덕적 책임 문제의식을 구조화한다. 그는 동양의 생태미학이 보여주는 '인간이 이 세계 모든 유기체 아닌 것을 존중하는 태도'가 인간과 자연이 화해하는 방향을 보여주며, 다른 양태로 발전이 가능한 생태미학의 모델이 된다고 했다.[17] 이러한 논의는 김해옥, 김용민이 논한, "인간과 자연이 하나의 생명체라는 인식과 더불어 상호 간 소통과 침투를 전제하고, 인간과 자연생태계의 동시적인 생존을 도모한다"라는 생태문학론과 같은 인식을 보여준다.[18]

이혜원은 생태문학의 미학적 특성에 주목하고, 인간과 자연의 공조를 추구하는 생태미학의 구축을 위해 관점의 차원, 표현의 차원, 윤리의 차원에서의 기준을 제시했다.[19] 곧 생태미학은 관점 면에서 '인간과 자연의 상호융합적 관점'을 특징으로 하며, 표현 면에서 인간의 도구적 언어가 아닌, '자연의 언어에 귀 기울이는 전향적인 태도와 직관적 통찰'이 필요하며, 윤리 면에서 '지속 가능한 미래'라는 생존의 목표를 위해 자연과 인간의 공조를 추구하는 실천을 촉구하는 태도를 지닌다는 것이다. 이러한 논의는 좀더 구체적이고 분석적으로 생태미학의 표현과 실천 방향을 제시했다는 점에서 의미 있다.

생태미학에 관한 이러한 논의들에서 공통적인 질문을 찾아본다면, '인간이 자연을 존중하는 태도란 무엇일까?' 하는 것이 아닐까 한다. 이상의 논의들에서 이 질문에 대해 답변될 만한 내용을 찾아 도표화하면 표 2-1과 같다.

이러한 생태미학적 태도는 궁극적으로, '인간과 자연의 화해 추구'라는 방향으로 연구가 귀결된다. 필자는 '인간과 자연의 화해'라는 명제에서, 그렇다면 역으로 '인간과 자연의 불화'란 무엇일까에 대해 먼

표 2-1 생태미학의 '인간이 자연을 존중하는 태도란 무엇일까?'라는 질문에 대한 답변

'인간이 자연을 존중하는 태도란 무엇일까?'에 대한 답변	종합
'인간-비인간-문화'의 상호의존성과 문화다양성에 대한 회복탄력성을 추구하는 태도 (유현주)	인간과 자연의 화해 추구
유기체 아닌 것(자연)을 존중하는 태도 (남치우)	
'지속 가능한 미래'라는 생존의 목표를 위해 자연과 인간의 공조 실천을 촉구하는 태도 (이혜원)	

저 질문해보고, 이에 대한 내용을 거칠게 기술해보았다. 이는 곧 ① 전쟁과 지나친 경제개발에 따른 자연환경 파괴, ② 인간중심의 개발에 따른 동물의 서식지 파괴·종의 소멸 및 몰살, 종의 다양성 파괴, ③ 타인에 대한 폭력·무자비함·살육, ④ 문명·문화의 파괴 등이다. 이런 '불화' 개념에서 다시 '인간과 자연의 화해' 개념 및 방향을 도출해본다면, 대략적으로 ① 자연·생태계의 회복과 보존, ② 동물에 대한 생명존중과 공생, ③ 자기중심적 문명의 폭력성 성찰과 소수집단 문화의 회복 등이 연상된다. 이 개념은 필자가 이 글에서 새롭게 설정한 개념이다. 이는 '인간-자연'이 아닌 '인간-인간'의 충돌 관계에 대한 것이지만, 강한 권력을 지닌 인간집단이 주변 지역(원주민·이주민·식민지) 인간집단에 자기 문명을 강압하고 폭력을 행사함으로써 소수집단의 문화 및 생태계를 파괴하는 데까지 영향을 미친다. 이 점에서 필자는 '자기중심적 문명의 폭력성 성찰과 소수집단 문화의 회복' 주제를 생태설화의 연구 범위에서 고찰할 필요가 있다는 의견을 제시한다. 이상 세 가지에 대해 상술하며 아시아 생태설화의 연구 방향에 대해 논하고자 한다.

1) 자연·생태계의 회복과 보존

많은 연구자가 현재 생태파괴의 핵심 원인 가운데 하나로 인간중심주의를 들고 있다. 이는 현재 진행되고 있는 무분별한 자연파괴와 동·식물 멸종은 인간중심주의에 원인이 있다는 주장이다. 이 논의의 핵심 논제는 우리의 사고와 행위가 과연 인간중심주의를 넘어 이뤄질 수 있는가 하는 점이다. 비유기체로서의 자연을 무분별하게 파괴하는 인식이나 행위는 대체로 이익을 위해 자연을 과도하게 개발하는 행위, 과도하게 산업화를 추진하면서 동물 서식지를 파괴하는 행위, 나무와 숲, 초원, 호수 등 자연생태계가 파괴되는 현상을 말한다. 전근대 시기의 설화에서는 산업화에 따른 자연훼손 현상은 없었지만, 전쟁과 방화, 기근, 과도한 사냥·수렵 행위 등으로 인해 자연·생태계가 파괴되곤 했다. 근현대 시기에 와서는 산업화에 따른 자연훼손, 환경오염과 생태계 파괴 행위가 일상적으로 숱하게 일어나고 있다. 현대구전설화에서는 이러한 제재를 다룬 경험담이 기록·창작되고 있다.

　오늘날의 환경오염과 자연재해, 감염병 대유행 등은 근본적으로 탄소문명으로 인한 기후위기에 원인이 있다고 진단되고 있다. 이에 따라 인류가 기후위기를 어떻게 극복할 수 있을지에 대해 다양한 방향에서 논의가 진행되고 있다. 미국 캘리포니아대학의 분자생물학자 윌리엄 루미스는 그의 저서 『생명전쟁』에서 2006년 세계 인구가 66억 명일 당시 식량과 물 부족, 넘치는 폐기물, 지구온난화, 화석 연료와 금속 광물 고갈의 심각함을 말하며, 이 모든 문제의 유일한 해결책은 인구를 조절

해 100년 전 인구인 20억 명 선으로 낮추는 것뿐이라고 주장하며 전 세계적으로 피임 정책을 강력하게 시행할 필요가 있다고 했다.[20] 그렇지만 이러한 주장에 귀 기울이고 동조하는 정부 및 민간인은 매우 소수다. 한국 정부가 비관하고 있는 초저출산율(2022년 합계 출산율 0.78명)은 루미스가 가장 반길 만한 일이지만, 세계 인구는 2022년 11월에 이미 80억 명을 넘어 90억을 향해 가고 있다.

그렇다면 일론 머스크가 추진하고 있는 우주 개발 계획과 화성 이주 프로젝트가 답이 될 수 있을까? 머스크의 화성 개발 계획은 환경오염과 기후위기에 처한 지구 생태계를 더이상 지킬 수 없다는 디스토피아 지구 비관론 및 테크노유토피아 우주 식민지 상상력의 소산물이다.[21] 하지만 이는 당장 우주과학기술의 미비로 인해 실행 가능성이 극히 희박하며, 설사 실행된다 한들 극소수의 부유한 자들에게만 허락될 것이다. 그러므로 이는 지구환경을 개선하고 99.99퍼센트 이상의 인류와 지구의 동·식물을 구호하는 것과는 아무런 상관없는 일이다.

인류세 담론에서는 인간중심주의적인 생각과 행위를 반성하고, 나아가 끊임없이 확대재생산되는 욕망덩어리 인간형을 버리고 지구에 대한 윤리적 책임의식과 비인간까지 아우를 수 있는 새로운 인간형이 무엇인지 부단히 궁구해야 하며, 인류 전체가 생태적 삶으로 전환해야 한다는 주장이 제기되고 있다.[22] 필자는 이러한 거대 담론에 이의를 제기할 마음은 조금도 없지만, 과연 인류가 16세기 이래 서양 제국주의 국가들이 추진해온 영역 확장과 세계경제체제로의 편입, 전쟁과 약탈 경제, 산업개발 중심의 근현대 문화를 반성하고 생태학적 세계관으로 전환할 수 있는지에 대해서는 뭐라 전망하기 어렵다. 우리는 탄소에너지 문명에서 재생에너지 문명으로 전환하자는 주장에 동의하면서도, 이것이 과연 얼마나 현실적인 것인지 회의할 수밖에 없다.

문학 연구자들은 인구조절론, 화성 이주 프로젝트, 인류세 담론과 같은 거대 담론에 참여하며 인문학적 상상력을 발휘해야 할 것이다. 그러는 한편, 생태적 세계관을 보여주는 참신한 생태설화 및 다양한 문학 작품을 발굴·생산·연구하며, 작품의 서사와 문제의식에 바탕해 현대인의 생태적 감수성과 상상력을 함양하기 위해 미학적 노력을 해야 할 것이다.

2) 동물에 대한 생명존중과 공생

한·중·일 생태설화 연구에서 명확하게 밝혀진 것은 인간-자연 관계에 대한 생태적 제재나 주제의 작품은 대개 동물보은담에서 발견된다는 점이다.[23] 이러한 양상은 인도네시아 설화에서도 유사한 결과가 발견되며, 다른 아시아 국가들로 범위를 넓혀보아도 크게 달라지지 않을 것으로 예상한다. 한·중·일 동물보은담 연구를 통해 우리는 인간이 위기에 처한 야생동물을 보고 동정심을 느껴 생명을 구해주면 인간은 그 이상으로 보답을 받는다는 인식이 오래전부터 많은 사람에게 공유되었다는 것을 알게 된다. 동물보은담을 통해 우리는 동물에 대한 연민과 생명존중의식, 생태계 보존에 대한 논의를 활성화할 수 있을 것이다. 인류세 담론에서 '환경'이 인간을 둘러싼 모든 조건으로 정의되는 데에 비해, '생태'는 인간을 생태계 내에 존재하는 하나의 구성물로 본다는 점에서 인간중심주의를 배격하는 용어로 자리매김했다. 인류세 담론은 여섯 번째의 대멸종the sixth mass extinction이라는 파국의 상황을 예측하고 이를 극복하기 위하여 먼저 위기 상황의 원인을 '인류'로 확정하며, 나아가 인간이 어떤 역할을 해야 하는가에 초점을 맞추게 된다.[24]

오늘날 인간들은 동물을 야생동물, 가축, 반려동물로 구분하고 각각에 대해 차별된 시선을 두고 있다. 우리는 동물원에 갇혀 있는 호랑이나 사자 등에게는 측은지심을 느끼고 야생으로 돌려보내자고 하며, 반려동물이라고 하는 개나 고양이는 '가족'이라 여기며 관심과 사랑을 보낸다. 반면 돼지나 소, 닭 등은 '가축'이라 명명하고 이들을 도축해서 잡아먹는 것에 대해서는 전혀 의문을 품지 않는다. 이러한 동물 구분법은 인간사회가 문명사회로 발전하는 과정에서 동물에 대한 생명존중의식 및 윤리의식을 갖게 되면서 생긴 결과이지만, 사실 이러한 구분은 매우 비논리적이며, 그들에 대한 대우는 터무니없을 정도로 차별적이다.[25] 대부분 가축은 공장식 농장의 가혹한 환경에서 오로지 식용을 위해 키워지고 있다. 사람들은 개와 고양이는 반려동물이라 하여 친구요 가족으로 생각하지만, 유기된 동물에 대해서는 전혀 다르게 인식한다.

동물보은담에 그려진 야생동물에 대한 연민의식과 구호 행위를 보면서, 우리는 인간과 동물의 관계, 육식의 문제, 동물의 구분과 그들에 대한 차별된 인식에 대해 근본적으로 돌아봐야 할 필요를 느낀다. 1970년대부터 종 차별을 반대하고 동물권을 주장해온 피터 싱어는, 현대인들이 동물의 고통에 귀 기울여 육식을 그만두고[줄이고] 채식을 하게 되면, 다른 곳의 사람들이 먹을 수 있는 곡식 양이 증가하고, 공해가 줄고 물과 에너지가 절약되며, 산림 벌채를 줄일 수 있다고 주장한다. 그뿐만 아니라 채식은 육식에 비해 저렴하며, 기아구제, 인구조절 등에도 도움된다고 주장한다.[26] 동물권 운동 및 동물해방론은 생명에 대한 높은 윤리의식에 의해 출현한 생명존중 운동의 하나로, 채식주의 및 비거니즘veganism*을 주장하는 사람들에 의해 조금씩 현실화되고 있다. 그렇다고 해서 동물권 운동이 미국 사회에서 흑인노예해방론과 같은 과정 및 수준에서 현실화될 수 있는지는 전망하기 어렵다. 과연 생래적으로 잡식 식성을 지닌 인간이 높은 수준의 동물 생명존중의식을 지닌다고 해서 과연 육식 습성을 그만둘 수 있을까? 이 담론은 이상적이긴 하지만, 인류가 탄소문명에서 탈탄소문명으로 전환하자는 목표만큼이나 거대하고 비현실적으로 느껴지는 과제다.

전 지구적으로 기후위기에 직면한 현 상황에서 점점 더 많은 사람이 인간은 더이상 세계의 중심이 아니라 자연의 한 부분임을 인식하고 있다. 오랜 기간 아시아 지역에 전승되어온 동물보은담은 인간과 동물 간 상호이익 및 공생관계에 대한 아시아 사람들의 소박하지만, 원초적인 사유방식을 보여준다. 작가 및 문학 연구자들은 아시아 동물보은담 및 인간-동물관계담의 성찰을 통해 이 지구공동체에서 인간과 동물, 식물이 공존하고 자연환경을 보존하며 함께 사는 공생의 원리를 우리 주위의 문제에서부터 이해하고 삶과 생태계 문제에 적용할 수 있으리라 생각한다.

---

* 비건이라는 단어는 1944년 영국의 환경활동가인 도널드 왓슨(Donald Watson)에 의해 처음 사용되었는데, 실천의 방식에 있어서 동물의 가죽이나 내장 등을 이용한 어떠한 제품도 사용하지 않는 생활방식을 취하는 것을 비거니즘이라고 했다. 박지현, 「채식·비건·비거니즘 법체계도입을 위한 연구」, 『환경법연구』 43-2, 2021, 130쪽.

3) 자기중심적 문명의 폭력성 성찰과 소수집단 문화의 보전

자연 훼손 및 개발은 인간의 문명 건설이란 개념과 사실상 동일한 범주에 있다. 문명 건설, 나아가 문명 확장이란 말에는 자기 문명을 타 국가 및 지역에 이식·확장할 뿐 아니라 자연을 개발한다는 의미가 포함되어 있다. 문명 건설은 무역과 교류, 문화접변 과정을 통해 평화적으로 이뤄지기도 하지만, 역사적으로 강한 권력을 지닌 제국 및 인간집단이 강압과 전쟁, 폭력을 동원하여 다른 지역, 주변 지역을 정복하여 그들의 문명을 파괴하고 정치체제와 종교와 지식 등 자기 문명을 강제적으로 이식하는 방식으로도 진행되어왔다.

이 과정에서 피정복 민족 및 지역의 자연과 생태계, 문화·문명을 파괴하는 일이 수반되었고 혼종문화가 파생되었다. 이러한 점에서 생태문학, 생태설화의 연구는 '인간과 자연의 화해'라는 대범주에서, 자기중심적 문명의 폭력성을 반성하고 소수집단의 문화·문명 및 자연과의 공존을 모색하는 방향에서 범주를 확장해 진행할 근거가 생긴다. 이러한 방향에서 역사적으로 제국주의 국가 및 강한 권력을 지닌 인간집단의 자기중심적 문명이 다른 집단 및 지역에 저지른 전쟁과 식민 지배 및 야만적 행위, 경제적 수탈, 산업개발에 따른 자연훼손 행위를 비판하고 평화를 존중하며, 소수집단, 원주민의 다양한 문명·문화와 공존하는 방안을 찾는 태도가 필요할 것이다.

이는 식민주의의 역사에 대한 성찰 및 탈식민주의의 관점에서 좀 더 다양한 아시아 생태설화 또는 오세아니아 지역의 설화까지도 발굴하여 연구하는 계기가 될 것이다. 예컨대 역사적으로 타이완은 다양한 남양어족의 원주민들이 원시문화를 건설하고 살았는데, 명·청 시기 광

동·복건성의 한족들이 이주하고, 포르투갈, 네덜란드, 스페인, 일본 제국이 식민 지배를 하면서 원주민들의 삶과 문화, 경제가 침탈받았으며, 제국의 문명 이식·건설 과정에서 문화 및 자연 생태계도 심각하게 훼손되었다. 네덜란드 동인도회사는 1624년 타이난台南 지역을 점령한 뒤 1662년까지 총 39년 동안 타이완을 통치하면서 성채를 건설하고 무역을 독점하며 원주민들을 기독교로 개종시키려 했다.[27]

원주민들의 삶과 문화는 그뒤로도 지속적으로 외부인들에 의해 침해되었다. 일본의 경우, 청일전쟁에서 승리한 뒤 1895년 5월 타이완섬에 타이완총독부를 설치했다. 1901년 이후 경찰청은 지방행정 및 치안 업무를 맡았다. 타이베이주 경무부警務部 이번과理蕃課는 타이완 고산족의 가구 조사 및 징수 등의 행정업무도 담당하면서 원주민들의 문화를 파악하기 위한 목적에서 그들의 전설을 조사해 1923년『원주민전설집生蕃傳說集』이라는 최초의 원주민 설화집을 출판했다.[28] 타이완경찰협회 타이베이지부는 1930년『원주민전설동화선집蕃人傳說童話選集』을 출판했는데, 여기에는 71편의 고산족 옛이야기가 수록되어 있다.[29] 저자들은 타이완 원주민 소년들을 교화하기 위한 목적에서, 그들의 전설을 수집·분류하고 동화체 문장으로 개작했으며, 이를 교육에도 활용했다.[30] 아이러니하지만 오늘날 우리는 이러한 설화집에 수록된 원주민들의 민속과 설화를 번역·연구하면서 그들의 문화와 생태적 삶에 대해 고찰하고 보전 방안을 찾을 수 있을 것이다.

필자는 얼마 전 미국령 괌에 여행을 갔다가 17세기 스페인의 식민지가 된 괌의 역사, 그리고 원주민 차모로족의 문화 보전 운동, 위대한 추장 후라오Hurao가 주도해 시작한 괌-스페인 전쟁(1671~1684) 등에 대해 알게 되었다. 포르투갈 항해사 페르디난드 마젤란Ferdinand Magellan 은 스페인을 위해 세계 일주 항해를 하던 중, 태평양을 건너 1521년에 괌에 도착한 것으로 추정된다. 그는 원주민들의 행동을 보고 이 섬을 '라드로네스섬(도적들의 섬)'이라고 불렀다. 1565년 스페인은 정식으로 괌의 소유권을 주장했으며, 1668년 초반 무렵부터 주민들에게 로마 가톨릭을 받아들여 개종하도록 강요

그림 2-1 스페인에 대한 차모로족의 저항을 그린 전시물(괌 박물관 소장)

했다. 그후 2세기 동안 괌은 스페인의 태평양 전초기지 역할을 했다.[31] 괌에 스페인의 가톨릭교 선교사들이 도착하면서 섬의 전통적인 권력 구조 및 문화가 붕괴되기 시작하자, 차모로족은 이에 대해 저항했다. 1671년 추장 후라오는 차모로 전사들에게 괌에 주둔하는 스페인에 반대하는 연설을 하여 지금까지 기억되고 있다. 그중 일부를 인용하면 다음과 같다.

스페인 사람들은 자기 나라에 남아 있는 것이 더 나았을 것입니다. 행복하게 살기 위해 우리는 그들의 도움을 필요로 하지 않습니다. 우리 섬이 우리에게 제공하는 것에 만족하며 우리는 아무것도 원하지 않습니다. 그들이 우리에게 준 지식은 단지 우리의 필요를 증가시키고 우리의 욕망을 자극했을 뿐입니다. 그들은 우리가 옷을 입지 않는 것을 악하다고 생

각합니다. 그것이 필요하다면 자연은 우리에게 옷을 제공했을 것입니다. 그들은 우리를 더러운 사람으로 대하고 야만인으로 여깁니다. 하지만 우리는 그 말을 믿어야 할까요? 그들은 우리를 가르친다는 핑계로 우리를 타락시키고 있습니다. 그들은 우리가 살고 있는 원시적인 단순함을 우리에게서 빼앗아갑니다. 그들은 감히 생명보다 더 소중한 우리의 자유를 빼앗아 가려고 합니다. 그들은 우리가 더 행복해질 것이라고 설득하려고 노력했고, 우리 중 일부는 눈이 멀어 그들의 말을 믿었습니다. 그런데 저 외국인들이 우리의 평화를 어지럽히러 온 이후로 우리가 온갖 불행과 질병에 휩싸여 있었다는 사실을 반성한다면 우리도 그런 심정을 가질 수 있겠습니까?[32]

후라오 추장은 스페인의 식민지가 되고 가톨릭으로 개종되고 있는 괌의 차모로족들을 향해, 행복하게 살기 위해 우리는 스페인의 도움을 필요로 하지 않으며, 그들이 준 지식은 필요와 욕망을 자극했을 뿐이라고 한다. 또한 그는 스페인에서 온 정치인들과 가톨릭 신부들이 옷을 입지 않은 자신들을 야만인이라고 여기며, 가르친다는 핑계로 자신들을 타락시키며 자유를 빼앗고 있다고 말한다.

그의 웅변적 연설은 차모로족에게 스페인에 대한 저항과 투쟁을 촉발했으며, 1671년에 일어난 전쟁은 1684년까지 계속되었다. 추장 후라오의 연설은 1700년경 프랑스 예수회 신부 샤를 르 고비앙Charles Le Gobien이 듣고 구술한 것이 문서화되어 현재까지 전하고 있다. 고비앙 신부는 당시 마리아나제도의 초기 예수회 선교사들의 글과 편지를 편집하고 보고하는 일을 담당했다. 오늘날 미국령 괌에서 차모로족은 정치와 학교교육, 박물관 전시, 마을 운동 등을 통해 후라오의 연설과 정신을 기억하고, 아이들에게 사라져가는 자기 민족의 언어와 문화적 관습을 지키고 가르치고 있으며, 차모로족의 오래된 설화를 발굴하여 전하고 있다.[33] 이러한 문화 회복 운동은 탈식민주의 관점에서 제국과 식민지 관계를 비판적으로 인식한 위에서 일어난다.

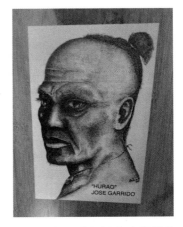

그림 2-2 후라오 추장의 초상 전시물(괌 박물관 소장)

　현재적으로 우리는 한국과 아시아 지역에서 일어나고 있는 이주 현상을 주목해, 이주민들의 정착 및 생활담, 정주민과 이주민들의 관계를 담은 경험담도 생태설화의 범주에 포함시켜 고찰할 필요가 있다. 이러한 경험담 연구는 새로운 자연·환경에 대한 이주민들의 적응과 공동체 건설, 이주민과 정주민 간의 갈등, 소수집단의 생태계 및 문화 회복 등의 개념이 주요 주제가 된다.

　한국 사회는 1990년대 이후 다문화사회로 점차 변화하고 있으며, 2020년대 들어 215만 명이 넘는 외국인 주민이 거주하고 있다.[34] 이러한 외국인 유입의 이유 중에는 1990년대 이후 농촌 지역을 중심으로 베트남, 중국, 필리핀, 타이, 캄보디아 등 아시아 출신의 결혼이주여성이 급증한 것도 한 요인이다.* 이러한 한국 농촌 남성과 아시아 여성과

*　아시아에서 가장 많은 결혼이주민이 정착한 나라는 베트남(4만 1447명), 중국(3만 7434명),

의 국제결혼 양상은 한국의 다문화사회 및 다문화가정의 성격에 큰 규정성을 지닌다. 최원오는 성숙한 다문화사회를 이루기 위해 이주민들의 설화를 소통의 도구로 활용하는 방안을 제시하고, 이주자와 정주자, 정주자 간에도 소통이 이뤄져야 하며, 평등성 교육이 수행되어야 한다고 했다.[35] 이는 다문화사회 형성 과정에서 설화를 통해 좀더 적극적으로 이주민의 삶을 존중하고 소통하자는 의미가 포함되어 있다. 이에 더하여, 디아스포라 생애담, 다문화설화, 이주민들의 이주 내력과 정착 경험의 구술을 채록한 이주 경험담 등을 텍스트로 하여 이주와 정착 이야기를 생태문학적 관점에서 연구할 필요가 있다.

III. 문학생태학 관점에서 본 아시아 설화 연구의 과제

설화는 한국 사회의 다문화 환경에서 상호존중과 이해에 기여할 수 있으며, 나아가 이주와 경제 교류가 활발하게 이뤄지고 있는 동아시아, 동남아시아 등 아시아인의 상호소통과 문화교류에 활용될 수 있다. 필자는 앞에서 최근 한국을 중심으로 일본, 중국 등지에서 진행되고 있는 환경문학, 생태문학 관점에서의 아시아 설화 연구 동향을 검토하고, 이

한국계 중국인(2만 2336명), 일본(1만 5074명), 필리핀(1만 2041명), 타이(6558명), 캄보디아(4565명), 우즈베키스탄(2709명), 몽골(2502명), 타이완(1596명), 인도네시아(1073명), 파키스탄(989명: 남성 834, 여성 155), 네팔(834명) 순이다. 이 가운데 파키스탄은 예외적으로 남녀의 비중이 역전된 경우다. 베트남은 남녀 성비가 3560명 대 3만 7887명으로, 여성의 비중이 남성보다 9.4배 높다.

러한 연구 방법이 아시아의 어떠한 사회정치적 모순을 드러내고 문학
적 해결 방식을 찾아낼 수 있을지에 대해 살펴보았다. 마지막으로, 설
화를 포함한 생태적 주제를 다룬 다양한 장르에 걸쳐 문학생태학 관점
에서 아시아 설화 연구의 전망과 과제에 대해 생각해보자. 김해옥은 생
태문학론의 전망과 과제를 다음과 같이 제시했다.

> 첫째, 인간문명에 의한 자연파괴 실상을 고발하고 비판함으로써 삶의 위
> 기를 인식시키는 길로 나아갈 것.
> 둘째, 인간 자신의 피폐화에 대한 반성을 전제로 할 것.
> 셋째, 연구에 저항성이 약하고 주제의식이 빈곤하면 단순해지므로, 연구
> 주제를 다양하게 이끌고 갈 것.
> 넷째, 연구수준을 높이기 위해 비유, 상징, 리듬, 운율 등의 면에서 문학
> 과 글쓰기의 다양한 언술방식을 시도하고 연구할 것.[36]

필자는 이러한 제언이 매우 적절하다고 생각하며 대부분 동의한다.
이런 말을 타당하게 여기고 수용할 수 있다면, 환경문학 및 생태문학에
관심을 둔 아시아 설화 연구자들은 현실의 생태 문제를 치열하게 인식
하고, 텍스트에서 얻어낸 환경·생태 연구 성과를 오늘날 생태 현실 및
삶에 적용하여 구체적 메시지를 전달해야 한다. 위의 제안에 더하여,
필자는 문학생태학 관점에서의 향후 아시아 설화 연구 과제를 다음과
같이 전망한다.

첫째, 아시아 전근대 문학 텍스트에서 생태문학의 연구주제를 다양
하게 찾아내야 한다. 예컨대, '전쟁', '질병', '재해', '유토피아', '은둔', '이

주', '가족', '평화' 등을 주제로, 아시아 설화 및 고전문학 텍스트로부터 어떤 메시지를 도출할 수 있을지 연구해야 한다. '풍수지리와 문학', '자연귀의', '천인합일', '선비정신' 등 전근대 문학의 익숙한 주제 및 용어는 오늘날 환경·생태 문제와 연관해 좀더 실천적으로 재해석할 필요가 있다.

둘째, 아시아 문학 연구자들이 아시아적 가치관 및 환경 문제를 잘 드러내주는 각국의 설화들을 조사해 연구·편집하고, 자국어 및 영어로 번역해 연구자 및 독자들과 공유할 필요가 있다.[37]

셋째, 환경·생태를 제재로 한 각국의 설화·고전 텍스트를 활용해 아시아인의 상호소통 및 평화, 자연파괴 및 재해 예방에 기여할 현실적 방식을 찾아야 한다.

넷째, 근현대 환경·생태 사건 및 주제와 연관된 경험담을 연구하고, 여기서 현 시대의 환경, 생태에 관련된 자료와 이슈, 이주와 공생의 삶에 관해 살펴볼 필요가 있다. 오래된 과거의 것만이 아닌, 현대구전 설화(서사)MPN: Modern Personal Narrative[38] 중에서 환경·생태 주제의 작품들을 조사해 아시아인의 생태적 생활과 경험에 대한 이해를 넓힐 필요가 있다. 현대구전설화는 크게 일상경험담과 역사경험담의 범주로 구성된다. 설화가 허구적인 이야기며 과거적 완결성이 강한 이야기라면, 경험담은 사실적인 이야기고 현재로 열려 있는 이야기다.[39] 일상생활담 또는 일상경험담은 시집살이, 군대 생활, 마을공동체 생활, 이주와 이민 생활, 2011년 동일본대지진, 코로나19 바이러스 감염병 등 현대 아시아인들의 일상적 생활에 대한 사람들의 가치관과 기억을 보여줄 뿐 아니라, 체험에 깃든 삶의 깊이와 진정성을 살필 수 있다는 점에서 가치가 있다.

결론적으로 아시아 학계의 문학생태학 연구자들은 한국을 비롯한 아시아의 사회정치 및 생태·과학적 현실을 더욱 민감하게 인식하고, 전통적 설화 및 경험담·현대구전설화 텍스트의 해석을 현재적 사건 및 미래에 대한 전망과 연결 짓는 태도가 필요하다. 이를 통해 현재의 지구환경 및 생태 문제의 인식과 해결 방안을 제시하는 데에도 힘을 기울여야 한다.

3장

17세기 재난문학『어우야담』을 통해 본
조선의 재난과 인간존중정신

I. 17세기 재난문학으로서의 『어우야담』

17세기 유몽인이 기술한 『어우야담』에는 전란, 표류, 역병, 수해, 가뭄, 하늘과 땅의 이상 징후를 제재로 한 재난담 20여 편이 수록되어 있다. 이 장에서는 『어우야담』에 기술된 내용을 바탕으로 16~17세기 재난 상황과 인식 태도를 살피고, 재난 상황에서 발휘된 인간존중정신에 대해 살필 것이다.

16세기부터 17세기 초까지의 재난 상황을 다양한 서사적 필치로 기록한 『어우야담』에는 일련의 재난담이 기록되어 있다. 『어우야담』은 조선시대 문신이자 문장가인 유몽인柳夢寅(1559~1623)이 야사·항담巷談·가설街說 등의 구전을 받아들여 다방면에 걸친 사회 세태를 기록한 야담·설화집으로, 임진왜란 전후의 생활상을 다양한 관점에서 조명할 수 있다.[1] 유몽인은 선조·광해군조 30여 년에 걸쳐 관직 생활과 세 차례에 걸친 대명 외교사행을 수행한 관료이자 시문 활동을 활발히 한 문장가로 평가되고 있다.[2] 그동안 『어우야담』에 관한 연구는 유몽인의 글쓰기 및 서사 방식, 기생·상인·여인 등 인물담, 귀신담, 사회현실 반영 및 세계관, 이물·이류에 대한 인식 등 다양한 관점에서 진행되었다. 『어우야담』에는 20편이 넘는 재난담이 수록되어 있는데, 이를 제재로

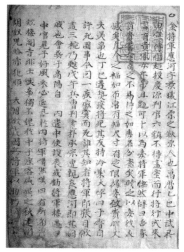

그림 3-1 『어우야담』 표지

그림 3-2 『어우야담』 본문(한국학중앙연구원 소장)

한 연구를 종합적으로 시도해본다. 구체적으로 17세기 재난문학으로 서의 『어우야담』에 그려진 재난 상황과 재해 인식, 작품에 표현된 인간 존중정신에 관해 살필 것이다.

Ⅱ. 『어우야담』 재난담의 분류와 제재

『어우야담』은 인륜편, 종교편, 학예편, 사회편, 만물편 및 보유편으로 구성되어 있으며, 총 558편의 설화·야담·일화 등의 작품이 수록되어 있다.[3] 『어우야담』 수록 작품 중에서 자연재해나 사회재해로 인한 재난 이 주요 제재가 되는 작품을 조사한 결과, 전란, 역병, 수해, 가뭄, 이상

표 3-1『어우야담』수록 재난담의 제목과 주요 내용

제재	제목	주요 내용	수록 편명
전란 (4)	목숨을 바쳐 어머니를 구한 나의 형 유몽웅	임란 때 효자가 목숨을 바쳐 왜적의 칼날에서 모친을 구함	인륜편
	왜구에게 몰살당한 한씨 일가	임란 때 한씨 일가가 왜적들에게 몰살당함	인륜편
	홍도 가족의 인생유전	임란 때 남원의 정생·홍도 일가가 해외로 이산했다가 재회해 귀국함	인륜편
	노인의 장쾌한 유람	임란 때 일본에 끌려간 피로인(被擄人) 노인이 남번, 중국을 거쳐 귀환함	인륜편
표류 (1)	강남덕의 어머니	뱃사공 남편이 표류해 중국에 있다는 소식을 들은 아내가 남편을 찾아가 남편과 재회하고 함께 귀환함	인륜편
역병 (4)	권람의 의로운 행동	권람이 역병 걸린 친구를 찾아가 구휼함	종교편
	종랑의 시신을 묻어 준 무사	무사가 역병으로 죽은 여인의 시신을 수습하고 장사 지냄	종교편
	역병 앓는 아이의 영험함	역병 앓는 아이가 영험하다는 속신(俗信)이 사실이 아님을 변증함	종교편
	5월 5일생에 대한 속기(俗忌)	역병에 대한 속신(俗信)을 비판함	종교편
수재 (2)	서울의 물난리	16세기에 서울에 여러 번 홍수난 일을 기록함	사회편
	수해를 방비한 이명준과 수해로 죽은 강중룡	1605년 이명준은 물난리가 날 것을 알고 수해를 대비하고, 강중룡은 재물을 탐내다 수해 때 죽음	사회편
한재와 굶주림 (5)	굶주림으로 기가 막혀 죽은 사연	1619년 흉년에 굶주린 사녀들이 밥을 급히 먹다 죽음	사회편
	굶주린 도적	1619년의 흉년에 굶주린 양민들이 도적이 되어 재물을 빼앗음	사회편
	전란의 굶주림과 식인	1594년 전란 때 굶주린 개성 사람들이 아이를 훔쳐 삶아 먹음	보유편
	곤경에서 보여 준 절의	1594년 선비 정협과 이수준이 전란에 굶주린 백성들을 구휼함	사회편
	귀신과 정을 나눈 박엽	1594년 박엽이 여인과 정을 나눈 후 굶주려 죽은 귀신임을 알고 장사 지냄	종교편
이상 징후 (5)	치우기와 별똥별	1577년 등 살별과 유성이 출현해 이상현상이 발생함	만물편
	일식의 재앙과 문장가의 재앙	1615년 3월 1일의 일식이 재앙이 되어 조선 문장가가 죽음	만물편
	임진왜란과 재앙의 징후	임진왜란 이전에 각종 이상징후가 생긴 뒤 전란이 일어남	만물편
	백색인간과 전란의 징후	조선과 중국에서 백색인간이 발견된 것은 전란의 징후임	만물편
	혜성의 출현과 선조의 죽음	1607년 나타난 혜성을 보고 선조가 자신의 죽음을 예측함	보유편

징후, 표류의 사건과 연관된 재난담 21편이 발견되었다. 지진이나 해일 등을 제재로 한 작품은 보이지 않는다. 재난담의 제목과 주요 내용을 도표화하면 표 3-1과 같다.

이 21편의 작품은 재난의 성격에 따라 전쟁재난담(4편), 표류재난담(1편), 역병재난담(4편), 수재재난담(2편), 한재재난담(5편), 이상징후재난담(재이담災異譚, 5편)으로 분류된다. 유몽인은 시기적으로 15세기 전반에 있었던 역병 전염 이야기(「권람의 의로운 행동」)부터 중국 절강성에 살던 홍도가 배를 타고 귀국한 1620년(「홍도 가족의 인생유전」)까지의 각종 사건을 제재로 다룬다. 가장 늦게 기록된 작품은 뱃사공의 아내가 남편이 태풍으로 표류해 강남에 살고 있다는 소식을 듣고 직접 찾아가 남편과 함께 귀국했다는 「강남덕의 어머니」(1621)*다.

작품의 제재가 된 주요 사건은 임진왜란(1592~1599), 심하전투·사르후전투(1618~1619), 역병(15세기 전반 등), 홍수(1500, 1542, 1580, 1602, 1605), 대기근(1594, 1619), 살별 및 유성 출현(1577, 1596, 1608), 일식 현상(1615.3.1.) 등이다. 이상의 작품을 크게 전란과 표류, 역병, 수재와 한재, 이상 징후 등 네 항목으로 묶어 내용을 살핀다.

---

* 「강남덕의 어머니」는 이야기 끝에, 유몽인이 직접 "천계(天啓) 원년(1621) 여름에 기록한다"
   라고 집필한 시기를 명기했다.

III. 『어우야담』에 그려진 16~17세기 재난 상황과 대응

1. 전란과 표류: 전란의 참상과 고국 귀환

유몽인은 1559년 출생하여 1589년(선조 22) 문과에 급제한 뒤, 1623년 인조반정 때 역적으로 몰려 처형당하기까지 30여 년간 관직 생활을 했다. 그가 주로 활동했던 시기는 임진왜란, 심하전투가 일어나 온 나라가 전란의 고통을 겪던 때였다. 『어우야담』 인륜편에는 임진왜란으로 사민들이 당한 전쟁재난담과 표류재난담이 다수 수록되어 있다. 「목숨을 바쳐 어머니를 구한 나의 형 유몽웅」, 「왜구에게 몰살당한 한씨 일가」는 임진왜란 때 왜적의 칼날에 의해 조선의 사민들이 비참하게 죽은 참상을 기술한 것이고, 「홍도 가족의 인생유전」, 「노인의 장쾌한 유람」은 전란으로 인해 주인공이 포로가 되어 일본으로 끌려가고, 가족 이산의 고통을 겪지만 강한 의지로 마침내 고국으로 귀환하는 내용을 담고 있다.

「목숨을 바쳐 어머니를 구한 나의 형 유몽웅」(인륜편 1)은 왜적의 칼날로부터 어머니의 목숨을 구한 효자 유몽웅의 이야기다. 유몽인의 친형 유몽웅柳夢熊(1557~1592)은 모친을 모시고 1592년 도성에서 양주로 피난해 있었는데, 왜적이 노모에게 칼을 겨누자 자신의 몸으로 감쌌으며, 네 번이나 칼에 찔렸는데도 끝내 어머니를 구했다. 뒤에 조정에서는 그의 효성을 아름답게 여겨 정문旌門을 세워주었다고 했다. 유몽인은 불효·불의한 자들은 멀쩡한데, 착하고 효성스러운 자가 죽은 것에 대해 천명을 탓하며 비통함을 표현했다.

「왜구에게 몰살당한 한씨 일가」(인륜편 8)에는 임란 때 양주의 한극
겸 일가, 신씨 일가가 왜적들에게 몰살당한 일이 기술되었다. 1592년
왜구는 길에서 마주친 한극겸의 목을 베어 장수에게 바쳤으며, 그의 딸
은 숲의 나무에 목이 매달린 채 죽었고, 그 여동생은 왜구가 겁탈하려 하
자 낭떠러지에서 떨어져 죽었다. 신응하·신응수 등 신씨 일가족 7, 8명
도 연일 왜구의 칼에 맞아 죽었다. 유몽인은 이들의 죽음을 황망해하
며, 사람의 죽음은 가문의 액운과 관계된다고 했다.

「홍도 가족의 인생유전」(인륜편 10)은 남원의 정생과 홍도의 사랑과
결혼, 전쟁으로 인한 이산과 재회, 다시 전쟁으로 인한 이별과 고국 귀
환 등으로 이어지는 긴 이야기다. 정생과 홍도는 결혼해 살다가 1597년
왜구의 침략으로 인해 이산한다. 이때 홍도는 남자 옷을 입고 있다가
포로로 일본에 잡혀갔는데, 정생은 사라진 아내가 명군을 따라 중국으
로 갔을 것이라고 생각해 중국으로 망명한다. 뒤에 절강에서 아내를 찾
던 정생은 일본 상선을 타고 온 홍도를 만나 절강 땅에 머물러 아들을
낳고 산다. 그뒤 명-후금의 전쟁으로 인해 1618년 정생이 사르후전투
에 출전해 후금의 포로가 되었다가 조선으로 돌아오며, 홍도는 1620년
자식 부부와 함께 배를 타고 바다를 건너 남원으로 돌아와 부부와 가족
일가가 재회한다. 유몽인은 이 기가 막힌 정생·홍도 일가의 재회를 '지
성이면 감천'이라며 기이하고 특이하다고 논평했다.

이 이야기는 조위한이 1621년에 지은 「최척전」의 내용과 흡사해
두 작품의 관계에 대해 여러 번 논의가 있었다. 두 작품은 전체적 줄거
리, 남원이라는 장소, 인물의 성격과 주제 등에서 매우 유사하지만, 주
인공의 이름이 다르며, 남원과 일본, 중국, 베트남에서의 지명은 「최척

전」이 훨씬 구체적이다. 선행연구에 의하면, 유몽인의 홍도 이야기가 조위한의 「최척전」보다 선행하는 것으로 파악된다.* 「홍도 가족의 인생 유전」은 남원에 살던 정생·홍도 부부가 전란(정유재란, 남원성전투, 심하 전투)을 맞아 일본·명나라로 이산되었으나, 극적으로 외국에서 재회하고 20년 만에 고국으로 돌아온 이야기다. 유몽인은 전란으로 인한 이산의 고통을 서사화하는 한편, 지극한 부부애 및 가족애를 포착해 재회의 서사를 기술했다.

「노인의 장쾌한 유람」(인륜편 25)은 임란 때 일본에 끌려간 피로인被擄人 노인魯認이 남번, 중국을 거쳐 천신만고 끝에 고국으로 귀환한 이야기를 그린 것이다. 작품의 내용을 요약하면 다음과 같다.

노인과 유여굉은 호남 선비로 임진왜란 때 왜구에게 잡혀 부산에서 배를 타고 일곱 명의 조선인과 일본으로 잡혀간다. 일본에서 늘 고향으로 돌아갈 꿈을 꾸면서 돈을 모은 지 6, 7년이 된다. 동행한 여섯 명은 대마도를 거쳐 부산으로 돌아갔는데, 노인은 홀로 남번 사람의 상선을 타고 남번국으로 들어간다. 노인이 남번을 떠나 중국 복건성에 이르러 잠시 머무르다가 소주, 항주 등을 유람하고 연경에 도착, 조선의 사신을 만나 귀국한다. 그간의 기이한 볼거리와 장쾌한 유람은 더할 나위 없는 것이다.

---

* 엄태식은 『어우야담』의 「홍도 가족의 인생유전」과 조위한의 「최척전」의 관계에 대해, 두 작품 간의 인명 표기, 서사의 합리성 등을 고려한다면, 조위한이 홍도 이야기를 변용하여 「최척전」을 창작했을 것이며, 「최척전」의 창작 연도는 1621년이 아닌, 1622년에서 1623년 사이일 것이라고 했다. 엄태식, 「〈최척전〉의 창작 배경과 열녀 담론」, 『한국고전여성문학연구』 24, 2012, 91~106쪽.

이 이야기의 주인공 노인(1566~1623)은 실존 인물로, 위 설화의 내용은 그의 일기 『금계일기錦溪日記』 및 문집 『금계집錦溪集』에 있는 내용과 크게 다르지 않다. 그의 실제 생애를 보면, 그는 1566년 나주에서 출생해 1597년 8월 15일 남원성전투 때 일본에 포로가 되어 잡혀갔다가, 1599년 3월 17일 중국 차관 임진혁林震虩의 도움을 얻어 배를 얻어 타고 일본을 탈출해, 3월 28일 중국 복건성 장주 앞바다에 도착한다. 그리고 복주로 이동해 복주부에서 3개월 동안 머물면서 북경으로 들어가기를 기다리고, 7월 복건성을 떠나 북경으로 호송된 뒤 그해 12월 조선으로 돌아온다. 그는 1606년 수원부사, 1607년에 황해도 수군절도사를 역임한 후 사직하고 고향으로 돌아와 1623년에 생을 마쳤다.

「노인의 장쾌한 유람」의 이야기를 『금계일기』 및 『금계집』의 내용과 비교해보면, 「노인의 장쾌한 유람」에는 노인의 출생이나 일본으로 잡혀가고 중국으로 망명한 해 등 숫자가 거의 없으며, 일본에 머문 기간(6~7년)이 실제(1년 6개월)보다 훨씬 길다. 남번이라는 지역명은 『금계일기』에는 없는 것으로 추가된 것이다. 이는 유몽인이 노인의 이야기를 기록이 아닌 말로 전해 듣고 썼다는 유력한 근거가 된다. 전체적으로, 유몽인은 노인의 포로 생활과 탈출·귀환기를 서술하면서 남번의 문화 견문 및 중국 유람 내용을 특이하게 여겨 부각했다.

「강남덕의 어머니」(인륜편 11)는 표류재난담이다. 1580년을 전후한 해, 서울 서강의 뱃사공 황봉이 바다에 나갔다가 태풍을 만나 표류한다. 그 아내는 남편이 죽은 줄 알고 장례를 치렀다가 뒤에 남편이 살아 중국 강남에 있다는 소식을 듣는다. 아내는 압록강을 건너 1년 남짓 걸려 걸식하며 남편을 찾아가 재회하여 마침내 귀환한다. 유몽인은 이 이야기의 끝에, 임진왜란과 심하전투 때 중국으로 넘어간 이들이 많은데 도망쳐 돌아온 이가 있다는 말을 듣지 못했다며, 뱃사공 황봉의 아내의 정성을 기이하게 여겨 천계天啓 원년(1621)에 기록한다고 했다.

유몽인은 이렇듯 전란으로 인해 황망한 죽임을 당한 이들을 애도했으며, 해외로 이산했지만, 극적으로 고국으로 귀환한 이들의 대단한 '정성'을 치하했다. 뒤에서도 언급하겠지만, 유몽인의 이러한 논평은 인간이 정성을 다할 때 하늘도 감동하여 돕는다는 천인감응론天人感應論의 인식 태도에서 나온 것으로 파악된다. 천인감응이란 하늘과 사람이 서로 통하며 하늘은 사람의 일에 간여하고, 사람의 행위 역시 하늘로 하여금 감응하게 할 수 있다는 것이다. 천인감응론은 동중서董仲舒(기원전 198~106)가 주장한 정치 논리로, 인격 신적인 주재자로서의 천天의 존재를 확립하고, 아울러 이러한 천과 인간의 감응 관계를 통해서 천과 인간의 관계 지움을 시도했다. 나아가 이러한 관계 지움은 상서祥瑞·재이災異와 같은 하늘의 구체적인 감응 형태를 도출하여 최종적으로 군주를 바로 세우게 한다는 정치 논리로도 이어진다.[4]

2. 역병: 구휼의식과 속신타파

조선조에 유행한 역병의 횟수는 1390년대부터 1890년대까지의 『조선왕조실록』의 기록만을 살펴보아도 480여 건에 달할 만큼 빈번했다. 비록 조선이 유교를 국시로 하여 민간신앙인 무속巫俗을 억눌렀지만, 현실적으로는 민간에서 다양한 기능을 하는 무속인의 활동을 허용하고 있었다.[5] 조선시대에는 역병을 '열병熱病' 또는 '모진병'이라고 불렀다.

민간에서는 전염되는 병이라는 뜻으로 염병染病이라고 불렀다. 역병은 동양의 역사서에서 주로 역질疫疾이나 역려疫癘라고 표현되었다. 역병이라는 말은 고대 중국에서 부역을 하는 집단에서 흔히 나타나는 질병이라는 의미에서 나온 말이다.[6] 역병은 전염성을 띠는 병을 일컫는 말이지만, 일반적으로 마마(두창과 홍역), 장티푸스, 흑사병(페스트) 등을 가리키는 말로 쓰였다. 그중 홍역紅疫은 우역牛疫이나 개의 홍역cainedistemper과 관계가 있고, 두창은 소와 일부 가축에게는 흔한 감염병이며, 인플루엔자는 돼지와 조류도 함께 걸린다고 한다.[7] 홍역은 조선시대에 17세기 후반부터 18세기까지 본격적으로 유행했다. 홍역은 마진麻疹이라고도 불렸으며, 이를 치료 혹은 예방하기 위해 18·19세기에 많은 의서가 편찬되었다.[*] 『어우야담』 종교편에는 전염병 재난의 상황에 대해 네 건의 일화가 기록되어 있는데, 이에서 유몽인이 역병 및 역병 구제에 어떤 태도를 가졌는지 살펴보기로 한다.

「권람의 의로운 행동」(종교편 141)에는 권람權擥(1416~1465)이 젊은 시절, 친구의 집안사람들이 모두 역병에 걸렸을 때 전염을 무릅쓰고 친구를 구하러 갔던 일화가 기술되어 있다. 권람은 양촌 권근의 손자로 좌찬성, 우의정을 역임한 문신이다. 당시 사람들이 역병은 전염이 되는 병이라서 친구를 구할 수 없을 것이라고 하자, 권람은 "사람이 죽고 사는 것은 명에 달린 것입니다. 오랜 벗이 죽을 지경에 있는 것을 보고도

---

[*]　주요 의서로는 조정준(趙廷俊)의 『급유방(及幼方)』(1749), 임서봉(任瑞鳳)의 『임신진역방(壬申疹疫方)』(1752), 정약용(丁若鏞)의 『마과회통(麻科會通)』(1798) 등이 있다. 송지청·박영채·이훈상·엄동명, 「조선 홍역발생과 관련의서 편찬관계 고찰: 18C, 19C를 중심으로」, 『한국의사학회지』 31-2, 2018, 45~47쪽.

못 본 체하고 구하지 않음은 옳지 않은 일입니다. 약을 가지고 가서 구하겠습니다"라고 하며, 친구의 집에 들어갔다. 집에는 어린 하인들의 시체가 연이어 있었고, 친구가 그의 손을 잡고 흐느끼기에 권람은 그와 함께 잠을 잤는데, 잠에서 깨어 보니 친구는 이미 몸을 빼어 다른 곳으로 도망가고 없었다.

권람은 돌아가고자 했지만, 아직 날이 밝지 않아 집에 머물렀다. 그때 두 귀신이 도롱이를 뒤집어쓴 채 담을 넘어 들어와 그 친구를 찾다가 권람을 보고는 다른 사람인 줄 알고 다른 곳으로 찾으러 간다. 그리고 한 외딴 마을에서 그 친구를 찾아내 저승으로 데리고 간다. 이에 대해 유몽인은 다음과 같이 말한다.

> 권람은 하늘을 믿어 미혹되지 않고 능히 자신을 던져 남을 구했다. 그 복록이 멀리 미쳐 마침내 정승의 지위까지 올랐으니 또한 마땅하지 아니한가! 그의 친구는 권람이 자신을 구해 주려 한 은혜를 돌아보지 않고 친구를 팔아 자신을 대신하고자 몸을 감추어 피했다. 그의 마음 씀이 비할 데 없이 악했으니, 신이 그를 죽임이 또한 마땅하도다. (251쪽)

이는 친구의 집안이 역병에 걸렸을 때 전염을 무릅쓰고 벗을 구하러 간 권람의 의리를 칭찬하며 그 구제한 덕으로 저승사자를 피해 정승의 지위까지 오른 것이고, 자신을 찾아온 권람을 저승사자에게 넘기려고 도망간 친구는 의리가 없기에 신이 마땅히 목숨을 거두어 갔다고 했다. 전근대 시기에 어떤 사람도 역병의 원인이나 실체를 정확히 알지 못했겠지만, 적어도 역병이 전염된다는 것은 알고 있었다. 그렇기에 누구도 환자나 시신 옆에 가까이 가는 일은 피했고, 이는 권람이나 유몽인도 마찬가지였을 것이다. 이 이야기에는 권람이 가지고 갔다는 약이 어떤 약인지, 과연 역병 치료에 효험이 있었는지에 대해서는 아무런 언급이 없다. 유몽인은 역병에 대해 별다른 의학적 지식이 없었는지 모르지만, 역병이라는 재난 상황에서 방치되어 고립된 친구를 기꺼이 구제하려 했던 권람의 행위가 의로운 일임을 치하했다.

「종랑의 시신을 묻어 준 무사」(종교편 145)에는 전염병으로 인해 일가족이 죽은 집안의 시체를 수습한 한 무사의 일이 기록되어 있다. 한 무사가 훈련원에서 활쏘기 연습을 하고 날이 저물어 돌아오는 길에 종랑이라는 여인을 만난다. 그는 날이 저물어 걱정하는 종랑을 남부동의 집까지 데려다주고, 그녀의 집에서 여인과 곡진하게 정을 나눈다. 아침에 돌아올 때 이웃집 사람은 그에게 어찌 빈 집에서 나오느냐고 하며, 그 집안사람들은 모두 전염병에 걸려 죽었고, 종랑이 죽은 지도 벌써 사흘이 지났지만, 아직 염도 하지 못했다고 말한다. 무사는 크게 놀라 다시 들어가 살펴보고서야 집 안에 시체가 가득하고 종랑의 시체도 있는 것을 발견한다. 무사가 관과 상여를 마련해 염을 해서 교외에 묻어주고, 술과 안주를 잘 차려 제사를 지내고 돌아오자, 그날 밤 꿈에 종랑이 나타나 감사하다며 명계에서 보답함이 있을 것이라고 말한다. 후에 무사는 과거에 급제해 높은 관직에 올랐다.

이러한 후일담은 전염병으로 인해 일가족이 죽어도 시체를 수습하지 못하는 상황에서 한 무사의 의기 있는 행위를 당시 사람들이 의롭게 여겼으며, 하늘이 그 의로운 행동에 보답했다는 천인감응의 인식을 보여준다. 당시 역병이 들면 산 사람을 구제하지 못함은 물론, 죽은 사람들의 시신도 거두지 못하던 상황인데, 유몽인은 역병으로 죽은 이의 장례를 치르고 제를 올려준 행위에 대해 치하한 것이다.

「역병 앓는 아이의 영험함」, 「5월 5일생에 대한 속기(俗忌)」 두 일화에서는 역병에 대한 속신(俗信)을 부정하고 합리적으로 인식하려는 태도를 볼 수 있다. 「역병 앓는 아이의 영험함」(종교편 159)에서는 세상 습속에서 아이가 역병에 걸리면 신령해진다고 믿는 것에 대해 비판적인 인식 태도를 기술했다. 당시 사람들은 아이가 역병에 걸리면 신령함이 생긴다고 믿어 아이를 대부분 높이 받들면서 꺼리고 삼가는 경우가 많았다. 그래서 기도만 드릴 뿐, 치료하지 않아 아이는 대부분 생명을 잃게 되는데, 유몽인은 이를 비판하며 오행론(五行論)에 입각해 다음과 같이 말했다.

내 생각은 이렇다. 역병에 걸리면 열이 나는데, 열은 불이다. 불의 성질은 밝고 불은 심장을 관장한다. 마음은 본디 허령하기 때문에 바야흐로 열이 날 때에는 귀신처럼 영험해지고 불처럼 밝아져서, 듣지 않아도 들리고 보지 않아도 보인다. (255쪽)

사람들이 역병에 걸린 아이들은 영험해져 보고 듣지 못한 일을 알아맞춘다고 하니, 유몽인은 설사 그런 일이 있더라도 이는 아이가 영험해져서가 아니라, 몸에 열(心火)이 날 때면 마음이 허해져 일시적으로 그럴 수 있다고 음양의 이치로 말했다. 이러한 일화에서 유몽인이 역병에 대한 속신을 배격하고, 병에 걸린 아이를 치료하는 일이 본질임을 강조했음을 알 수 있다.

「5월 5일생에 대한 속기」에서는 대간大諫 홍천민洪天民이 역병에 대한 속기俗忌를 믿는 태도에 대해 비판했다. 홍천민은 5월 5일생인데, 어릴 적 사마천의 『사기』를 배우면서 「맹상군전」 가운데 "5월 5일생인 자가 자라서 키가 지게문과 같아지면, 그 부모에게 좋지 못한 일이 있다"라는 문장을 듣고 자신에게도 좋지 않은 일이 있을까봐 걱정했다. 나이 15세 때 어느 절에 갔다가 중들이 역병에 걸린 것을 보고 놀라 집에 돌아왔는데, 자신이 열병을 심하게 앓아 거의 죽다가 살아났다. 그러나 모친이 역병에 감염되어 세상을 떠나니, 대간은 평생 자신을 탓하며 종천지통으로 여겼다고 한다.

이에 대해 유몽인은 인명은 하늘에 달린 것이니 허탄한 설은 믿어서는 안 되며, 속기에 얽매어서도 안 된다고 했다. 유몽인의 이러한 판단은 하늘과 땅이 상생·상극의 법칙 아래 일정하게 순환·반복하며 끝없이 생장·소멸한다는 음양론에 바탕해 있다. 음양론은 사람의 운명을 10천간天干과 12지지地支라는 기호의 조화에 의해 판단하는 명리론命理論과도 연결되어 있다.[8] 오늘날의 시각에서 보면 이러한 음양론과 명리론 역시 이해하기 어려운 세계관이지만, 유몽인은 유자儒者로서의 견고한 인식 태도를 유지하고 있다.

이상 네 편의 일화에서 유몽인은 역병에 걸려 고립된 사람들을 구휼하고 시신을 수습하는 행위를 의롭게 여겼으며, 역병에 대한 속신을 배격하고 음양론의 관점에서 사람의 운명을 인식하려는 태도를 지녔음을 알 수 있다.

3. 수재水災와 한재旱災: 재해의 참상과 구휼의식

「서울의 물난리」, 「수해를 방비한 이명준과 수해로 죽은 강중룡」에서
는 홍수가 일어나는 원인을 탐구할 뿐 아니라 홍수 피해를 예방할 수
있도록 대비하고, 위기에 처한 백성들을 돕는 행위에 대해 기술한 것을
볼 수 있다. 「서울의 물난리」(사회편 372)에서는 1500년과 1542년에 한
양에 홍수가 난 일을 전하고, 유몽인이 1580년, 1602년에 직접 겪고 기
술한 한양의 홍수 피해에 대해 살필 수 있다. 내용은 다음과 같다.

> 가정嘉靖 임인년(1542, 중종 37), 서울에 홍수가 져 대궐 안에 있는 냇물
> 이 불어서 넘쳤다. 이때 홍문관 유신들은 목욕할 때 쓰는 그릇을 타고 출
> 입하며 숙직을 했다는 이야기를, 외숙고부인 동지 이조에게 들었다. 만
> 력 임인년(1602, 선조 5), 내가 전한典翰으로 대궐에서 숙직할 때 큰비를
> 만났다. 시어소의 내와 도랑물이 불어 넘쳐 홍문관으로 밀려 들어와 서
> 책이 다 젖고 흩어지는지라, 번갈아 숙직하던 사람들이 모두 책을 등에
> 지고 출입하였다. 정덕 경진년(1520년, 중종 25)에도 홍수가 져서 삼강이
> 넘쳐흘렀는데, 100년 동안에 이처럼 큰 수재가 난 적이 없었다.
> 만력 경진년(1580, 선조 13)에 나는 서호에 살고 있었는데, 큰 홍수가 갑
> 자기 닥쳤다. 연로한 노인들이 말하길 정덕 경진년에 비하면 한 길 정
> 도 못 미치지만 수재의 처참함은 근래에는 없었던 것이라고 했다. 당시
> 밤섬에 살고 있던 백성들은 모두 뽕나무 위로 올라가 피신하고 있었는
> 데, 뽕나무가 물에 반쯤 잠기자 울부짖다가 기진맥진하였다. 내가 이웃
> 사람들에게 구할 것을 권했는데, 사람들이 두려워하며 감히 배에 오르지

못하는지라, 내가 직접 배를 밀어 보냈다. 한 무리의 호협한 이들이 새벽에 출발해 정오에 이르렀는데, 뽕나무 위에 있던 사람들이 배 안으로 거꾸로 떨어져 배에 가득 타고 돌아왔다. (585쪽)

위에서 유몽인은 1520년과 1580년, 1542년과 1602년, 네 차례에 걸쳐 한양에 홍수가 났는데, 1520년에는 100년 만에 가장 큰 물난리를 겪었다고 했다. 이에 대해 유몽인은 "홍수와 가뭄이 생기는 것은 또한 간지에 응해 그러한 것이니, 쇠양지설衰禳之說이 허탄한 것만은 아니다"라고 했다. 이는 기록과 전언을 살펴 60년마다 홍수가 발생했음을 인식하고, 쇠양지설 곧 인간의 덕을 따라 가뭄과 홍수가 온다는 설과 연관이 있다며 임진왜란을 겪은 직후 백성들의 피폐해진 삶을 살피지 못한 위정자들에게서 원인을 성찰하는 태도를 보였다.

1580년의 일화에서는 홍수가 나서 한강이 범람한 일을 기술하고, 당시 밤섬에 살고 있던 백성들이 범람한 강물을 피해 뽕나무 위로 올라갔다가 물이 불어 위태로운 상황을 보고 자신이 배를 밀어 보내 여러 사람을 구했음을 기록했다. 이에 대해 사람들이, "수재가 선행을 했으니 마땅히 음덕이 있을 것이오. 금년에는 반드시 귀한 아들을 낳을 것입니다"라고 했는데, 그해에 아들 약을 낳았다고 했다. 이는 자신이 사대부로서 마땅히 백성들에게 선행을 한 것이지만, 하늘의 음덕으로 귀한 후사를 얻었다는 인식을 나타낸다.*

---

* 불행히도 1623년 7월 유몽인은 서인들에게 광해군의 복위 음모를 꾸민다고 무고당해 아들 약과 함께 사형 당했다. 정조 때 신원되고 이조판서에 추증되었다.

「수해를 방비한 이명준과 수해로 죽은 강중룡」(사회편 435)에서는 가정 을사년(1545)의 흉년과 만력 을사년(1605)의 물난리를 기술하며 수해 대비의 중요성을 말했다. 1605년 물난리가 나서 동해의 갈매기들까지 바람에 밀려와 영서 지방의 산골짜기 수백 리 밖으로까지 두루 퍼졌다. 당시 서원西原 현감 이명준은 문과 장원 출신이었는데, 바닷새가 정원 나무에 날아와 앉는 것을 보고 고을 아전에게 "바닷새가 까닭 없이 산골 고을에 이르니, 머지않아 틀림없이 홍수가 날 것이다"라며 수해에 대비하도록 했다고 기술했다. 이에 대비해, 전임 현감 무인 강중룡이 홍수가 났을 때 재물 욕심이 나 강 위에 떠내려오는 널판을 헤엄쳐 가서 건져오다가 물에 빠져 죽은 사실을 기록했다.

유몽인은 평설에서, 지혜로운 현감 이명준은 물난리가 날 것을 미리 알아 수해에 대비했고, 무인 출신의 강중룡은 재물을 탐내다 죽음에 이르렀다고 하며, 관직을 맡은 사람이라면 마땅히 글을 읽고 수해에 대비해야 한다며 위정자로서의 자세를 강조했다.

1605년의 홍수는 유례없는 대홍수였던 것으로 파악된다. 조선 후기 문신 임방任埅(1640~1724)이 기록한 야담집『천예록天倪錄』, 제9화「어촌에서 벗어난 나무꾼」에는 선조 을사년(1605) 7월 관동지방에 발생한 홍수 일화가 기록되어 있다.[9] 한 산골 백성이 나무를 하다가 우연히 하늘의 신장과 승려가 주고받는 말을 엿듣는다. 신장은 화가 나 재앙을 내리겠다고 하고, 승려는 연실 빌며 신장의 화를 풀려고 한다. 그리고 그날부터 엄청나게 비가 내려 오대산이 무너지고, 땅이 꺼져 연못으로 변하고, 수십 리 안의 모든 마을이 물에 잠겼다고 했다. 임방은 평설에서, 을사년 홍수가 수백 년 만에 처음 생긴 대재앙이며, 신장이 왜 노여

위했는지 모르지만, 나무꾼이 우연히 신장을 만나 재앙을 피했던 일이 '기이'하다고 했다. 임방이 대홍수를 우연히 피한 것에 대해 토로한 '기이'한 감정은 유몽인이 위정자로서 홍수에 대비해야 한다는 인식과는 사뭇 다르다.

제10화 「수재에서 해일을 면한 이지함」에서는 이지함이 장사를 하다가 동해 어촌에서 묵었을 때, 한 나그네 선비를 만난다. 선비는 곧 해일이 닥칠 것이라고 예언하며 이지함에게 높은 산으로 올라가 피신해야 한다고 한다. 다음날 새벽에 정말 해일이 와서 산허리까지 물이 찼다. 이지함은 선비에게 가르침을 구했지만, 선비는 거절하며 어디론가 사라졌다. 이 야담에서도 해일로 인해 백성들의 피해 입은 것이나 두려움 등에 대해서는 아무런 언급이 없다. 임방은 단지 평설에서 해일을 예언한 선비의 이인적 풍모를 부각시키며 기이한 감정을 기술했다.[10]

사회편과 보유편에는 전란과 흉년으로 인한 한재旱災 일화가 다섯 건 기술되어 있다. 「전란의 굶주림과 식인」, 「곤경에서 보여 준 절의」, 「귀신과 정을 나눈 박엽」에는 1594년의 흉년, 「굶주림으로 기가 막혀 죽은 사연」, 「굶주린 도적」에는 1619년의 흉년으로 인한 굶주림의 참상이 기술되어 있다. 『선조(수정실록)』 1594년(선조 27)의 흉년 기록을 보면 다음과 같다.

제도諸道에 크게 흉년이 들었는데, 그중에서도 경기 및 하삼도下三道가 더욱 심하여 사람들이 서로 잡아먹을 정도까지 되었다. 【병란이 일어나 군량 수송이 연달은 뒤로 공사 간에 재용이 탕갈되었다. 적의 침탈을 겪은 지대는 2년 동안 경작을 하지 못하였고 완전한 도에는 유민流民이 모두 몰려들어 주객主客이 다 곤궁하였다. 또 무사武士 및 군공軍功을 세운 사람들이 수령이 되어 오로지 가렴주구만을 일삼았다. 또 성을 쌓고 군사를 훈련하느라 사신이 번잡하게 오갔고, 주현의 모든 요역徭役이 모두 민호民戶에 집중되었다. 시가가 폭등하여 베 1필이 쌀 몇 되升밖에 안 되는가 하면, 해마다 가물어 크게 흉년이 들었으니, 백성의 식량이 고갈된 이유는 이 때문이었다.]"

실록에는 1594년 경기도와 충청, 영남, 호남을 비롯해 전국에 큰 흉년이 들어 사람이 서로 잡아먹을 정도며, 이는 임진왜란으로 인해 군량미 및 각종 비용이 들고, 수령들의 가렴주구로 인해 더욱 식량이 고갈되었다고 했다. 『광해군일기』 1619년(광해군 11) 기사에는 모두 14건의 흉년 기사가 올라 있다. 그해 11월 15일의 기록은 다음과 같다.

전교하였다. "금년에 큰 흉년으로 외방에 사는 백성들의 생활이 심한 굶주림과 피로에 시달리고 있다고 하니, 그 소식을 들음에 매우 참담하고 측은하다. 내년 봄에 가면 더욱 심하게 될 테니 진휼하는 일을 외방에서도 착실하게 거행하도록 모든 도에 하유하라."¹²

위 기록을 보면 1619년에 큰 흉년이 들었고, 강홍립을 도원수로 한 1만 3000명이 후금과의 전쟁을 위해 1619년 2월 말에 압록강을 건너 심하전투에 출정한 까닭에 막대한 군량미와 각종 부역에 따른 제반 비용이 수반되어 이북 지역의 백성들이 더욱 굶주리고 고생하고 있음을 알 수 있다. 『어우야담』에 실린 1594년과 1619년의 흉년 일화는 바로 전란의 피해 위에 한재가 겹친 상황을 배경으로 하고 있다.

「전란의 굶주림과 식인」(보유편 547)에서는 1594년 전란과 기근으로 인한 참상을 묘사했는데, 일부를 보면 다음과 같다.

개성의 어떤 백성이 한 살배기 아이를 안고 있다가 길가에 놔두고 밭에서 푸성귀를 캐고 있었는데, 두 사람이 아이를 껴안고 달아났다. 그들을 끝까지 추격하여 산골짜기로 들어가니 아이는 이미 뜨거운 물에 던져져 푹 삶아져 있었다. 그 사람들을 결박해 관아에 들어가 실상을 아뢰는데, 감히 죽은 아이를 안고 관아에 들어갈 수가 없어서 관아의 문 옆에 두었다. 죄인들이 자백하지 않자 죽은 아이를 증거로 삼고자 하여 나가 보니 뼈만 남아 있었다. 관리가 그 연유를 캐묻자 나졸들이 대답했다. "소인들이 며칠 동안 굶주려 참을 수가 없던 차에 아이가 삶아져 있는 것을 보고는 죽음을 무릅쓰고 먹었습니다." (803~804쪽)

참혹한 이야기다. 위의 이야기에는 가뭄이 몇 년째 이어지는 상황에서 사람을 잡아먹는 일이 다반사로 일어나고 있는 상황을 보여준다. 유몽인은 개성의 백성들이 갓난아이를 훔쳐 삶아 먹으려다 고발당하고, 죄인들이 관아에서 재판받는 중에 부모가 밖에 둔 죽은 아이를 관아의 나졸들이 배고픔을 견디지 못하고 먹은 일을 기록하며, 참혹함을 차마 표현할 수 없다고 했다.

「곤경에서 보여 준 절의」(사회편 373)에는 대사헌 정협이 젊을 적 굶주려 죽어가는 아이를 구해주고, 임진년(1592)에 전란의 급박한 상황에서 다른 사족들을 위해 피난선의 자리를 양보한 일, 1594년 흉년 때 굶주린 일가를 구휼한 이수준의 이야기 등 세 편의 일화가 소개되어 있다. 그중에서 이수준의 일화를 보면, 갑오년(1594, 선조 27)에 온 나라 사람이 굶주림으로 죽어가고 있었다. 이수준은 백미 50여 석을 모아 죽은 형의 처자를 비롯해 여러 동생의 식구들까지 100여 명의 일가를 밥을 지어 먹였다. 하지만 정작 이수준의 외아들은 굶주리다가 끝내 병들어 죽었다고 했다. 유몽인은 대기근의 상황에서 이수준이 자기 아들도 굶주리는 처지에서, 오갈 데 없는 일가 처자 100여 명의 대가족을 외면하지 않고 돌본 것에 대해 사대부로서의 절의를 보여주었다고 했다. 그리고 난리 후에 이수준이 아들을 낳았음을 기록하면서 이것이 하늘의 음덕이라는 뜻을 나타내었다.

「귀신과 정을 나눈 박엽」(종교편 143)은 1594년, 유생 박엽이 어느 집에서 미녀와 사랑을 나눈 다음날, 그 집이 전란과 굶주림으로 죽은 사족의 집이라는 것을 알게 되면서 일어난 일을 그리고 있다. 이 작품에서 전란과 굶주림의 참상은 다음과 같이 기술되어 있다.

> 만력 갑오년(1594)은 전란이 일어난 다음 해다. 온 나라 사람들이 모두 굶주려 서로 잡아먹기도 했으며, 굶어 죽은 시체가 길에 가득하였다. 유생 박엽이 지방에 피난하였다가 서울에 돌아오니 옛집은 쑥대밭이 되어 있었다. … 그 집은 사족의 집으로 장성한 처자가 굶주림으로 병들어 죽었으며, 온 집안 사람들 또한 굶어 죽어서 엎어진 시체가 가득했다. 박엽은 비통해 하며 관을 갖추고 수레를 세내어 서교 밖에 장사 지내고, 글을 지어 제사를 지내 주었다. (253~254쪽)

위 인용문을 보면, 전란이 일어난 다음해인 1594년 온 나라 사람들이 굶주려 서로 잡아먹기도 하며, 굶어 죽은 시체가 길에 가득하다고 했다. 박엽은 어느 빈집에서 미녀와 하룻밤 사랑을 나누었는데, 아침에 일어나 보니 미녀는 시체였고, 그 집은 사족의 집으로 미녀와 집안 식구들이 모두 굶주려 죽어 있었다고 했다. 박엽은 비통해하며 관을 갖춰 시신을 수습하고 제사 지내주었다. 유몽인은 박엽의 의로운 행동을 치하하며, 작품의 마지막 문장에 박엽이 뒤에 과거에 급제하고 가선대부로 의주 부윤을 지내고 있음을 말했다. 이러한 기술을 통해 다시 한 번 천인감응의 세계관을 드러낸다.

「굶주림으로 기가 막혀 죽은 사연」(사회편 436)에서 유몽인은 1619년(광해군 11) 흉년에 굶주려 죽은 사녀들의 참상을 측은히 여겨 기술했다. 그해 팔도에는 흉년이 들어 굶어 죽은 시체가 줄을 이었다. 다섯 명의 중이 물건을 팔려고 저자에 가는 길에 마을에 들어가 아침밥을 지어 먹으려고 양반집에 쌀을 맡기고 밥을 지어달라고 했는데, 집안사람들은 5~6일을 굶었기에 자신들이 그 밥을 다 먹고 옷가지로 보상했다고 했다. 중들이 그 옷가지를 시장에 판 뒤 남은 돈을 돌려주려고 가 보니, 늙은이와 어린아이 일곱 명이 머리를 나란히 하고 죽어 있었다. 대개 오랫동안 굶주렸으면 먼저 죽을 먹어야 되는데, 사녀들은 며칠 동안 굶주리다가 갑자기 밥을 먹었기 때문에 죽은 것이라며, 유몽인은 "슬픈 일이다"라고 기술했다.

「굶주린 도적」(사회편 437)에는 1619년의 흉년에 양민들이 도적이 되어 선비의 쌀을 빼앗고 사람은 해치지 않은 일을 기술했다. 또 어떤 행상이 길에서 도적을 만났는데 행상이 도리어 도적을 쫓아낸 일을 말하며, 행상은 배불리 먹었지만, 도적은 굶주려 있었기 때문에 도적이 힘을 쓰지 못했다고 했다.

이렇듯 유몽인은 1520년과 1580년의 수재의 상황, 1594년과 1619년의 흉년으로 인한 참상을 기술하고, 위정자들이 하늘의 뜻을 살펴 재해를 대비하도록 촉구하고, 의로운 행동을 한 선비들에게는 천인감응설에 의거해 하늘이 보상한다는 견해를 기술했다.

4. 이상 징후: 이변과 재앙 전조의 인식

전근대 시기에 기상이나 천문현상에 일어난 재이災異는 재난 개념으로 인식되었다. 예컨대 유성, 혜성, 일식, 월식, 무지개 등과 같은 천문현상은 과학지식이 일반화된 현대에는 상식처럼 이해하지만, 전근대 시기에는 불길한 징조로 받아들여졌다. 아울러 전통적으로 재난과 재이는 모두 군주를 포함한 위정자의 자질 내지 정치적 능력과도 밀접하게 연계된다.[13] 재이의 결과가 꼭 피해를 유발하는 것은 아니었지만, 위정자들이 전근대 시기에 재이를 주목한 것은 천재지변을 조사하고 정리하여 통치에 보탬이 되도록 조치하려고 했기 때문이다. 재이 이후에 실제로 피해가 발생하면 국왕은 감선減膳과 구언求言을 조처하고, 피해 지역에 구휼정책을 실시함으로써 자연계의 경고에 대응했다.[14]

「치우기와 별똥별」(만물편 457)에는 1577년, 1596년, 1608년에 각각 발생한 세 차례의 천문이상 현상에 대해 기록되어 있다. 1577년 치우기蚩尤旗가 출현했는데, 빛깔은 황적색이고 하늘과 나란히 길게 뻗쳤다고 했다. 가을에 나타난 치우기가 겨울이 되도록 사라지지 않았는데,

그해 겨울에는 짙은 안개가 연일 이어져 천지가 어두컴컴했다. 이런 까닭에 혹자는 "치우기가 안개가 되어 흩어진 것"이라고 말했다. 치우기는 살별이라고도 한다. 긴 꼬리를 가지고 있기 때문에 옛날에는 전란·역병·천재지변 등의 흉조를 예고하는 것으로 간주되었다. 이 기록에서는 치우기가 어느 지역에 나타난 것인지 명시되지 않았고, 전조의 결과로 특별한 재해가 나타나지 않았으며, 다만 그해 겨울에 짙은 안개가 계속되어 천지가 어두컴컴해진 현상만이 관찰되었다고 했다.

1596년에는 별(유성)이 중국 땅 무령현武靈縣 민가에 떨어졌는데, 그 크기가 다섯 곡斛들이 솥만 했고, 그것이 떨어질 때 환한 빛이 달빛과 같아 온 들판을 밝게 비췄으며, 오래 지난 뒤에야 어슴푸레한 색깔이 밖에서부터 안으로 먹어 들어가, 끝내는 하나의 푸른 돌을 이루었다고 기술했다.

이 기록은 거대한 '운석'이 떨어진 것을 말한 것으로 보인다. 곡斛은 열 말 용량이니, 민가에 떨어진 운석이 다섯 곡의 부피라면 50말에 해당한다. 한 되는 1.8리터로 환산되는데, 딱 1800cc 콜라가 든 대형 페트병 크기다. 10말이면 180리터, 50말이면 900리터로, 대형 콜라병 500개를 모아놓은 크기다. 이 정도 부피의 운석이라면, 그 무게가 몇십 톤은 되었을 것이니 하늘에서 떨어질 때부터 어마어마하게 큰 굉음과 밝은 불꽃을 냈을 것이며, 지상에 떨어졌을 때는 한 도시를 다 불태우고 파괴했을 엄청난 재앙으로 기록되었을 것이다. 위 기록에는 그런 내용이 없으니, 사실성 없는 전문傳聞을 기술한 것으로 보인다.

1608년에는 큰 별이 서방에서 떨어졌는데, 광채 나는 빛이 화분火盆과 같았고 어느 곳으로 떨어졌는지는 알 수 없으며, 그 남은 빛이 온 천하에 뻗쳤다가 흩어진 것이 몇백 굽이나 되는지 알 수 없었다고 했다. 유몽인은 천문역학서 『성경星經』을 살펴보고 이 별을 비성飛星(별똥별)이라고 했다. 하지만 별똥별이 관측된 지역에 대한 언급이 없고, 별똥별을 재앙의 전조로 인식한 것은 아니어서 이 관측은 위정자들의 통치와 관련해 심각한 의미를 보여주지 않는다.

「일식의 재앙과 문장가의 재앙」(만물편 458)에서는 1615년(광해군 7) 3월 초하루에 일어난 일식을 기록하며, 예로부터 규성奎星 분야分野*에서 일어나면 문장에 뛰어난 선비가 반드시 죽었다며, 과연 차천로車天輅(1556~1615)가 얼마 지나지 않아 죽은 일을 애석해하며 기술했다. 이 일화는 이상 징후와 실제 결과가 부합했다. 이 일에서 일식을 재앙의 전조로 인식하고 현실에서 재앙을 살펴야 한다는 인식을 알 수 있다.

「임진왜란과 재앙의 징후」(만물편 459)에서는 1591년 한효순이 연경에 갔을 때 중국 사람에게서 들은 말을 전했는데, 무기고의 병기를 몇 년 동안 갈지 않았는데 광채가 열 배나 환히 나는 것이 천자의 군사를 움직일 징조라고 했다. 이듬해가 되어 과연 왜란이 일어나 명나라가 구원병을 냈으니, 무기고 병기의 전조가 들어맞았다고 인식했음을 알 수 있다. 같은 해 조선의 군기사軍器寺의 연못물이 저절로 끓어 넘치더니 솟구쳐 올라 담장을 넘었는데, 늙은 아전을 이것을 남쪽 변방에 왜란이 일어날 징조라고 했다. 이듬해에 임진왜란이 일어났으니, 이 연못의 징조 역시 왜란이라는 변고와 들어맞았다. 또한 가야산 해인사 팔만

---

* 규성은 28수 별자리 가운데 15번째 별로 초여름에 보이는 중성(中星)으로 문운(文運)을 담당한다. 분야는 중국 전토를 28개 별자리에 따라 나눈 해당 구역을 말한다.

대장경의 옻칠한 판목 하나하나가 모두 땀을 흘렸는데, 이듬해에 과연 역병이 발생했다고 했다. 임진왜란 때에는 성주의 관왕 소상에서 땀이 흐르더니 사천에서 패배했다고 했다. 이러한 내용에서 임진란 이전에 하늘과 땅에서 일어난 이상 현상을 불길한 재앙의 전조로 인식한 것이 사실로 나타났음을 알 수 있다.

「백색인간과 전란의 징후」(만물편 464)에서는 진주목사 이현배의 첩에게서 백색의 아이가 태어난 것이 전란의 징후였으며, 1609년에도 중국에서 백색 인간을 보았더니 10년 뒤 누르하치의 변이 있었다며. 백색은 전란의 징후라고 기술했다. 임진왜란의 상흔과 극복 과정을 담은 설화와 고소설 『임진록』, 『흑룡일기』 등에도 임진왜란이 일어나기 전 하늘과 땅에 수많은 이상 징후가 있었다는 내용이 기술되어 있는데, 「임진왜란과 재앙의 징후」, 「백색인간과 전란의 징후」 역시 하늘과 땅에서 일어나는 이상 징후에서 전조를 파악해 재난을 예비하자는 의식을 보여준다. 이러한 재난 인식에서 천인감응론을 토대로 하늘과 땅의 상서祥瑞·재이災異를 살펴 군주의 통치를 바로 세우려 한 사대부 유몽인의 태도를 살필 수 있다.

IV. 인간존중정신과 계승

이상 20여 편의 재난담을 통해 『어우야담』의 재난문학적 성격을 살펴 보았다. 우리는 『어우야담』에서 16~17세기에 일어난 전란, 표류, 역병, 수해, 가뭄 등의 재난으로 인해 백성들이 받은 고통, 하늘과 땅에 일어난 이상 현상 등을 읽을 수 있었다. 한편으로 각종 재난의 징후와 재해 양상을 살피고, 공동체에 닥친 위기 및 이에 대처하는 인물들의 행위를 살필 수 있었다. 유몽인은 임진왜란부터 심하전투에 이르기까지 전란으로 인해 죽은 사민을 애도하고, 포로 생활 및 망명인·표류민의 유랑과 가족 이산의 고통을 서사화했다. 한편으로 유몽인은 가족이 재회하고 고국으로 귀환한 이들에게는 그들의 지극한 정성을 치하하면서 천인감응설의 세계 인식을 드러냈다.

역병에 관해서는 음양설의 논리로 속신을 타파하는 한편, 고립된 환자에게 접근해 구제책을 마련하고, 방치된 시신을 예법에 맞게 장례를 치러 인간의 존엄을 지키는 것이 마땅하다는 생각을 보여주었다. 1580년, 1605년 한양 지역에 있었던 홍수 피해에 대해 기록한 것은 그 자체로도 의미가 있다. 1594년과 1619년은 조선 전역에 대기근이 들었다. 이 시기의 자연재난은 임진왜란 및 심하전투 등의 전란 뒤에 발생한 것이라 민중들의 고통은 더욱 컸다. 그는 전쟁과 한재로 인해 많은 사람이 굶어 죽고 식인을 하기도 하는 참상을 기록했다. 한편으로는 하늘과 땅에서 일어나는 이상 징후들에서 재난의 징후를 읽어내야 한다는 관점에서 재이설화를 기술했다.

『어우야담』은 한국 최초의 야담집으로 평가되면서도, 연구의 관점에 따라 설화집, 소화집, 일화집, 야사류, 필기류 등의 속성이 주목받기도 했다. 이는 『어우야담』에 다양한 글쓰기 방식이 나타나고 결합되었기 때문이다.* 재난담에 한정해 글쓰기의 특징을 볼 때, 유몽인은 재난

---

* 최기숙은 유몽인이 『어우야담』에 자신과 사람들의 경험·관찰·전언·전문·인용 등을 반영

의 현장을 관찰하고 자신이 경험한 것을 보태고, 다양한 기록을 검토하며, 귀를 열어 설화와 야담을 채록하면서 15세기 전반부터 1620년까지 일어난 다양한 재난의 양상을 기록했다. 유몽인은 재난담을 기술하면서 전란 피해자들의 삶을 연민의 시선으로 바라보며, 역병에 대한 미신적 인식 태도를 배격했으며, 한재·수재의 고통을 깊이 공감하는 태도를 보여주었다. 또한 재해로 인한 사민의 참상을 적극적으로 기록했고, 재해를 예방할 수 있는 방법을 모색하며, 피해를 입은 사람들에게 구휼 행위를 한 사람들을 치하하고, 이들이 하늘의 음덕을 입어 자손과 벼슬 등으로 보상받는다는 인식을 보여주었다.

재난문학은 많은 사람에게 재해의 현장을 직시하도록 하며, 공동체 의식을 환기하는 힘이 있다. 유몽인은 재난으로 고통받는 사람들에 대해 정부 단위의 구제와 예방 행위에 대해서는 말하지 않았으나, 유가사상에서 나오는 정치적 리더십 및 난민을 불쌍히 여기는 마음으로 개인이 할 수 있는 구제, 연민 등의 행위와 태도를 보여주었다. 그는 각양의 재난 상황에서 신분 차별 없이 모든 인간을 존엄하게 대해야 한다는 인간존중정신을 보여주었다. 전쟁과 각종 자연재해가 빈발하면서 개개인이 생사를 예측할 수 없고 삶을 보존하기 힘들었던 16세기 말부터 17세기 초에 이르는 시기에 유몽인이 재난문학을 통해 보여준 인간존중정신은 후대에 계승되었고, 현대사회에 이르기까지 위기 극복의 리

하고, 일상의 지식·정보를 수렴해 백과전서적으로 기술하며, 비평적 글쓰기를 하며, 전기·행장·유사 형식을 차용하며 새롭고 역동적인 서사적 글쓰기를 실험했다고 했다. 최기숙, 「조선시대 지식인의 글쓰기 실험과 『어우야담』: '서사'의 포용성으로 본 '야담' 양식의 재성찰」, 『동방학지』 187, 연세대학교 국학연구원, 2019, 235~258쪽.

더십으로 존중되어야 할 것이다.

18세기 후반, 개성 부자 최순성崔舜星(1719~1789)은 집안의 재물 수만금을 모아 일종의 사회복지기금인 급인전急人錢을 조성하여 구제사업을 했다. 연암 박지원이 1789년에 쓴 최순성의 묘갈명에는, 최순성이 남에게 우환이나 상사喪事가 있으면 마음이 허탈하여 마치 허기진 사람이 아침을 먹듯이 남을 도왔던 행적이 세세히 기록되어 있다.[15] 최순성의 아들 성균진사成均進士 진관鎭觀은 부친의 뜻을 이어 급인전을 저축해 흉년이 되면 아침저녁으로 높은 곳에 올라가 밥 짓는 연기가 오르지 않는 곳을 살펴, 밥을 해먹지 못하는 사람이 있으면 몰래 돈이나 곡식을 주되 자신이 주는 것을 알지 못하게 했다.[16] 최순성·진관 부자가 보여준 구제 행위는 유몽인이 재난문학을 통해 보여준 유가적 리더십 및 인간존중정신과 맞닿아 있다. 1795년 제주도에 대기근이 일어났을 때 제주도 기생 출신의 상인 만덕萬德(1739~1812)은 자신의 사비 수천 냥을 내 육지에서 수백 석 곡식을 사와 제주도 사람들을 급히 구휼했다. 이것이 채제공蔡濟恭(1729~1799)의 「만덕전」에 기록되어 오늘날까지 전하며 그녀의 인간존중정신이 계승되고 있다.

재난문학으로서의 『어우야담』에는 천인감응설, 음양오행설 및 유가사상에 바탕한 정치적 리더십 및 연민의 태도, 적극적 구휼 행동이 발견된다. 유몽인이 재난문학을 통해 보여준 인간존중정신은 최순성, 만덕 등과 함께 한국 사회에 공동체성을 환기하고 재난극복에 일조할 것이다.

4장

인도네시아 설화집에 그려진
재난과 생태적 삶

I. 인도네시아 설화와 생태 문제

2019년 11월 기준 한국에 거주하는 외국인 주민 수는 221만 6612명으로, 전체 인구의 4.3퍼센트에 이르며, 이 가운데 아시아 출신은 90퍼센트가 넘는다.* 세계화 시대에 아시아 각국의 설화 또는 옛이야기는 한국 사회의 다문화 환경에서 다양한 민족·국가 출신의 구성원들이 서로 존중하고 이해하는 데 기여할 수 있다. 나아가 이주와 경제 교류가 활발하게 이뤄지고 있는 아시아 지역에서 상호소통과 문화교류에 활용될 수 있다. 이 장에서는 이러한 기대치 아래, 인도네시아 설화에 나타난 생태위기와 재난의 양상을 살피고, 작품에서 고찰한 주제의식 및 상상력을 바탕으로 오늘날 아시아인의 상호소통 및 21세기 기후위기 대응 방안에 대해 생각해볼 것이다.

아시아의 설화는 번역·연구된 작품이 많지 않으며, 생태나 재난을

---

* 외국인 주민의 주요 국적을 보면, 중국 출신이 42.6퍼센트(75만 7037명)를 차지하고 있으며, 그다음으로 베트남 11.1퍼센트(19만 7340명), 타이 10.2퍼센트(18만 2160명), 미국 4.4퍼센트(7만 8539명), 우즈베키스탄 3.5퍼센트(6만 2076명), 필리핀 2.8퍼센트(5만 217명) 등의 순이다. "행정안전부 2020년 통계청 인구주택총조사 자료"(2020년 10월 29일자 행정안전부 보도자료).

직접적 제재로 한 작품은 더욱 찾아보기 힘들어 연구에 어려움이 있다. 필자는 지난 몇 년간 아시아 설화 세미나를 하면서 600편 남짓의 인도네시아 설화 작품을 검토했는데, 생태·재난 제재의 작품을 비교적 많이 발견했다. 이 점이 인도네시아 설화를 연구 대상으로 선택한 계기다.

인도네시아는 400개 이상의 종족이 서로 다른 언어를 사용하며 서로 다른 문화적 배경하에서 살아가고 있으며, 이들은 다양한 민담을 소유하고 있다.[1] 인도네시아는 일찍부터 인도의 힌두교와 불교 문화에 영향을 받았으며, 13세기경에는 이슬람교가 아랍 상인들에 의해 수마트라섬 북부 아체 지역에 도입된 이래 민간풍습 및 토착신앙과 상호작용하면서 발전했다. 1619년 네덜란드 동인도회사가 자카르타(바타비야)에 식민도시를 건설한 뒤로는 기독교와 천주교 문화가 300년 넘게 자리잡았으며, 중국계 이민자들이 17·18세기경 수도 자카르타에 유입되면서 유교와 도교 문화도 함께 들어왔다. 인도네시아 설화에는 이러한 다양한 종교문화, 색다른 가치체계와 상징성이 혼융되어 있어 다른 어떤 나라의 작품들보다 다채로운 색깔을 보인다.

인도네시아 설화 중에서 생태·환경·재난·질병 등을 제재로 한 작품들을 조사해보면, 크게 홍수·가뭄 관련 이야기, 피부병 및 질병 관련 이야기, 자연친화적 삶을 형상화한 이야기들이 발견된다. 이 장에서는 『366편 인도네시아 설화집366 Cerita Rakyat Nusantara』[2]에 수록된 20여 편의 작품을 통해 재난의 의미, 인도네시아인들이 생각하는 생태적 삶에 대해 살펴보고자 한다.

II. 홍수·가뭄 재난과 징벌의식

『366편 인도네시아 설화집』에는 홍수와 가뭄 등 자연재해를 제재로 한 이야기가 적지 않게 발견되며, 피부병 감염에 관한 이야기도 일정 수가 있다. 관련 작품목록과 정보를 도표화하면 표 4-1과 같다.

8편 작품의 채록 지역(각 주의 위치는 그림 4-1 지도 참조)을 인도네시아 지도에서 찾아보면, 아체주, 붕쿨루주를 비롯한 수마트라섬, 자바섬, 칼리만탄섬, 술라웨시섬, 파푸아섬 등 인도네시아 전역에 분포되어 있음을 알 수 있다. 표 4-1의 수록 번호는 책에 실린 작품의 '월'-'번호'를 의미한다.

작품의 주요 제재는 홍수와 수해, 가뭄과 기근 등 자연재해다. 이 두 가지 제재 중심으로 작품의 양상을 살펴보기로 한다.

표 4-1 생태·재난을 제재로 한 인도네시아 설화의 주요 정보

수록 번호	작품 제목	지역	주요 제재	주제의식
1-1	우녹(Unok)	아체	샘, 나무, 홍수	심판/징벌
2-8	크라맛 리악(Keramat Riak)	붕쿨루	홍수, 호수	욕심/징벌
7-17	파라미안 호수(Telaga Paramian)	남부 칼리만탄	홍수, 호수	납치/저주
7-25	신성한 돌도끼(Kapak Batu Keramat)	파푸아	악어, 홍수	살생/징벌
9-11	시투 바근딧 호수의 기원 (Asal Mula Situ Bagendit)	서부 자바	홍수, 호수	인색/징벌
8-6	건기공주(Putri Kemarau)	남부 수마트라	가뭄, 기근, 희생제사	희생/부활
8-18	른팅과 른타스 남매의 희생 (Pengorbanan Lenting dan Lentas)	동부 칼리만탄	가뭄, 기근, 희생제사	낭비/희생
10-17	데위 루잉 인둥 붕아 (Dewi Luing Indung Bunga)	남부 칼리만탄	가뭄, 기근, 희생제사	산림훼손/ 희생

그림 4-1 설화 채록 지역(옅은 푸른색)을 표시한 인도네시아 지도

1. 호수가 된 마을 이야기: 인간의 악행으로 인한 공동체 멸망

홍수와 수해를 제재로 한 작품들은 〈우녹〉, 〈크라맛 리악〉, 〈파라미안
호수〉, 〈신성한 돌도끼〉, 〈시투 바근딧 호수의 기원〉 등 다섯 작품으로,
이 작품들에서는 대체로 홍수와 수해가 '인간의 악행 및 욕심으로 인해
신이 내린 징벌'이라는 인식이 발견된다. 대표 작품으로 〈우녹〉의 서사
단락을 정리하면 다음과 같다.

① 알라신의 선지자이자 힘이 센 우녹Unok이라는 사람이 신의 계시를
받고 사람들에게 홍수의 징벌이 내려질 것이라고 예언한다.
② 사람들이 우녹의 계시를 믿지 않는다.
③ 우녹이 홍수가 일어났을 때 탈 배를 만들기 위해 아주 큰 나무를 찾
는다.

④ 우녹이 한 샘의 가장자리에 있는 거대한 나무를 뿌리째 뽑는다.

⑤ 뿌리가 뽑힌 자리에서 엄청난 양의 물이 솟아올라 큰 홍수가 난다.

⑥ 우녹이 사는 마을(아이르 타와르)이 호수로 변한다.

⑦ 우녹이 사람들에게 함부로 나무를 자르거나 뽑으면 홍수가 날 수 있다고 경고한다.

⑧ 우녹이 큰 나무를 끌고 바다 건너 메카로 갔다고 한다.

이 작품은 수마트라섬 북부에 있는 아체주를 배경으로 하며, 신화적 상징성이 있는 큰 샘과 샘의 가장자리에 있는 큰 나무, 대홍수를 주된 소재로 하여 알라신의 홍수 심판을 이야기한다. 주인공 우녹은 알라신의 선지자며, 키가 크고 힘이 셌을 뿐만 아니라 이슬람 학자로도 유명했다. 작품의 실질적 내용은 우녹이 대홍수가 나면 탈 배를 만들기 위해 아주 큰 나무를 찾다가 큰 샘 가장자리에 있는 신성한 나무를 뿌리째 뽑은 행위로 인해, 땅속에서 엄청난 양의 지하수가 솟아올라 홍수를 이루고, 마침내 우녹이 사는 마을이 호수가 된다는 것이다. 이 작품은 전체적으로 신이 징벌로 내리는 대홍수에 대해 말하는 것인데, 흥미로운 것은 ⑦의 내용처럼, 우녹이 자신이 한 행동을 교훈 삼아 사람들에게 함부로 나무를 훼손하면 홍수가 난다는 경고를 전한 점이다. 이는 신을 경배하지 않으며, 신이 조성한 신성한 자연을 함부로 훼손하면 공동체가 파멸된다는 메시지를 전한다. 또한 홍수가 하늘에서 내리는 비가 아닌 지하에서 솟아오르는 엄청난 양의 물에 의해 생긴다는 점도 흥미롭다. 이는 인도네시아는 지하수가 풍부한 땅이라는 인식을 보여준다.

인도네시아 수마트라섬 서남쪽에 위치한 붕쿨루주의 크라맛 리악이라는 마을을 배경으로 한 〈크라맛 리악〉은 욕심으로 인해 마을이 홍수 심판을 받아 호수가 되며, 마을 사람들은 원숭이로 변했다는 내용의 재난서사다. 마을 촌장 리악 카바우는 잔인하고 탐욕스러운 인물로 외부에서 마을을 방문한 노인의 황금그물을 강탈한다. 촌장은 노인이 이슬람사원에서 기도할 때 뒤에서 칼로 찌르고, 부상을 당한 노인은 기도를 마치고 관청 네 귀퉁이에 나무막대를 꽂아놓고 마을을 떠난다. 촌장이 나무막대를 뽑자 엄청난 양의 물이 땅에서 솟아올라 마을은 물에 잠기고 사람들은 익사 당한다. 산으로 피신한 사람들은 뒤에 원숭이가 된다.

남부 칼리만탄주의 어느 마을을 배경으로 하는 〈파라미안 호수〉는 다투 블림빙이라는 젊은 촌장과 그의 아름다운 아내가 주인공으로, 아내를 납치당한 남편의 저주로 인해 마을이 (파라미안) 호수가 되었다는 내용의 재난서사다. 다투 블림빙의 아내는 너무도 아름다워 결혼한 뒤에도 남자들이 그녀에게 사랑을 고백하기도 한다. 어느 날 이웃 마을의 한 남자가 다투를 숲속으로 데려가 죽이려 하고, 그의 아내를 속여 강제로 결혼하려고 한다. 한편, 숲속 높은 나무 위에 홀로 남겨졌던 남편은 신비한 새의 도움을 받아 아내가 결혼하는 장소에 나타나 저주를 내린다. 다투가 새가 준 나뭇조각을 공중에 던지자 갑자기 폭우를 동반한 태풍이 마을을 강타한다. 천둥이 치고 번개가 계속되면서 결혼식에 참석한 사람들은 물에 빠져 죽거나 바위로 변했으며, 마을은 결국 물에 잠겨 (파라미안) 호수가 되었다.

파푸아섬을 배경으로 하는 〈신성한 돌도끼〉는 마을 사람들이 신비한 악어 와투웨Watuwe를 죽인 일로 땅에 아주 큰 홍수가 나고 새로운 인류가 시작되는 이야기를 전한다. 신성한 악어를 숭배한 토좌투와 가족은 홍수를 예상하고 산으로 대피한다. 토좌투와 가족은 새로운 인류의 시조가 되며, 토좌투와 가족과 후손들은 신비한 악어의 음낭에서 생겨난 신성한 돌도끼를 가보로 삼아 평화롭게 산다. 후손들은 신성한 돌도끼를 잘 보존하고 전승해야 하며, 이것이 훼손되면 큰 홍수가 일어나 모든 것을 파괴한다고 믿는다.

서부 자바를 배경으로 하는 〈시투 바근딧 호수의 기원〉은 어느 돈 많고 인색한 여자가 가난한 노인을 박대하고 쫓아낸 일로 인해 마을이 물에 잠겨 호수가 되었다는 내용의 재난서사다. 옛날 서부 자바 한 마을에 돈 많은 과부가 살았는데, 그녀는 너무 인색해서 이웃들은 그녀를 '니은딧'이라 불렀다. 어느 날 가난한 노인이 그녀의 집을 세 번이나 찾아와 음식을 나눠달라고 부탁했는데, 니은딧은 노인을 모욕하고 쫓아낸다. 화가 난 노인은 그녀의 집 앞마당에 나무막대를 들어 찌른다. 화가 난 과부는 나무막대를 뽑아버리려고 했는데, 갑자기 땅속에서 어마어마한 양의 물이 솟아나더니 그녀의 집과 주변은 호수가 되어버렸다. 그 호수를 시투 바근딧이라 부른다.

위 다섯 작품은 인간의 욕심 및 악행으로 인해 홍수가 나서 한 개인 및 마을 공동체가 멸망 당했다는 신성한 이야기, 신화를 전한다. 그 악행이란 ① 알라신의 선지자가 무지해 신성한 나무의 뿌리를 뽑은 일, ② 탐욕스러운 촌장이 노인을 죽이고 황금그물을 강탈한 일, ③ 이웃 마을의 청년이 촌장을 제거하고 그 아내를 속여 결혼하려 한 일, ④ 마을 사람들이 인간을 지켜주는 신성한 악어를 죽인 일, ⑤ 돈 많은 과부가 가난한 노인에게 인색하게 군 일 등을 말한다. 이상의 행위는 욕심으로 타인을 죽이고 그 소유를 빼앗은 일(②, ③), 가난한 사람을 인색하게 대한 일(⑤), 신의 섭리를 알지 못하고 자연을 훼손한 일(①, ④)로 분류된다.

이상의 '호수가 된 마을 이야기'는 인간이 악행(자연파괴, 탐욕으로 인한 살상 등)을 저지르면, 신이 홍수를 일으켜 자연 및 인간(마을 공동체)을 멸망시키며, 다시는 이전 세계로의 회복이 불가능하다는 공멸의식을 여러 지역에서 공유·전승해왔음을 보여준다. 칼리만탄섬은 나무가 울창하여 '인도네시아의 폐'라고 불려왔는데, 오늘날에는 인간의 욕심 때문에 숲이 파괴되어 홍수 피해가 자주 발생한다고 한다. 현재 칼리만탄섬의 잦은 홍수 피해 기사를 보며 우눅의 신성한 나무 훼손 행위를 떠올려본다.

2. 가뭄과 처녀 희생제사 이야기: 인간의 악행에 대한 징벌과 대가 치르기

가뭄과 기근 및 감염병을 제재로 한 작품들은 〈건기공주〉, 〈른팅과 른타스 남매의 희생〉, 〈데위 루잉 인둥 붕아〉 등 세 작품이 발견된다. 대표 작품으로 〈건기공주〉의 서사단락을 정리하면 다음과 같다.

① 남부 수마트라의 땅이 비옥한 왕국에 왕과 즐리타니Jelitani라는 공주가 살았다.

② 왕은 점쟁이를 많이 믿었으며, 공주는 건기 때 태어나서 건기공주라고 불렸다.

③ 건기 기간이 아주 길어져서 백성들이 굶주리고 고통을 받는다.

④ 왕이 기근을 해결하려고 점쟁이에게 의지하자, 공주는 부친에게 신에게 기도해야 한다고 말한다.

⑤ 건기공주의 말을 따라 왕과 백성들은 단을 쌓고 신에게 기도한다.

⑥ 공주가 꿈에서 돌아가신 어머니를 만나는데, 어머니는 어느 여성이 바다에 뛰어들어 제물이 된다면 이 가뭄을 해결할 수 있다고 말한다. 왕도 똑같은 꿈을 꾼다.

⑦ 왕이 대신들과 백성들에게 꿈 이야기를 하지만, 아무도 희생을 자원하지 않는다.

⑧ 건기공주가 희생제물이 되겠다고 자청하고 절벽으로 가서 바닷속으로 뛰어든다.

⑨ 곧이어 큰 비가 내려 가뭄이 해소된다.

⑩ 왕이 왕궁으로 돌아오자, 건기공주가 바다로 뛰어든 절벽으로 다시 가라는 목소리가 들린다.

⑪ 왕과 백성이 그곳으로 갔을 때 산호초 위에 서 있는 공주를 발견한다.

⑫ 왕이 죽은 뒤 건기공주가 왕이 되고, 백성은 평화롭고 부유하게 산다.

남부 수마트라주의 한 왕국을 배경으로 하는 〈건기공주〉는 가뭄과 기근이라는 자연재해에 대한 인도네시아 사람들의 오래된 인식과 대처 방법을 보여준다. 인도네시아는 열대기후 나라라서 덥고 비가 많이 내리지만, 건기가 지속될 때는 심한 가뭄과 기근의 고통을 겪는다. 작품에서 건기 때 백성들이 겪은 고통은, "호수에 물이 거의 없고, 풀과 나무는 시들어 말라 죽고, 땅은 갈라지고, 곡식을 수확할 수 없으며, 가축이 죽었다. 백성들은 콜레라에 감염되고 먹을 것이 없어 굶어 죽어갔다"라고 묘사되었다.

②~⑤에서는 건기 동안에 왕이 무당과 토착신앙에 의지하는 모습에 대해, 공주는 신, 곧 알라신에게 기도해야 한다고 했다. ⑥~⑨에서는 기우제를 드리는 동안에 공주와 왕은 여성 희생제사를 드려야 한다는 꿈을 꾼다. 아무도 희생을 자원하지 않자, 건기공주는 백성들을 위해 자신이 희생제물이 되어 바닷물에 뛰어들고, 곧이어 큰 비가 내려 가뭄이 해소된다. ⑩~⑪에서는 백성들을 위해 자신을 희생한 공주를 신이 도와 공주가 되살아나고, 뒤에 공주는 부왕을 이어 왕이 되어 선정을 베푼다. '가뭄 → 희생제물 → 가뭄 해결 → 제물의 회생'의 서사구조는 다른 두 편의 이야기에서도 발견되지만, '회생'이라는 결말은 이 작품에서만 나타난다.

동부 칼리만탄주의 왕국을 배경으로 한 〈른팅과 른타스 남매의 희생〉은 건기가 왔을 때 과부가 아들과 딸을 희생제물로 바치는 이야기다. 작품의 서두는 다음과 같이 시작된다.

옛날에 동부 칼리만탄에 안전하고 수확물이 풍부한 왕국이 있었다. 땅이 기름지기 때문에 농사가 잘되었고, 백성들도 열심히 일해서 수확된 곡식이 어마어마하게 많았다. 그렇지만 백성들은 수확을 마치고 며칠, 또는 몇 주 동안 큰 잔치를 벌여 엄청난 양의 곡식을 먹어버렸다. 혹시나 가뭄이 닥칠지도 모른다는 생각을 하지 않았기 때문에 아무도 수확한 곡식을 저장하는 따위의 일은 하지 않았다.[3]

위와 같이 왕국은 기후가 좋고 땅이 비옥해서 수확량이 많았고, 가뭄을 염려하지 않았기에 축제를 즐기며 한꺼번에 엄청난 양의 곡식을 소비하곤 했다. 막상 가뭄이 닥치자 식물은 시들고, 땅이 갈라지고, 가축들이 굶어 죽었다. 왕국의 어느 마을에 과부와 아들, 딸이 살았는데, 과부는 어느 날 꿈을 꾼다. 꿈에서 어느 노인은 기근을 끝내고 사람들을 살리고 싶으면 자식을 죽여 시체를 각기 다른 장소에 묻어야 하며, 그러면 무덤에서 벼와 옥수수 씨앗이 나올 것이니 그 씨앗을 백성들에게 나눠주라고 한다.

어머니의 이야기를 들은 른팅과 른타스 남매는 백성들을 위해 희생을 자처한다. 어머니가 어쩔 수 없이 칼을 들어 두 자녀를 죽이고 시체를 각기 다른 곳에 묻는다. 뒤에 아이들의 무덤을 찾아보니, 벼 낱알 일곱 개, 옥수수 낱알 일곱 개가 놓여 있다. 과부는 씨앗을 각각 다른 장소에 심어 수확하고, 그것을 백성들에게 나눠준다. 그리고 아주 큰 비가 내리고, 백성들은 벼와 옥수수 씨앗을 심어 많은 수확물을 얻는다.

남부 칼리만탄주를 배경으로 하는 〈데위 루잉 인둥 붕아〉는 나무를 자르고 숲이 파괴된 뒤 찾아오는 가뭄과 굶주림, 기우제와 소녀 희생제사를 보여준다. 칼리만탄의 몇 개 마을 사람들은 서로 싸우고, 숲에 있는 나무를 함부로 베어내고는 다시 나무를 심지 않았다. 몇 년 뒤 이 지역에 가뭄이 오고 6개월간 비가 내리지 않자, 샘물이 마르고 숲과 풀이 마르며, 사람들과 가축은 굶어 죽고 질병에 걸려 죽어간다.

이때 다타르 마을의 지혜로운 촌장 다투 브리투 타운이 주도해 새로운 샘을 찾기로 한다. 하지만 아무리 땅을 파도 물이 나오지 않고, 다투는 신에게 간절히 기도한다. 어느 날 다투가 잠을 자는데, 꿈에서 고향을 위해 희생할 소녀가 있으면 마을이 다시 풍요로워질 것이라는 소리를 듣는다. 마을 사람들은 꿈 이야기를 들었지만 아무도 자원하는 사람이 없고, 결국 촌장의 딸 데위 루잉 인둥 붕아는 자신이 제물이 되겠다고 한다. 데위는 제단에 올라가 기도하며, 기도가 끝나자 쓰러져 죽는다. 그 순간에 폭우가 내리고, 다타르 마을은 다시 비옥한 땅이 되어 번영한다.

위 세 작품의 내용과 구조를 정리하면, 〈건기공주〉에서 건기 동안에 인간은 악행(불경죄, 곧 알라신에게 기도하지 않고 무당과 토착신앙에 의지하는 행위)을 저지르며, 대가(공주의 희생)를 치른 뒤에야 가뭄이 해소된다. 〈른팅과 른타스 남매의 희생〉, 〈데위 루잉 인둥 붕아〉에서는 가뭄은 인간의 악행(자연파괴와 낭비)에 대한 징벌이며, 대가(소중한 인물의 희생)를 치러야 (신의 노여움을 풀고) 비가 내리고 곡식을 얻어 번영한다.

이상의 〈건기공주〉, 〈른팅과 른타스 남매의 희생〉, 〈데위 루잉 인둥 붕아〉 세 작품은 모두 인간의 악행(불경죄, 자연파괴, 낭비 등)으로 인해 '가뭄-굶주림-감염병'이라는 신의 연속된 징벌을 받으며, 큰 대가(자녀 희생제사)를 치른 뒤에야 신의 노여움을 풀고 이전 세계를 회복할 수 있다는 인식을 보여준다. 이전 시대의 가뭄의 원인에 대한 인식이나 자녀 희생제사 풍속은 오늘날에는 전근대 사회의 사람들의 비과학적 신념과 신앙, 악습에 대한 안타까움 및 비판의식을 갖게 하며, 과학적 인식 및 합리적 사고가 얼마나 중요한지를 깨닫게 한다.

III. 생태적 삶과 공생·평화 이야기

여기서 다룰 15편의 작품들은 자연·동물 및 공생을 지향하는 주제의
식이 발견되는 것으로, 파푸아섬(3편), 수마트라섬(2편), 서부 자바(2편),
발리섬(2편) 등 인도네시아 전역에 분포되어 있다(위치는 116쪽 그림 4-1

표 4-2 '자연, 동물, 공생'을 제재로 한 인도네시아 설화 목록 및 주요 정보

수록 번호	작품 제목	지역	주요 제재	주제의식
12-17	선녀의 호수(Telaga Bidadari)	남부 칼리만탄	정글, 호수, 선녀	평화로운 삶
10-26	므락사마나(Meraksamana)	파푸아	숲, 호수, 선녀	평화로운 자연
7-11	칸디타 공주(Putri Kandita)	서부 자바	피부병, 추방	치료, 부활
3-22	탄담팔릭 공주(Putri Tandampalik)	남부 술라웨시	피부병, 유배	치료, 결혼
8-14	자카 부둑과 크무닝 공주 (Jaka Buduk dan Putri Kemuning)	동부 자바	피부병, 용	치료, 결혼
2-26	이리안섬의 전설 (Asal Mula Nama Irian)	파푸아	옴, 쫓겨남, 섬	치료, 결혼
4-11	옴에 걸린 수행자(Santri Kudisan)	서부 자바	옴, 수수께끼	행운, 결혼
4-8	크라맛 울라우 두에스의 기원 (Asal Mula Keramat Ulau Dues)	붕쿨루 서부 수마트라	청혼, 나병, 공주, 쫓겨남	추방, 결혼
3-25	구리악어(Buaya Tembaga)	말루쿠	악어	상조공생
4-27	마법의 악어(Buaya Ajaib)	파푸아	마법악어	상조공생
4-22	충실한 구관조 (Burung Beo yang Setia)	남부 술라웨시	구관조, 물소	선행, 보은
6-18	이 체케르 치팍(I Ceker Cipak)	발리	뱀, 마법반지	선행, 보은
1-27	이미우 카마레 전설 (Legenda Nama Imiu Kamare)	파푸아	부족간 전쟁	전쟁, 화해
9-6	리오 라오스(Rio Raos)	남부 수마트라	언어갈등, 분쟁	언어통일, 화해
10-5	미낭카바우 이름의 기원 (Asal Nama Minangkabau)	서부 수마트라	전쟁, 물소싸움	지혜, 평화

지도 참조). 작품의 주요 제재는 호수, 숲, 선녀, 옴·나병 등의 피부병, 악어, 구관조, 물소, 뱀 등의 자연, 그리고 전쟁과 분쟁, 화해 등 전쟁에 관련된 것들이며, 주요 주제는 평화로운 삶, 피부병 감염과 공동체로의 복귀 열망, 자연과의 공생, 화해와 평화 등이다. 주제 중심으로 작품의 양상을 살펴보기로 한다.

1. 선녀호수 이야기: 평화로운 정글·호수의 정경과 생태적 삶

『366편 인도네시아 설화집』을 읽다 보면, 몇 작품에서 생동감 있는 정글과 맑은 호수 풍경을 묘사하는 장면이 눈에 띈다. 인도네시아는 워낙 많은 숲과 정글이 있고, 호수가 있으며, 섬과 바다가 있는 나라다. 『366편 인도네시아 설화집』에는 한국의 〈나무꾼과 선녀〉와 같은 작품이 10여 편 발견되는데, 대개 작품의 앞부분에는 하늘에서 선녀가 내려와 목욕하고 싶을 정도로 아름다운 숲과 호수 풍경이 꽤 자세하게 묘사된다.

남부 칼리만탄주에서 채록된 〈선녀의 호수〉라는 이야기의 앞부분에는 평화로운 정글과 호수의 풍경이 그려져 있다. 앞부분의 해당 장면을 전체 인용해보면 다음과 같다.

옛날 옛적에 잘생긴 남자가 살았다. 그의 이름은 아왕 숙마Awang Sukma였다. 아왕은 정글 속에서 거닐며 생활하는 것을 좋아했다. 그는 정글에서의 다양한 삶의 방식을 즐겼다. 그는 아주 큰 나무의 가지 위에 집을 짓고, 그곳에서 멀지 않은 곳에 밭을 만들어 곡식과 야채를 심어 먹었다. 뒤에 다른 사람들도 숲으로 들어와 집을 짓고 살았다. 정글에서의 삶은 조화롭고 평화로웠다.

정글에서 오래 살던 그는 술탄으로부터 그 지역의 통치자로 임명되어 다투datu라는 칭호를 얻었다. 어느 날 다투 아왕은 자신이 관리하는 숲과 땅을 여행하다가 어느 맑은 호수를 발견했다. 호수는 잘 익은 열매를 맺은 나무의 그림자 아래에 있었다. 나무에는 아름다운 꽃이 피었고, 다양한 종류의 새와 곤충이 깃들어 살고 있었다. "음. 정말 호수가 아름답구나." 아왕이 중얼거렸다. 그 이후로 그는 경치를 즐기기 위해 호수를 자주 방문했다.

어느 날 오후, 아왕은 호수 옆에서 피리를 불고 있었다. 시원한 바람이 불어 마음은 더 이상 편안할 수 없었다. 잠시 후 그는 호수에서 무슨 소리가 나는 것을 알아차리고 피리 부는 것을 멈췄다. 바위 틈 사이로 호수를 들여다본 아왕은 깜짝 놀랐다. 호수에서는 일곱 명의 아름다운 소녀들이 물장난을 치며 목욕을 하고 있었다. '저 여인들은 천사가 아닐까?' 아왕은 생각했다.[4]

칼리만탄섬은 예전에 한국에서 보루네오섬이라고 부르던 곳으로, 섬의 많은 부분이 밀림이라고 할 정도로 숲이 울창하고 다양한 야생동물이 서식하고 있다. 숲과 호수의 정경을 묘사한 이 부분의 양은 작품 전체 분량의 정확히 4분의 1이 된다. 그만큼 이 작품에서 숲과 호수의 평화로운 정경 묘사는 중요한 비중을 차지한다. 아왕 숙마라는 남자는 정글에서 자연인처럼 사는 것을 좋아하며, 정글에서 살 수 있는 다양한 삶의 형태를 즐긴다. 그는 큰 나무 위에 집을 짓고 살며 밭을 만들어 자기가 먹을 식량과 채소를 얻는다. 주위에 다른 이주자들도 그를 따라

들어와 집을 짓고 사는데, 정글에서의 삶은 여전히 조화롭고 평화롭다. 서술자는 이렇게 정글에서의 평화로운 삶과 호수의 아름다운 정경을 길게 묘사한 뒤, 선녀들이 내려와 목욕하는 이야기를 시작한다. 그리고 남자가 선녀의 날개옷을 훔치고, 선녀와 결혼하고, 선녀는 하늘로 나중에 올라가는 서사를 기술한다. 그 호수의 이름은 '선녀의 호수'다.

파푸아섬을 배경으로 하는 〈므락사마나〉라는 작품의 앞부분에도 이런 장면이 길게 서술되어 있다.

> 옛날에 므락사마나와 시라이만이라는 형제가 살았다. 형제는 아주 비옥한 땅이 있는 파푸아에서 살았다. 숲은 아주 넓고 초록색으로 가득했다. 숲 안에는 아주 다양한 동물과 식물이 살았다. 땅은 비옥하고 강물은 깨끗했으며, 수없이 많은 늪과 호수에서는 다양한 수생 동물이 살고 있었다. 어느 날 므락사마나는 꿈에서 집에서 멀지 않은 호수에서 10명 선녀가 즐겁게 목욕하는 것을 보았다. … 꿈에서 깨어난 므락사마나는 자신이 꿈에서 보았던 호수를 찾아가 보았다. 그런데 꿈에서 보았던 것은 진짜였다. 그 깨끗한 호수에는 10명의 선녀가 진짜로 웃으며 목욕하고 있었다.[5]

위의 인용문에는 파푸아섬의 숲이 아주 넓고 초록빛으로 가득하며, 다양한 동·식물이 살고, 늪과 호수에는 다양한 수생식물이 살고 있는 장면이 그려진다. 그런 아름답고 평화로운 숲에 아름다운 호수가 있고, 선녀도 내려온다는 것을 이 작품은 잘 보여준다. 밀림과 동물, 강, 호수, 수생식물이 어우러진 환경에서 사는 삶은 조화로우며 평화롭다. 그러한 아름다운 호수에 선녀가 내려오고, 인간과 선녀가 만나고 어울리는 이야기는 아름답다. 설화는 선녀와 남자의 만남을 주로 서사화하지만, 이 작품에는 아름다운 자연 풍경과 그 속에 어울려 사는 생태적 삶을 찬미하는 서정성이 가득하다. 식량 생산을 위해 숲을 경작지로 개간하고 도시·산업 개발을 위해 무차별적으로 자연환경을 파괴하는 오늘날, 독자들은 〈선녀의 호수〉, 〈므락사마나〉와 같은 작품을 통해 아름다운 자연과 함께 하는 자연친화적인 삶의 풍요로움을 상상하게 된다.

2. 피부병 감염과 격리 이야기: 치유와 공동체 복귀에 대한 열망

『366편 인도네시아 설화집』에는 〈칸디타 공주〉, 〈탄담팔릭 공주〉, 〈자카 부둑과 크무닝 공주〉, 〈이리안섬의 전설〉, 〈옴에 걸린 수행자〉, 〈크라맛 울라우 두에스〉 등 여섯 편의 피부병 관련 이야기가 수록되어 있다. 열대기후의 인도네시아에는 피부병에 걸려 고생한 사람들의 이야기가 꽤 있는 듯하다. 피부병은 일반적으로 습진濕疹이라 불리는데, 이는 피부에 생기는 염증을 총칭하는 개념이다. 피부병에 걸린 사람들의 이야기는 세 편이 있으며, 이외에도 피부 기생충으로 인해 생기는 옴 피부병, 한센병이라 불리는 나병 환자의 이야기가 각각 두 편, 한 편씩 전한다. 대표 작품으로 〈칸디타 공주〉의 서사단락을 정리하면 다음과 같다.

　① 서부 자바의 큰 왕국의 실리왕이 왕에게는 아름다운 왕비와 칸디타 공주가 있다.

　② 왕비와 공주를 질투한 후궁들이 무당에게 찾아가 마법을 요청하니

왕비와 공주가 악취 나는 피부병에 걸린다.

③ 두 사람의 피부병은 점점 심해지고, 왕비는 몸이 약해져 죽는다.

④ 공주는 피부병이 심해지면 백성들에게 저주가 내린다는 무고를 받고 왕궁에서 추방된다.

⑤ 공주가 해변에 이르러 산호초에 누워 잔다.

⑥ 공주가 꿈에서 바다에 뛰어들면 피부가 깨끗해진다는 말을 듣고 바닷물에 뛰어든다.

⑦ 피부병이 나은 공주가 궁으로 돌아가지 않고, 바다에서 산다.

⑧ 공주가 남해여왕이 되어 신비한 힘을 부린다.

서부 자바의 큰 왕국을 배경으로 한 〈칸디타 공주〉는 피부병에 걸려 궁중에서 쫓겨난 공주가 바닷물에 뛰어들어 치료받고 남해여왕이 되었다는 이야기다. 위 이야기에서는 피부병이 악령의 저주에 걸려 생기는 병이며, 심한 피부병은 악취가 나고, 생명을 앗아가기도 한다는 인식이 발견된다. 칸디타 공주는 피부병으로 인해 어머니를 잃은 뒤 왕궁에서 '추방'되며, 갈 곳을 잃고 방황하던 중 꿈에서 계시를 받고 바닷물에 몸을 던진다. 공주는 바닷물에 들어가 몸이 깨끗해졌다고 하지만, 이는 자살, '죽음'을 의미하는 것으로 보인다. 그만큼 피부병은 특효약이 없었고, 악취와 고통스러움과 함께, 격리의 수모는 견디기 힘들었다. 공주는 피부병이 나았다고 했지만, 다시 왕궁으로 돌아가지 않고 바다에서 살았으며, 사후 인도양을 다스리는 남해여왕이 되었다고 했다. 오늘날까지 인도네시아에서 남해여왕은 피부병을 고쳐주는 신성하면서도 까탈스러운 성격을 지닌 여신으로 경외의 대상이 되고 있다.

남부 술라웨시주의 옛 루우-Luwu 왕국을 배경으로 한 〈탄담팔릭 공주〉는 피부병에 걸려 '유배'된 공주의 이야기를 전한다. 루우 왕국의 다투 루우 왕의 딸 탄담팔릭 공주는 이웃 보네 왕국의 왕이 자기 아들과 결혼을 요청할 정도로 아름답다. 하지만 공주는 갑자기 심한 피부병에 걸리고, 정글로 '유배'를 당한다. 그녀를 구원해준 존재는 정글에서 만난 하얀 물소다. 공주는 하얀 물소가 그녀의 상처 난 부위를 혀로 핥아주자 피부병이 낫고, 정글에 살면서 우연히 만난 보네 왕국의 왕자와 사랑에 빠져 결혼한다. 이 이야기에서 공주는 미지의 피부병으로 인해 한순간에 모든 것을 잃고 공동체로부터 추방을 당하는 고통을 겪는데, 신적 존재(하얀 물소)에게 치료받고 왕자와 결혼한다는 해피엔딩을 보여준다.

동부 자바주의 링인 아놈 왕국을 배경으로 하는 〈자카 부둑과 크무닝 공주〉는 몸에서 꽃향기가 나는 크무닝 공주가 피부병에 걸려 고통당한 이야기를 전한다. 그렇게 아름다운 공주는 어느 날 갑자기 피부병에 걸려 몸에서 아주 심한 냄새가 난다. 그 병을 고칠 약은 오직 두마디산의 동굴 안에 있는 신비한 약뿐인데, 무서운 용이 지키고 있었다. 공주와 같은 피부병에 걸린 한 남자는 용을 죽이고 약을 구해, 자신과 공주의 피부병도 고치며, 두 사람은 결혼한다. 이 이야기 역시 피부병의 고통스러움과 약을 구하기 어려운 사정을 보여준다. 이외에도 피부병에 걸려 고생한 이야기는 인도네시아에 꽤 있는 듯하다.

파푸아섬 비약 지방을 배경으로 한 〈이리안섬의 전설〉은 옴에 걸려 쫓겨난 한 남자의 이야기를 전한다. 주인공 마나나마크르디는 옴-scabies 에 걸려 외모가 망가지고 냄새가 나 집에서 쫓겨난다. 옴은 피부 기생

충(진드기)에 의해 걸리는 피부 염증으로, 옴벌레가 사람의 피부에다 알을 낳아 번식하고 배설물feces; scybala이 쌓이면서 심각한 가려움증pruritus이 나타나고, 혐오스러운 흔적이 나타난다. 다행스럽게도 그는 별신의 도움으로 다른 마을 촌장의 딸과 결혼한 뒤 옴이 없어진다. 서부 자바를 배경으로 하는 〈옴에 걸린 수행자〉는 이슬람 학교에서 공부하는, 옴에 걸린 수행자 이야기를 전한다. 이슬람 학교에서 공부하지만, 몇 년 동안 쿠란을 읽지 못해 놀림 받던 수행자는 설상가상으로 옴에 걸려 학교에서 쫓겨난다. 그런데 어느 날 왕이 연 대회에서 수수께끼를 풀어 공주와 결혼하고, 옴도 나아 행복하게 산다.

이 이야기들의 두 남자 주인공은 옴에 걸려 쫓겨나지만, 우연한 행운으로 신분이 높은 여인과 결혼하고 옴도 없어졌다고 했다. 이야기의 두 남자 주인공이 여성과 결혼한 뒤 옴이 치료되었다는 것은 신분 높은 여성과 결혼하면서 얻은 청결한 환경이나 치료로 인해 옴도 치유되었다는 인식을 전한 것이 아닌가 생각된다.

수마트라섬 붕쿨루주와 서부 수마트라주를 배경으로 하는 〈크라맛 울라우 두에스〉는 한센병에 걸려 버려진 공주의 이야기를 전한다. 옛날 코타 바루 사텐이라는 왕국의 막내 공주는 아름다워 많은 왕자가 청혼했는데, 불행하게도 공주는 나병에 걸린다. 할 수 없이 공주의 오빠들은 막내를 배에 태워 강에 버린다. 공주가 탄 배는 강물을 따라 서부 수마트라에 있는 인드라푸라 왕국까지 흘러가는데, 공주는 '우연'으로 병이 나아 왕국의 왕과 결혼하고, 뒤에 자신을 버린 오빠들을 왕국으로 초대한다. 이 이야기는 나병에 걸려 버려진 공주가 '우연'으로 병이 낫고 공동체로 복귀한 삶의 다행스러움과 행복함의 감정을 전한다.

이상의 피부병 및 한센병 등의 감염 이야기는 이 알 수 없는 병이 얼마나 치명적이며, 그로 인해 환자들이 차별받으며, 끝내 가족들에게서 쫓겨나 유배·추방 등의 격리를 당해 사는 삶이 얼마나 한스럽고 고통스러운지를 형상화한다. 한편으로 환자들이 기적 같은 치료 및 공동체복귀를 희구하는 마음을 그렸다. 오늘날 현대인들은 질병에 대해 과학적으로 인식하며 의료과학의 혜택을 누리게 된 것이 빠르면 20세기 전반기, 늦으면 불과 30, 40년 전부터임을 잘 인식하지 못할 때가 있다. 이 작품들은 전근대 시기 열대 지방의 사람들이 피부 질환으로 인해 얼마나 고통스러워했는지를 실감하게 해주며, 몸과 질병, 청결한 환경과치료, 차별과 격리, 공동체 생활에 대한 새로운 인식을 갖게 해준다.

3. 인간과 동물의 공생 이야기: 평화와 상조이익

〈구리악어〉, 〈마법의 악어〉, 〈충실한 구관조〉, 〈이 체케르 치팍〉 등의 작품은 인간과 동물이 공생하며 사는 세계, 삶의 모습을 보여준다. 말루쿠제도를 배경으로 하는 〈구리악어〉에는 인간에게 이익이 되는 구리악어, 인간과 공생하는 악어와의 삶이 그려진다. 옛날에 말루쿠제도 바구알라만에는 노란색을 한 악어가 살았는데, 색깔이 노랗기 때문에 구리악어라 불린다. 구리악어는 착하고 안전한 동물로 인식된다. 늪에 아주사납고 큰 뱀이 나타나 동물을 괴롭히자, 동물들은 구리악어에게 도움을 요청하여 구리악어는 뱀과 싸워 이긴다. 그래서 동물들은 구리악어를 존중하며, 구리악어가 사는 만에는 물고기가 많다. 지금 바구알라만근처에 사는 사람들은 구리악어가 보이면 낚시해도 좋다고 생각한다.

이 작품은 구리악어가 인간과 다른 동물에게 이익이 되는 동물로 여겨지게 된 내력과 함께, 오늘날까지 인간과 구리악어가 친근하게 여기며 상조 공생하게 된 사연을 보여준다.

파푸아섬을 배경으로 하는 〈마법의 악어〉에는 타미 강변에 살며, 인간의 출산을 도와주는 마법악어의 모습이 그려진다. 와투웨Watuwe라는 마법악어는 인간의 말을 할 줄 알아, 토좌투와 부인의 출산을 도와주어 부인이 안전하게 아들을 낳도록 도움을 준다. 악어는 토좌투와에게 그의 자손들에게 자신의 고기를 먹지 말아 달라고 부탁하며, 자신의 음낭을 산크리아산으로 가져가면 좋은 일이 있을 것이라고 했다. 그뒤로 토우자투와의 후손들은 약속을 지켜 타미강의 악어를 보호하며 산다. 이 작품 역시 악어가 인간 주위에 늘 함께 하는 열대 지방의 자연환경 속에서 인간과 악어가 상조 공생하게 된 기원담을 보여준다.

남부 술라웨시주를 배경으로 하는 〈충실한 구관조〉는 물소 떼를 모는 농부의 아들 암보 우페가 다친 구관조를 치료해준 뒤, 구관조가 소년에게 은혜를 갚는 이야기를 전한다. 발리섬을 배경으로 하는 〈이 체케르 치팍〉은 가난한 과부의 아들이 새끼 뱀을 도와준 뒤 뱀이 은혜 갚는 이야기를 전한다. 소년은 아주 가난하지만, 힌두교의 지혜를 배워 동물을 도와주는 등 일상생활에 잘 적용했다. 소년은 어느 날 새끼 뱀을 구해주었는데, 어미 뱀이 소년에게 마법반지를 준다. 소년은 뱀이 준 반지를 활용해 부자가 되고, 공주와 결혼한다. 이처럼 이 유형의 작품들은 인간과 동물(악어, 구관조, 뱀)들이 서로 도움을 주며 살게 된 계기를 상조·공생담으로 전하며, 인간과 동물이 공생하는 삶이 평화롭고 유익함을 전한다.

134

4. 전쟁을 방지한 이야기: 화해와 평화의 정신

전쟁은 그 목적과 상관없이 무고한 생명을 많이 살상하며, 자연과 거주
환경을 파괴하고 황폐화시켜 생명과 문명에 큰 해악을 끼친다. 인도네
시아 설화 〈이미우 카마레 전설〉, 〈리오 라오스〉, 〈미낭 카바우 이름의
기원〉은 민족·부족·마을 간의 전쟁을 피하고 화해하여 평화로운 삶을
살고자 하는 모습을 보여준다. 파푸아섬을 배경으로 하는 〈이미우 카
마레 전설〉은 이웃 부족과 전쟁이 날 뻔했을 때, 아오웨아오와 음비미
나로자오 형제가 마을의 촌장들끼리 만나도록 주선해 화해하고 평화
를 지킨 이야기를 전한다. 파푸아 땅은 아주 오래전부터 부족 간의 전
쟁이 많았는데, 화해를 통해 전쟁을 방지한 이야기를 설화에 담아 전승
했다.

남부 수마트라를 배경으로 하는 〈리오 라오스〉는 언어를 통일해 민
족 간 분쟁을 해결한 남성의 이야기를 전한다. 옛날에 리오 라오스라는
남자가 배를 타고 어떤 지방에 도착했는데, 그곳에 있는 왕국에서는 백
성들끼리 많이 싸웠다. 그 지방에는 세 민족이 사는데, 세 민족은 서로
다른 언어를 사용해 다툼이 많았다. 리오는 백성들끼리 싸우지 않도록
하기 위해 언어를 통일하자고 제안한다. 리오가 통일된 언어를 만든 덕
분에 사람들은 더이상 싸우지 않았고, 리오는 왕이 되었다. 이 작품은
남부 수마트라의 한 지역만이 아니라, 다양한 지역의 다민족, 다언어
상황에서 언어의 통일, 통일된 언어를 통해 의사소통을 원활히 하고 분
쟁을 최소화할 수 있다는 점을 떠올리게 한다.

서부 수마트라를 배경으로 하는 〈미낭 카바우 이름의 기원〉은 지혜

를 써서 왕국 간에 실제 일어날 뻔했던 전쟁을 방지한 이야기를 전한다. 자바섬의 마자파힛 왕국은 수마트라섬에까지 영토를 넓히려고 파가루융 왕국에 군사를 파견한다. 파가루융 왕국의 지도자들은 적을 찾아가서 전쟁을 벌이는 것은 피하지만, 적이 자신의 영토에 들어오면 싸움을 거절하면 안 된다는 생각을 갖고 있다. 마자파힛의 군사들이 파가루융 왕국 가까이 접근하자 왕과 장수들은 회의를 연다. 전쟁이 나면 백성들이 고생하는 것을 걱정한 파가루융 왕국의 장군은 지혜롭고 평화를 사랑하는 사람이었다. 그는 큰 전쟁을 피하기 위해 마자파힛의 장군에게 물소싸움으로 전쟁을 대신하자고 제안한다.

제안을 받아들인 마자파힛의 장군은 잘 싸우고 힘센 물소를 싸움에 나갈 소로 뽑는데, 파가루융의 장군은 아직 어미젖을 먹는 새끼 물소를 뽑는다. 그리고 새끼 물소를 하루 동안 어미 물소와 떼어놓아 젖을 굶게 하고, 입 주위에 원뿔 모양의 쇠 장식을 채운다. 물소싸움이 시작되었을 때, 파가루융의 새끼 물소는 마자파힛 물소가 어미인 줄 알고 배 밑으로 가서 젖을 먹으려 배를 치받았다. 그런데 입 주위에 채운 쇠에 찔려 마자파힛 물소는 배를 다쳐 죽었다. 그때 파가루융 군사들이 "이긴 물소다, 이긴 물소다manang kabau, manang kabau"라고 외쳤다. 마자파힛의 군사들은 약속대로 파가루융 왕국을 떠났고, 파가루융 왕국은 지혜를 써서 전쟁을 막았다. 그뒤로 파가루융 왕국의 사람들은 '미낭 카바우(이긴 물소)'라고 불리게 되었다. 좀 길게 서술했지만, 〈미낭 카바우 이름의 기원〉이라는 작품은 지혜를 써서 전쟁을 방지한 장군의 공이 얼마나 큰지를 잘 보여준다. 위 세 편의 작품은 부족·민족·왕국 간의 전쟁을 피하고 화해하여 평화로운 삶을 살고자 노력한 사람들의 지혜와 그 공이 얼마나 가치 있는지를 잘 보여주었다.

인도네시아 재난 설화를 통해 우리는 자연파괴, 욕심과 방종 등 인간의 악행이 지속된다면 자연과 공동체가 멸망한다는 교훈, 때로는 가장 값비싼 것으로 대가를 치르지 않으면 자연과 공동체를 회복할 수 없다는 경고를 얻는다. 그리고 감염병의 치명적 피해와 그로 인한 격리·배제의 고통에 대해 공감하며 우리는 감성적으로 견고해지며 지혜를 얻는다. 전란에 관한 설화를 통해서는 전쟁의 무서움과 파괴력을 느끼며 평화를 위한 지혜와 노력의 소중함을 느끼게 해준다. 우리는 인도네시아의 다양한 이야기를 통해 평화롭고 아름다운 자연과 생태적 삶, 공생의 정신, 화해와 평화의 정신이 얼마나 값진가에 대해 공감하여 연대의 필요성을 생각하게 된다.

5장

아시아 4개국 생태설화를 통해 보는
생태계 회복의 문제

I. 아시아 생태설화 비교 연구의 시각

필자는 현 생태계 위기에 대응하는 문학적 시도로서 한국을 비롯한 아시아 각국의 생태설화를 조사하고, 비교연구하는 작업을 하고 있다. 이 장에서는 아시아 4개국의 설화집에서 인간과 자연의 갈등·조화·공존의 문제를 다룬 생태설화의 양상을 살피고, 작품에 나타난 생태의식 및 활용 방안에 대해 고찰할 것이다.

먼저 비교연구를 위해서는 먼저 외국어의 장벽을 넘어 아시아 각국의 설화를 찾아 읽는 작업이 필요하며, 아시아 각국의 설화를 파악하기 위해서는 번역 작업과 연구 작업이 선행되어야 한다. 한국에서 간행된 아시아 설화집으로는 창비아동문고의 '세계민화' 시리즈로 발간된『아시아민화집』(창비, 1980~1991),[*]『세계민담전집』(황금가지, 2003~2009, 전 18권),[**]『엄마나라 동화책』세트(아시안허브 편집부, 2019, 전25권) 등을 활용할 수 있다. 이외에 한국, 일본, 중국 등에서 간행된 고전적 설화집을

---

[*] 아시아 국가의 작품으로는 페르시아(2), 인도네시아, 인도, 중국(3), 베트남, 일본(2), 필리핀, 말레이시아 등 8개국 12권이 출간되었다.

[**] 아시아 국가의 작품으로는 한국, 몽골, 타이·미얀마, 터키, 이란, 중국 한족, 중국 소수민족 등 7개국 7권이 출간되었다.

활용할 수 있다. 그리고 영어나 일본어 등 외국어로 간행된 아시아 국가의 설화집을 활용할 수 있다. 1945년 이전 일본에서 간행한 『세계동화대계世界童話大系』(東京: 世界童話大系刊行會, 1924~1928, 전23권),[*] 『대동아권동화총서大東亞圈童話叢書』(大阪: 增進堂, 1942~1944, 전6권)[**] 등의 자료도 유용한 편이다.

필자는 이 장에서 한국, 일본, 인도네시아, 필리핀의 설화집을 우선 선정하여 자료를 조사할 것이다. 그뒤에 생태적 주제의 작품을 찾아 서사를 분석하고 생태의식을 고찰하며, 비교연구할 것이다. II·III절에서는 아시아 4개국 생태설화의 유형을 분류하고 생태의식을 분석할 것이다. IV절에서는 아시아 생태설화 분석 결과를 오늘날 생태 문제에 대비해 활용 방안을 고찰할 것이다.

II. 아시아 4개국 생태설화 목록과 분류

여기에서 검토한 텍스트는 한국, 일본, 인도네시아, 필리핀 총 4개국에

---

[*] '세계동화대계' 시리즈는 1920년대 일본에서 편찬된 전집으로서는 꽤 체계적이고 학문적 가치가 높은 세계아동문학전집이다. 이 전집은 세계동요집 2권, 세계동화극 4권, 세계동화집 17권 등 총 23권으로 구성되어 있으며, 아시아 국가의 동화집은 인도, 터키·페르시아, 아랍, 중국·타이완, 일본·조선·아이누 등 9개국의 작품이 5권으로 출간되었다. 동화집이라고는 했지만, 아시아 각국의 민담을 번역·재화한 것이다.

[**] '대동아권동화총서'는 1941년 12월 8일 일본이 태평양전쟁을 일으키면서 이른바 '대동아공영권'으로 편입한 인도네시아, 중국, 말레이시아, 필리핀, 인도, 베트남 등 6개국에 대해, 일본의 아동문학 작가들이 군부의 주문을 받고 각국의 옛이야기를 조사·선집하여 동화 풍으로 고쳐 쓴 것이다.

서 출판·번역된 설화·동화집 6종이다. 목록은 표 5-1과 같다.

비교 대상을 이렇게 한정한 것은 자료적 제약과 함께, 필자의 독서 범위가 넓지 못한 까닭이다. 한국과 일본의 자료는 이외에도 여러 책을 살폈으며 베트남 설화집도 살폈으나, 해당 작품을 찾기란 쉽지 않았다. 중국의 자료는 7장에서 따로 고찰할 것이다. 『어우야담』과 『우지슈이 이야기』는 중세 시기에 간행된 한국과 일본의 고전설화집이다. 『조선 전래동화집』은 작가가 민담을 한국의 아동 독자들을 대상으로 재화한 것이고, 『구스모의 꽃: 인도네시아 동화집』은 일본의 작가 고이데 쇼고 小出正吾가 일본 아동을 대상으로 번역·재화한 것이다. 『꾀보 살람』, 『쥬 앙과 대나무 사다리』는 한국의 두 연구자가 각각 인도네시아 및 필리 핀의 민담을 번역한 것이다. 위 여섯 종의 설화집에 실린 작품들을 대 상으로 생태의식을 일깨우거나, 생태학적 세계관을 보여주는 작품, 좀 더 구체적으로는 인간과 동·식물과의 관계를 성찰적 자세로 다루는 작품, 자연과의 관계, 이주와 환경 등에 대한 문제의식을 보여주는 작

표 5-1 한국, 일본, 인도네시아, 필리핀에서 출판·번역된 설화·동화집

연번	국가	설화집 제목	편저자 및 저작 시기	비고
1	한국	『어우야담』	유몽인, 17세기 초	고전설화집
2		『조선전래동화집』	박영만, 1940	민담의 再話
3	일본	『우지슈이 이야기(宇治拾遺物語)』	13세기	고전설화집
4	인도네시아	『꾀보 살람』	정영림 편역, 1982	민담의 國譯
5		『구스모의 꽃: 인도네시아 동화집』 (クスモの花: 東印度童話集)	고이데 쇼고(小出正吾), 1942	민담의 再話·日譯
6	필리핀	『쥬앙과 대나무 사다리』	연점숙 편역, 1990	민담의 國譯

품이 있는지 찾아보았다.

위 설화집에 수록된 수많은 각 편들은 한 나라와 공동체의 정체성, 지역의 문화 및 전설을 말하는 이야기, 신들의 내력이나 동·식물의 기원에 관한 이야기, 인간들의 갈등과 일상, 지혜, 욕망을 주제로 한 이야기, 동물의 이야기를 통해 인간·사회의 속성을 살피는 이야기들이 대부분이다. 곧 편자들이 선집한 설화들은 대체로 신의 능력, 건국과 지역문화, 인간의 생활과 욕망을 말하는 데 중심이 있으며, 생태문학적 주제의 작품은 아주 소수라는 점이 파악된다. 아주 일부 작품에서 인간과 동물이 교호交好 및 갈등하는 서사를 통해 인간과 동물의 공생 및 자연생태계의 회복에 대해 성찰하는 이야기가 발견된다. 필자는 이러한 생태문학적 제재 및 생태의식이 보이는 작품을 생태설화라고 명명했다. 목록을 검색한 결과는 다음과 같다.

조선의 문장가 유몽인이 야사·항담巷談·가설街說 등의 구전을 받아들여 16~17세기 조선 사회의 다양한 세태를 기록한 설화집 『어우야담』에는 총 558화가 수록되어 있다. 이 가운데 생태문학적 성격이 보이는 작품은 〈살생을 즐긴 김외천의 응보〉, 〈잉어의 보은〉, 〈거북을 죽인 응보〉 등 3편이다. 이 작품들은 인간이 동물 및 생태계에 대해 한 선행 및 악행, 그로 인한 인과응보 의식을 보여준다.

20세기 전반기, 한반도의 설화를 조사해 재화한 『조선전래동화집』에는 저자가 함경도 지역을 중심으로 전국의 설화를 채록하여 동화체 문장으로 옮긴 75편의 전래동화가 수록되어 있다. 이 가운데 생태문학적 성격이 보이는 작품은 〈놀부와 흥부〉, 〈개와 고양이〉, 〈원앙새〉, 〈까치의 보은〉 등 4편이다. 이 작품들은 인간이 동물에게 한 선행과 악행,

그로 인한 인과응보나 인간의 성찰을 보여준다.

일본 중세 시대의 설화집 『우지슈이 이야기』[1]는 일본의 고대에서 중세까지의 인물들에 얽힌 일화나 역사적 사건, 민간설화, 불교계 설화 등을 집성한 것으로, 13세기에 성립된 것으로 추정된다.[2] 이 설화집에는 총 197화의 작품이 수록되어 있는데, 이 가운데 생태문학적 성격의 작품은 〈참새의 보은雀報恩の事〉이 유일하다. 이 작품은 인간이 참새에게 한 선행과 악행과 이에 대한 인과응보 의식을 보여준다.

일본에서 최초로 출판된 인도네시아 동화집 『구스모의 꽃: 인도네시아 동화집』은 *Folk Tales of All Nations*(Lee, 1930), *Volksdichtung aus Indonesian; Tierfabeln und Märchen*(Bezemer, 1904), *Papuan Fairy Tales*(Ker, 1930), 『インドネシアの神話傳説』(松村武雄, 1928), 『南海群島の神話と傳説』(齋藤正雄, 1941) 등을 원전으로 했다. 이 동화집에는 설화를 동화체의 문장으로 고쳐 쓴 20편의 인도네시아 민담이 수록되어 있는데, 대체로 다양한 신과 요정을 제재로 한 작품이 가장 많고, 그다음으로는 식물과 동물을 제재로 한 작품이 많으며, 쌀의 기원 등 농사 문화, 바다 관련 제재에 관한 이야기가 다소 발견된다. 이 가운데 생태문학적 성격이 보이는 작품은 〈물고기를 싫어하는 마을〉 한 편이다. 이 작품은 인간이 생태계에 한 악행과 응보의식을 보여준다.

한국에서 출판된 최초이자, 거의 유일한 인도네시아 민화집 『꾀보 살람』에는 26편의 작품이 수록되어 있는데, 이 가운데 생태문학적 성격이 보이는 작품은 〈은혜 갚은 뱀〉이다. 이 작품은 인간과 동물이 서로 도우며 공생하는 세상을 보여준다.

필리핀 민화집 『쥬앙과 대나무 사다리』는 *Filipino Popular Tales*

(Fansler, 1921), *Myths and legends of the early Filipinos*(Landa, 1971) 등 다섯 권의 책을 원전으로 해 선집·번역한 책이다. 책에 수록된 46편의 이야기는 우주 창조와 필리핀 건국에 관한 이야기, 각종 동·식물의 기원에 관한 이야기, 트릭스터와 바보, 우화와 소녀 이야기 등을 주제로 하는데, 이 가운데 생태문학적 주제를 보이는 작품은 〈소녀와 쌍둥이 나무〉가 유일하다. 이 작품은 인간과 나무의 교호 관계를 보여준다.

이상 6종 작품집의 수록 작품 수는 922편인데, 필자가 느슨하게 정한 생태설화의 요건에 맞는 작품은 11편이며, 전체 작품에서 생태설화가 차지하는 비율은 1.19퍼센트다. 이는 두 가지 사실을 알려준다. 설화는 대체로 철저히 인간중심적 세계관과 내용을 지닌다. 생태설화는 이와 반대로, 동물(식물)을 중심 제재로 하며, 인간과 동물의 혼인, 또는

표 5-2 생태설화 요건에 해당하는 작품들의 생태의식 내용

연번	유형	작품 제목	출전	주제 및 생태의식
1	인간·자연 상조형	잉어의 보은(한국)	어우야담	선행과 보은의 교환관계
2		까치의 보은(한국)	조선전래동화집	선행과 보은의 교환관계
3		개와 고양이(한국)	조선전래동화집	인간과 동물의 상조공생
4		은혜 갚은 뱀(인니)	꾀보 살람	인간과 동물의 상조공생
5		소녀와 쌍둥이 나무(필리핀)	쥬앙과 대나무 사다리	인간과 식물의 상조공생
6	인간·동물 대립형	살생을 즐긴 김외천의 응보(한국)	어우야담	악행과 보복
7		거북을 죽인 응보(한국)	어우야담	악행과 보복
8		물고기를 싫어하는 마을(인니)	구스모의 꽃	악행과 보복
9		원앙새(한국)	조선전래동화집	살생과 생명존중의식
10	상조·대립 연쇄형	놀부와 흥부(한국)	조선전래동화집	선행·악행에 따른 인과응보
11		참새의 보은(일본)	우지슈이 이야기	선행·악행에 따른 인과응보

인간과 동물·자연의 상호의존 관계 및 공생의 문제를 중심으로 한다.

이상 11편의 작품들을 주체와 관계·행위 내용을 기준으로 분류하면, 인간·자연(동·식물) 상조형相助型, 인간·동물 대립형, 상조·대립 연쇄형이 파악된다. 이상에서 논의한 유형분류에 각 작품의 생태의식 내용을 대략적으로 파악해 도표화하면 표 5-2와 같다.

이상 11편의 작품들에는 인간의 선행과 동물의 보은이 교환관계를 이룬다는 인식부터 인간과 동물이 상조·공생한다는 인식, 인간이 악행을 저지르면 재앙이 온다는 인식, 살생의 반성 및 생명존중정신, 인간의 선행·악행에 따라 인과응보가 있다는 의식까지 비교적 다양한 생태의식이 발견된다.

III. 한·일·인니·필의 생태설화 유형과 생태의식

1. 인간·자연 상조 유형: 상호협력과 공생의식

인간·자연 상조 유형에는 인간과 동·식물이 서로 협력·의지하거나, 지속적 공생관계를 이뤄가는 세계관이 표현된다. 〈은혜 갚은 뱀〉, 〈개와 고양이〉는 인간과 동물이 선행과 보은행위를 교환한 뒤, '지속적으로' 공생관계를 이루고 사는 세계관이 표현된다. 〈잉어의 보은〉, 〈까치의 보은〉 등은 인간의 선행과 동물의 보은행위가 '일회적'으로 대응되는 관계가 나타난다. 〈소녀와 쌍둥이 나무〉는 인간과 식물이 교호·공생한다는 세계관이 나타난다.

인도네시아 설화 〈은혜 갚은 뱀〉의 서사단락은 다음과 같다.

① 하두 히나와 마다 형제가 길을 가다가 더위에 죽어가는 뱀 두 마리를 구해준다.
② 형제가 돌아오면서 뱀이 살아난 것을 확인하고 기뻐한다.
③ 뱀들이 감사의 뜻으로 형제를 집으로 초대한다.
④ 형제가 할아버지 뱀에게 마술반지를 얻어 와 부자가 된다.
⑤ 형제가 반지를 잃어버리자 고양이를 불러 부탁한다.
⑥ 고양이가 쥐의 도움을 받아 반지를 되찾아오고, 형제가 다시 부자가 된다.
⑦ 형제가 쥐와 고양이에게 고마워하며 언제까지고 같이 살자고 한다.
⑧ 형제와 고양이, 쥐, 뱀이 사이좋게 산다.

인도네시아 숨바 지방에서 채록된 이 민담은 무더운 날씨에 하두 히나와 마다 형제가 죽어가는 뱀 두 마리를 구해준 뒤 뱀과 고양이와 쥐가 인간과 공생하게 된 사연을 보여준다. 두 형제는 잔치에 가는 도중에 죽어가는 뱀들을 발견하고 측은히 여겨 서늘한 나무 그늘로 옮겨주면서 소생하기를 바라며, 혹시 죽게 되더라도 뱀의 영혼이 더 좋은 곳으로 가기를 빌어준다. 잔치를 마치고 돌아오던 형제는 뱀들을 놓아준 자리를 확인하고 소생한 줄 알고 기뻐한다. 이야기에는 행동만이 아닌, 뱀에 대한 형제의 마음까지 표현되어 있다.

뱀들은 형제를 자신들의 집에 초대하고, 형제는 할아버지 뱀에게서 '무엇이든 만지면 황금이 되는' 마술반지를 얻어 돌아와 부자가 된다.

뒤에 형제는 반지를 분실한 뒤, 기르던 고양이를 불러 도와달라고 부탁한다. 고양이는 함께 일하던 쥐를 불러 합심해서 반지를 되찾아오고, 형제는 다시 부자가 된다.

반지를 되찾은 형은 쥐와 고양이의 은공에 고마워하며, "난 우리 마을에 사는 동물이나 인간 모두가 서로 합심해서 도와가며 행복하게 살기를 바랄 뿐이야"라고 말하며, 동물과 인간 모두가 공동체 구성원이라는 생각을 나타낸다. 생태주의에서 인정하는 공생은 그 대상을 인간에게 경제적, 육체적, 심미적으로 이로운 동·식물로 한정하지 않으며, 모든 자연을 차별하지 않고 인정한다. 마지막 문장의 "두 형제와 고양이, 쥐, 뱀은 모두 한 식구처럼 사이좋게, 그리고 행복하게 살았습니다"라는 말은 두 형제와 선의를 나눈 동물들이 차별 없는 공생관계를 이루고 사는 세계를 그린다. 이러한 결말은 열대 지방인 인도네시아의 자연과 가정에 뱀과 쥐와 고양이가 인간들과 함께 살고 있는 모습을 '공생'의 시각에서 그렸음을 보여준다.

위에서 형제가 죽어가는 뱀을 측은히 여겨 그늘로 옮겨주고 그뒤 돌아올 때 살았는지를 확인한 행위, 형제가 기르던 고양이가 주인의 부탁을 받고 쥐와 함께 주인을 정성껏 도운 행위, 결말에 있는 동물과 인간이 같은 식구라는 생각 등은 이 작품이 단순 동물보은담을 넘어, 생태문학으로서의 세계관을 지녔음을 보여준다.

한국의 작품 〈개와 고양이〉(박영만: 289~297)의 서사단락은 다음과 같다.

① 늙은 영감이 잉어를 낚았는데, 잉어가 눈물 흘리는 것을 보고 측은히

여겨 놓아준다.

② 영감이 놓아준 잉어는 용왕의 아들이었다. 그뒤에 영감은 용궁으로 초대된다.

③ 영감이 용왕으로부터 '무엇이든 나오라는 대로 나오는' 보물 연적을 얻어 돌아온다.

④ 영감이 연적으로 기와집과 쌀, 돈 등을 얻어 부자가 된다.

⑤ 물감장수 노파가 연적을 훔쳐가 영감이 가난하게 된다.

⑥ 개와 고양이가 노파의 집을 뒤져 연적을 찾아와 주인 영감은 다시 부자가 된다.

⑦ 주인 영감이 고양이가 더 공을 세웠으므로 집 안에서 사람들과 살고, 공이 적은 개는 집 밖에서 살라고 한다.

⑧ 이때부터 개와 고양이는 서로 만나기만 하면 물고 뜯고 하면서 싸우게 되었다.

박영만이 채록·재화한 이 작품은 인간이 잉어에게 베푼 선행으로 인해 보답을 받게 되고, 인간과 고양이, 개가 공생하게 된 사연을 보여준다. 이 작품은 〈은혜 갚은 뱀〉, 〈원숭이와 고양이와 쥐〉와 동일한 모티프를 가지고 있다. 개보다 더 큰 공을 세운 고양이가 사람에게 더 대접받으며 살게 되었다는 결말은 개보다 고양이가 인간과 가까운 공간에 사는 모습을 반영한, 인간과 개와 고양이의 공생관계에 대한 한국인의 인식을 구체적으로 보여준다는 점에서 개성 있다.

이렇듯 인도네시아, 한국의 작품은 공통적으로 '인간의 선행 → 동물의 보은' 사건 이후에, '(반려)동물의 공로 → 인간과 동물의 공생' 사건이 추가된다. 두 작품에 그려진 인간과 (반려)동물의 공생관계는 그 나라의 현실에 따라 조금씩 달리 나타난다.

목숨을 구해준 선비에게 은혜를 갚고 죽은 까치의 이야기를 다룬 한국의 〈까치의 보은〉은 불교적 생태의식을 보여준다. 선비는 구렁이에게서 새끼를 지키려 하는 어미 까치를 불쌍히 여겨 활을 쏘아 구렁이를 죽인다. 몇 년 뒤, 죽은 수컷 구렁이의 짝인 암컷 구렁이는 여자로 변신해 외딴집에서 선비를 기다리고 있다가, 선비가 찾아오자 원수를 갚으려 한다. 하지만 구렁이는 오래전 절의 주인과 약조한 것이 있으니, (지금은 무너진) 절의 종각에서 깊은 밤 세 번의 종소리가 울리지 않은 것을 기다린 뒤에야 짐승을 잡아먹어야 한다는 것이다. 이미 백 년 전 문을 닫은 절인데, 그날 밤 삼경 전에 멀리서 세 번의 종소리가 들려오자, 구렁이는 눈물을 흘리고 사라진다. 몇 년 전 선비가 구해준 까치들은 이번에 선비가 죽게 된 것을 알고, 자신의 머리와 주둥이로 종을 울려 선비를 구한 것이다. 〈까치의 보은〉은 인간의 자비심이 까치를 구하고, 부처의 법력에 의해 다시 까치가 은혜를 갚고 인간을 구한다는 불교적 세계관이 나타난다.

『어우야담』 소재 〈잉어의 보은〉은 한 선비가 큰 잉어가 사람처럼 눈물을 뚝뚝 흘리는 것을 보고 불쌍히 여겨 구해주는 것으로 시작된다. 잉어는 선비의 꿈에 나타나 자신이 선비의 아들로 태어나겠다고 한다. 이날 밤 과연 아내는 임신하고 뒤에 아들을 낳는다. 그는 장성하자 수염이 자라 배꼽까지 닿았고, 뒤에 무과에 급제해 나라에 큰 공을 세운다. 이 작품은 인간이 동물에게 베푼 선행으로 인해 하늘이 은혜를 베풀어 자식을 얻는다는 인식을 보여준다. 이러한 세계관은 인간이 정성을 다할 때 하늘도 감동하여 돕는다는 천인감응론의 인식 태도에서 나온 것으로 파악된다. 〈잉어의 보은〉, 〈까치의 보은〉은 일본의 설화와 마찬가지로, 선행과 보은의 교환을 통해 인간과 동물의 우호적 관계가 기억·전승되는 사례다.

〈소녀와 쌍둥이 나무〉(연점숙: 215~221)는 필리핀 루손섬 고산지대 원주민들의 민담으로, 특별히 인간과 식물의 공생담을 보여준다. 이 부족들은 아이가 태어나면 나무 한 그루를 심어야 한다는 생각이 있다. 그렇게 아이에게 짝 지워준 나무는 '쌍둥이 나무'라고 하는데, 이는 나무가 자라면 아이도 자라고, 나무가 시들거나 죽으면 아이도 아프거나 죽게 된다는 인식의 표현이다. 어느 마을에 '부간'이라는 여자아이가 태어나자, 부모는 노란 꽃이 피는 '나아라'라는 나무를 쌍둥이 나무로 심는다.

소녀가 크면서 부간과 나무는 서로 이야기하고, 음식을 같이 먹으며 함께 성장한다. 소녀가 나무와 서로 대화를 했다는 것은 소녀가 나무를 인격체인 듯 대하며 자기 이야기를 나무에게 했다는 것이고, 무언가 나무도 소녀에게 응대했다고 느낀다는 것을 말한 것으로 보인다. 둘이 음식을 나눠 먹는다는 것은 소녀가 나무 옆이나 나무 위에 올라가서 음식을 먹었다는 행위를 표현한 것이 아닐까 한다. 이렇듯 소녀와 나무가 서로 대화하고 음식을 나눠 먹었다는 인식과 표현은 낯설지만, 새롭다는 인상을 준다.

그러던 어느 날 소녀 부간은 갑자기 병들어 죽는다. 얼마 뒤 고산지대에는 지진이 일어나고 나무는 뿌리가 뽑혀 죽는다. 사람들은 소녀의 죽음을 "슬퍼하던 나무"가 부간과 놀아주려고 하늘나라로 갔다고 말한다. 이 작품은 인간과 나무의 교감을 아름답게 그리며, 인간과 식물이 교호·공생하며 사는 세상을 보여준다.

2. 인간·동물 대립 유형: 탐욕과 파국

인간·동물 대립 유형에는 인간이 동물을 학대하거나 몰살하면 생태계와 개인사에 파국이 닥친다는 성찰이 표현되어 있다. 〈살생을 즐긴 김외천의 응보〉(유몽인: 759~760)는 영광 태수가 연못에 쓴 맛 나는 나무 열매를 대량으로 풀어 물고기를 몰살시켜 생긴 일을 그리고 있다. 이 일로 연못에는 완전히 물고기 씨가 마른다. 그러자 바람과 구름이 일고 번개가 치며 비가 내려, 온 연못 주위가 깜깜해지더니 수십 일이 지나도록 날이 개지 않는다. 뒤에 태수는 급사急死하고, 고향으로 관을 운구한 뒤 관을 열어보니 시체가 사라졌다고 했다. 화자는 이에 대해, 수많은 물고기와 정체 모를 물고기, 그리고 자연이 저지른 복수일 것이라고 했다.

〈원앙새〉(박영만: 344~345)는 명포수가 원앙새 한 쌍을 쏘아 죽이고 후회하며 중이 된 뒤, 원앙새 부부가 극락세계에 가기를 축원했다는 내용을 통해 생명존중의 생태의식을 보여준다. 사냥꾼이 원앙새에게서 인간과 동일한 생명가치를 느끼며, 자신의 살생을 후회하고 자신의 삶을 변화시킨 점은 생태의식의 새로운 면모를 보여준다.

인도네시아 뉴기니섬 설화를 동화로 만든 〈물고기를 싫어하는 마을〉은 가비 마을의 사람들이 산속 연못에 물고기가 가득 있는 것을 발견하고 몇 차례에 걸쳐 물고기를 남김없이 잡다가, 이에 분노한 연못의 주인인 마법의 장어 아바이야가 큰비를 내려 연못이 범람하고 대홍수가 나 마을 사람들이 몰살당한 이야기를 그린다. 홀로 살아남은 할머니한 사람은 이튿날 마을로 돌아가 집마다 다니며 아이들에게서 창과 무기를 수거한 뒤, 아이들을 돌보기 시작한다. 며칠 뒤 아이들은 할머니로부터 부모님들이 죽은 이야기를 듣지만, 아무런 무기가 없으므로 마법의 장어에게 복수하러 갈 수가 없었다.

몇십 년이 지나 아이들은 어른이 되고 마을은 번성하여 다시 떠들썩한 옛 모습으로 돌아갔다. 하지만 마을 사람 누구도 복수를 꿈꾸지 않고, 아무리 맛있는 물고기가 있어도 누구도 먹지 않는다. 화자는 결말에서, 사냥할 때 지나친 욕심을 부리면 안 되며, 강한 적(마법의 장어)과 복수의 전쟁을 벌이지 않고 평화롭게 살 수 있는 방법을 찾는다면 공동체가 다시 번영한다며, 생태문학으로서의 세계관과 지혜를 보여준다. 이 작품은 '욕심부리지 않는다. 복수하지 않는다. 그리고 뒤에 다시 번영한다'라는 교훈을 전하며, 자연에 욕심을 부리면 벌을 받는다는 생태적 세계관을 보여준다.

물고기의 씨를 말린 뒤에 맞은 재앙을 그린 위 두 편에 비하면, 〈거북을 죽인 응보〉(유몽인: 761~762)는 소품처럼 느껴진다. 이 작품은 재물 욕심으로 살아 있는 바다거북의 배를 갈라 야광주를 얻으려다 생긴 재앙의 이야기를 그리고 있다. 이 작품은 영물인 큰 바다거북을 재물 욕심 때문에 함부로 죽인 뒤 여러 사람이 죽은 재앙을 그림으로써 생명체의 목숨을 소중히 여겨야 함을 말한다.

이처럼 〈원앙새〉를 제외한 나머지 네 작품은 '탐욕'으로 인해 동물을 학대하고 함부로 살생하면 '파국'을 피할 수 없다는 인식과 경고를 표현한다. 특히, 인도네시아의 〈물고기를 싫어하는 마을〉은 '인간의 생태계 파괴 → 자연의 공격 → 공동체의 파국' 사건에 이어 '인간의 반성 및 새로운 삶 → 자연과의 공존 및 번영' 사건이 결합되어 공동체의 새로운 미래상을 그린, 생태설화의 수작이다.

3. 상조·대립 연쇄 유형: 상반된 생명인식과 인과응보

상조·대립 연쇄 유형에는 생명을 귀히 여기는 자는 복 받고, 잔인한 자는 벌을 받는다는 인과응보의 생태의식이 발견된다. 〈참새의 보은〉, 〈놀부와 흥부〉는 두 사람의 상반된 심성과 새를 대하는 행동을 보여주며, 상응하는 보상과 응징을 서술한다.

〈참새의 보은〉(박연숙·박미경: 178~183)은 일본 중세 시대의 설화집 『우지슈이 이야기』에 전하는 오래된 이야기다. 〈참새의 보은〉은 60세가량의 늙은 여자가 허리뼈가 부러진 참새를 불쌍히 여겨 구해주었다가, 참새가 물어다 준 박씨를 심어 얻은 박열매에서 끝없이 흰쌀이 나와 부자가 된다. 이웃집 할머니는 부자가 된 할머니를 시기해 참새의 허리뼈를 일부러 부러뜨렸다가 박에서 나온 수많은 독충에게 쏘여 죽는다.

이 작품에서 허리 부러진 참새, 할머니, 박, 독충 등은 자연과 인간의 관계를 상징한다. 곧 허리 부러진 참새는 인간의 탐욕에 의해 파괴된 생명체 및 생태계를 상징하며, 참새를 돌본 할머니는 생명을 귀히 여기고 돌보는 자연 수호자를, 시기심 많은 옆집 할머니는 이기적인 인간 심성을 지닌 자연파괴자를 상징한다. 독충은 생태계의 복수를 상징한다.

〈놀부와 흥부〉에서 형에게 괄시받고 가난한 흥부는, 뱀에게 죽을 뻔한 제비를 구해주었다가 제비로부터 신비한 박씨를 얻고, 박열매에서 기와집과 금은보화라는 예상치 못한 큰 보상을 받는다. 〈놀부와 흥부〉와 〈참새의 보은〉은 구성은 유사하지만, 생태문학의 관점에서 보면 꽤 큰 차이가 있다. 〈참새의 보은〉은 다친 참새를 대하는 동네 이웃 할머니들의 대조적인 마음과 행동이 계기가 되어 일어난 자연의 보상과 응징이 대조적으로 서술되어 있다. 이에 비해, 〈놀부와 흥부〉는 성격이 상반된 두 형제가 상속재산 분배로 인해 갈등이 생겼는데, 제비의 박을 계기로 착한 동생 흥부의 인생이 역전되는 이야기를 보여주는 데 초점이 있다.

IV. 설화를 통한 생태교육과 문화다양성 인식

오늘날의 문학도 그렇지만, 전근대 문학작품에서 생태적 주제의 작품을 발견하기란 쉽지 않다. 따라서 우리는 한문학, 고전소설, 구비문학, 수필 등을 폭넓게 읽으면서 생태문학의 제재와 주제가 발현된 작품을 찾아내야 한다. 또한 그 범위를 한국문학으로만 한정하지 않고, 이웃한 나라들 및 아시아 국가들의 고전으로까지 넓힐 필요가 있다. 유사한 제재나 구성이 있는, 또는 서로 다른 아시아 각국의 설화 작품을 읽으며 우리는 이웃한 나라들의 문화와 정서를 이해하고 연대감 같은 것을 느낄 수 있다. 아시아 생태설화에 나타난 생명존중 또는 파국의 서사를 재인식하며 오늘날 생태위기의 현실에서 동물과 자연, 지구생태계에 대한 이해를 넓히고, 활용 방안을 찾는 것은 의미 있다.

아시아 생태설화의 다양한 이야기와 생태의식의 활용은 첫째, 독서·교육 면에서 가장 유용할 것이다. 최근 전래동화 또는 옛이야기는 대학교육, 유아교육 및 초등교육, 어린이 독서지도, 외국인 및 다문화 가정 여성·자녀의 한국어·한국문화교육 등 다양한 교육 분야에서 활용되고 있다. 아시아 생태설화는 한국을 비롯해 다양한 국적의 사람들이 상호문화주의 및 문화소통의 관점에서 각양의 교육 현장에서 생태문화자산으로 유용하게 활용할 수 있을 것이다.

〈은혜 갚은 뱀〉, 〈소녀와 쌍둥이 나무〉 등의 인간·자연 상조 유형 설화는 인간과 동물, 식물, 생태계가 서로 의지하며 공생관계를 이루는 관계가 어떤 것인지, 어떻게 가능한지 질문하고 토의하며 상상력을 넓히기에 유용한 텍스트다. 오늘날 우리는 개와 고양이를 애완동물이 아닌 반려동물이라 하는데, 반려동물과의 삶이 어떤 것인지 상상해보고, 야생동물의 서식지 보존 방안과 인간과 다른 종과의 공동체에 대해, 또는 '육식의 종말'이 가능한지 등에 대해 논의할 때 적절한 텍스트다.

〈살생을 즐긴 김외천의 응보〉, 〈물고기를 싫어하는 마을〉 등 인간·동물 대립 유형 설화는 오늘날 일어나고 있는 동물학대나 자연파괴, 지구온난화 현실에서 동물들이 겪었을 고통을 상상해보고 동물학대 및 자연파괴를 어떻게 예방하고 치유할 수 있을지 심층적으로 논의하기에 유용한 텍스트다. 이 설화를 바탕으로 인간과 동물 및 자연이 화해하고 공존하는 공동체의 미래상을 그려볼 수 있다. 〈원앙새〉를 읽고 토의하면서 우리는 동물의 생태, 채식주의, 비거니즘veganism, 기후이상, 지구온난화 등의 본질과 원인, 파생된 결과 등을 생각해보고, 자신과 주위 사람들 중에서 생태의식과 행동이 변화된 것이 있는지에 대해 논의해볼 수 있다.

〈참새의 보은〉이나 〈놀부와 흥부〉 등의 상조·대립 연쇄 유형 작품은 우리 주위의 동·식물을 대하는 자세와 마음을 논의해보기에 적절하다. 우리는 이 친근하고 오래된 작품들을 말하며 반려동물을 돌보거나 정원의 화초나 나무를 가꾸며 사는 삶이 어떠한지, 동물을 유기하고 학대하는 사람들의 태도를 대조하면서 자연과 함께 하는 삶에 대해 논의할 수 있다.[3]

둘째, 아시아 생태설화는 자연·생태계 보전에 관한 문화담론과 사회문화정책을 논의할 때 유용하다. 우리는 생태문학을 기반으로 한 생명존중정신, 인간과 자연의 공생담론, 인류세담론, 종간공동체론, 면역공동체론, 비판적 포스트휴머니즘 등의 문화담론이 시민들을 위한 사회문화정책 수립의 이론적 토대로서 어떻게 기여할 수 있을지 고찰할수 있다. 또한 생태설화를 바탕으로 감염병 발생의 생태적 근원인 열대우림 파괴와 야생동물 불법 거래를 근절하기 위한 담론과 사회정책을 논의할 수 있다.

셋째, 아시아 생태설화는 문화다양성을 위한 문화행사를 기획하는데 활용할 수 있다. 한국은 2014년 '문화다양성 보호와 증진에 관한 법률'을 제정했고, 2017년 '유네스코 문화다양성 협약 아시아태평양 그룹 위원국'으로 선출되는 등의 과정에서 문화다양성, 세계시민의식에 대한 논의가 증대되고 있다. 아시아 생태설화를 바탕으로 한국의 시민들과 외국인 주민들이 다양한 아시아 생태문화를 경험하고 세계시민의식을 기를 수 있도록 전시회나 한국-아시아생태동화축제를 기획할

수 있다.[4]

　이상에서 살펴본 아시아 4개국의 생태설화들은 대체로 인간과 동물의 상호관계를 그린 작품들로서, 기본적으로 인간이 선행을 하면 동물이 은혜를 갚는다는 동물보은담, 인간이 동물을 대량 학살하거나 악행을 하면 동물 및 생태계가 인간에게 응징한다는 동물보복담의 성격을 띠고 있다. 또한 필리핀 민담에서 발견한 〈소녀와 쌍둥이 나무〉를 통해 인간과 나무가 교호·공생하는 이야기를 살펴볼 수 있었다. 이러한 결과는 전근대 동북아시아와 동남아시아 국가에서 설화에 나타난 인간과 자연의 교감과 상호작용을 대표적으로 보여준다는 점에서 의미 있다.

작품 번역

물고기를 싫어하는 마을
魚嫌ひの村[5]

인도네시아 뉴기니섬의 가비 마을 사람들은 모두 물고기를 싫어한답니다. 아무리 맛있는 물고기도 절대 먹지 않는답니다. 도대체 어떻게 된 일인지 이야기를 해보도록 하겠습니다.

옛날 가비 마을에 살고 있던 와얀은 개를 데리고 산으로 사냥을 갔습니다. 그날은 캥거루를 한 마리밖에 잡지 못해서 조금 더 깊은 산속으로 헤치고 들어갔습니다. 그런데 그만 전혀 알 수 없는 깊은 산속에서 길을 잃게 되었습니다.

와얀은 숲속 한가운데에서 큰 연못을 발견했습니다. 하늘처럼 파아랗게 맑은 연못에는 물이 가득했고, 그 안에는 물고기들이 첨벙첨벙 헤엄치고 있었습니다. 개는 뛰어오르는 물고기를 보고 물가로 달려가 물고기를 잡았습니다. 엄청나게 많은 물고기를 보고 놀란 남자는 연못이 있는 곳을 표시해두고 마을로 돌아갔습니다.

다음날 아침, 와얀은 마을 사람들에게, "어때? 나와 함께 물고기를 잡으러 가지 않겠어? 물고기가 정말 많이 있는 연못을 찾았어"라고 말했습니다.

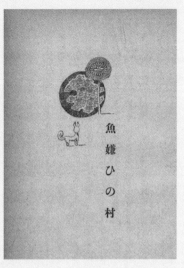

그림 5-1 『동인도동화집: 구스모의 꽃』(일본
국회도서관 소장)

그림 5-2 〈물고기를 싫어하는 마을〉 표지

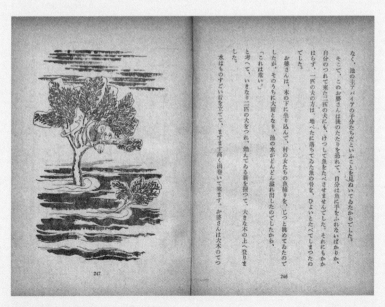

그림 5-3 〈물고기를 싫어하는 마을〉 본문

물고기라는 말을 들은 마을 사람들은, "나도 갈래, 나도 갈래" 하며 한 명도 빠지지 않고 모두 와얀을 따라나섰습니다. 마을 사람들은 감자, 바나나, 사탕수수 등 음식을 준비해 신이 나서 산속의 연못을 향해 출발했고 마을에는 어린아이들만 남아 어른들을 기다렸습니다.

마을 사람들은 고개를 넘고 또 넘어, 드디어 깊은 산 연못에 도착했습니다. 이 연못은 '아바이야'라는 장어 요정이 살고 있는 '와포기 연못'이었습니다. 아무것도 모르는 마을 사람들은 연못에 뛰어들어 물고기를 잡기 시작했습니다. 여자들은 그물을 던지고 남자들은 창살을 던져 물고기를 잡았습니다. 물고기는 엄청 많았습니다. 잡아도, 잡아도 알록달록 물고기와 새우, 조개가 끊임없이 잡혀서 연못가에 산처럼 쌓였습니다.

마을 사람 중에는 특히 물고기를 잘 잡는 아르티가 있었습니다. 아르티는 어떤 물고기도 다 잡고 절대로 물고기를 놓치는 법이 없었습니다. 아르티는 물고기를 잡고 또 잡았습니다. 그런데 연못 속에 갑자기 무언가가 반짝이는 것이 보였습니다. 아르티는 반짝이는 빛을 따라 어느새 연못 가장 깊은 곳까지 들어갔습니다. 파란 하늘이 잠시 구름에 가려지자, 물속에서 몸에서 빛이 나는 커다란 장어가 보였습니다. 바로 와포기 연못의 요정 아바이야였습니다. 아르티는 온 힘을 다해 아바이야에게 그물을 던졌습니다. 그러자 아바이야는 더 큰 빛을 내기 시작했습니다. 갑작스러운 빛에 아르티는 눈을 뜰 수가 없었습니다. 그 틈을 놓치지 않고 아바이야는 미끈한 몸을 꾸불꾸불 비틀어 그물을 빠져나왔습니다. 아무리 아르티라고 해도 빛나는 장어를 쉽게 잡을 수는 없었습니다.

빛나는 장어를 못 잡은 아르티는 씩씩거리며 무척이나 속상해했는데, 마을 사람들은 가득 잡은 물고기를 보며 무척이나 신이 나 있었습니다. 슬슬

날이 저물어 연못 위로 시원한 바람이 불기 시작했습니다. 와얀은 마을 사람들에게 "오늘 많이 잡았으니 어서 마을로 돌아가 오늘 잡은 물고기로 잔치를 합시다"라고 말했습니다. 더 잡지 못해 아쉬워하는 사람도 있었지만, 아이들이 걱정되어 다들 돌아가기로 했습니다.

그런데 아르티가 낮에 놓쳤던 반짝이는 장어 이야기를 꺼내기 시작했습니다. 어찌나 크고 빛나던지 그 장어 한 마리면 캥거루 열 마리 값을 받을 수 있다고, 빛나기 때문에 어두워지면 꼭 잡을 수 있을 거라고 말했습니다. 마을 사람들은 아르티의 말에 흥분하기 시작했습니다. 마을에서 가장 나이가 많은 세티아 할머니는 이 이야기를 듣고는 다가가서 그런 빛을 내는 물고기는 분명 보통의 물고기가 아니기 때문에 잡아서는 안 된다고 말했습니다. 그리고 잡은 물고기도 다시 연못으로 돌려보내야 한다고 말했습니다. 하지만 마을 사람들은 들은 체도 안 하고, 모두 아바이야를 잡을 생각에 날이 어두워지기를 기다리며 잡은 물고기를 구워서 배불리 먹었습니다. 남자들은 계속 물고기를 구웠고, 여자들은 연못 한가운데로 들어가 그물을 던지고 다시 고기를 잡았습니다.

세티아 할머니는 아르티가 말한 빛나는 장어 이야기를 듣고 그 장어가 와포기 연못의 요정이란 것을 알았습니다. 할머니는 잡은 물고기를 모두 놓아주고 자신이 데리고 온 두 마리 개에게도 절대 물고기를 먹지 못하게 했습니다. 그런데 한 마리 개가 땅에 떨어진 물고기의 뼈를 먹어버렸습니다.

아르티의 손에서 빠져나온 아바이야는 물의 요정, 바람의 요정, 구름의 요정에게 이 사실을 알렸습니다. 날이 어둑해질 무렵 갑자기 끈적끈적한 습기 많은 바람이 불기 시작하더니, 밤하늘이 먹을 뿌린 듯 검은 구름으로 가득 찼습니다. 그리고 큰 빗방울이 머리 위로 뚝뚝 떨어지기 시작했습니다.

지금까지 조용했던 와포기 연못의 물이 순식간에 불어나서 점점 높아지더니 넘쳐서 초원에 대홍수가 났습니다. 연못 한가운데까지 들어가 물고기를 잡으려 했던 여자들은 연못의 소용돌이에 휩쓸렸고 연못가에서 물고기를 굽고 있던 남자들도 도망가지 못하고 큰 홍수에 빠져 죽었습니다.

할머니는 나무 위에 올라가 여자들이 물고기 잡는 것을 그냥 바라보고만 있었는데, 그때 큰비가 와서 연못의 물이 넘치는 것을 보고는 나뭇가지에 불을 붙여 들고 더 큰 나무 위로 올라갔습니다.

물은 큰 소리를 내며 점점 높이 올라왔습니다. 할머니는 큰 나무의 꼭대기까지 올라갔지만, 무서운 물소리는 다리 아래까지 다다랐습니다. 주위는 캄캄하고 아무것도 보이지 않았습니다. 할머니는 손에 가지고 있던 횃불가지를 탁탁 내리쳤습니다. 그러자 캄캄한 밤에 불꽃이 튀어 바로 발아래까지 물이 찬 것이 보였습니다. '아, 물이 이렇게까지 물이 차오르는구나, 조금 있으면 이제 나도 물에 휘말리겠구나.' 할머니는 어떻게 도망하나 생각하다가, '아, 그것 때문이었구나.' 문득 자신이 데리고 있던 개 한 마리가 물고기 뼈를 먹었다는 것을 생각하고, 그 개를 물속에 던져 넣었습니다. 그러자 물은 만족했다는 듯이 잠잠해졌습니다. 할머니는 다시 한 번 횃불로 나무를 쳐서 불꽃이 튀어 떨어지는 것을 보았습니다. 이번에는 불꽃이 곧바로 꺼지지 않고 좀더 아래쪽 양파 잎이 있던 곳에서 반짝 빛났습니다. '이번에는 물이 꽤나 빠졌구나' 하고 생각한 할머니는 안심했습니다. 조금 있다 다시 횃불가지를 탁탁 내리치니, 이번에는 불꽃이 땅바닥에 떨어져서 곧바로 꺼지지 않고 반짝였습니다. 할머니는 '아, 이제 괜찮구나. 물이 다 빠졌구나'라고 생각했지만, 곧바로 나무에서 내려오지는 않았습니다. 주위가 캄캄했기 때문에 날이 밝을 때까지 나무 위에 있는 것이 안전하다고 생각했기 때문입니다.

드디어 무서웠던 밤이 지나고, 날이 밝아오기 시작했습니다. 할머니는 기운을 차려 나무에서 내려왔습니다. 그리고 조심스럽게 연못 속을 돌아보니, 방금 떠오른 햇빛이 언제 그랬냐는 듯 고요한 연못 위에서 반짝이고 있었습니다. 세티아 할머니는 연못을 향해 말했습니다.

"마을 사람들을 모두 삼키고 너는 어찌 그리 빛나는가?"

개도 이렇게 무서운 곳은 싫었는지, 할머니보다 앞서 마을을 향해 뛰어 갔습니다. 마을로 돌아온 세티아 할머니를 보고 마을의 아이들은 우르르 달려왔습니다. 밤사이 산에서 불던 바람 소리가 몰아치던 빗소리가 마을까지 들려와 아이들도 너무 무서웠기 때문입니다.

"할머니, 왜 혼자 돌아오셨어요? 아버지랑 어머니는요?"

할머니는 아이들에게 어젯밤 숲속 연못의 일을 이야기하지 않았습니다. "아버지와 어머니는 물고기를 너무 많이 잡아서 모두 구운 생선을 만들어 오느라 돌아오는 게 늦는 거란다"라고 말했습니다.

할머니는 급히 집으로 들어가 끈이 달린 커다란 가방을 메고 아이들의 집을 돌아다니며, "너희 집에 귀중품이나 창은 어디에 두었니?"라고 말하고 가져오라고 했습니다.

"할머니 그것을 왜 가지고 가시려는 거예요? 아버지가 집을 비우셨는데, 집에 귀중한 물건을 내드릴 수는 없습니다"라고 아이들은 말했습니다. 그래도 할머니는, "어른들이 집에 안 계시기 때문에 보관해주려고 하는 거야"라고 말하며, 물건을 받아 모두 다 가방 속에 챙겨 집으로 가져가 깊숙한 곳에 숨겨두었습니다.

마을 아이들은 할머니의 말씀을 들으며 부모님을 기다렸습니다. 그렇지만 하루가 지나고, 이틀이 지나도 어머니와 아버지는 돌아오지 않았습니다.

삼 일째가 되자, 아이들은 더이상 기다릴 수가 없어서 모두 할머니 집으로 갔습니다.

"할머니, 오늘이 삼 일째인데, 아버지, 어머니는 왜 돌아오시지 않는 거죠? 어딘가 멀리 가신 것은 아닐까요? 사실을 알려주세요." 아이들의 재촉에 할머니는 할 수 없이 그날 와포기 연못에서 일어난 이야기를 들려주었습니다.

아이들은 엉엉 울기 시작했습니다. 그뒤로 가비 마을에는 웃는 소리가 들리지 않았습니다. 아이들은 울면서 밭에서 채소 농사를 짓고, 엄마 아빠의 영혼을 위해 기도를 했습니다. 마을의 유일한 어른인 세티아 할머니는 정성껏 아이들을 돌봐주었고 아이들은 열심히 일하며 하루하루를 보냈습니다. 건장한 청년이 된 남자아이들은 아버지와 어머니의 불행한 일을 떠올렸지만, 할머니의 말씀을 명심하고 와포기 연못의 물고기들에게 복수하러 가지 않았습니다. 가고자 해도 할머니가 창을 모두 빼앗아 숨겨두었기 때문에 갈 수도 없었습니다. 빛나는 장어 아바이야는 정말로 연못의 무서운 주인이기 때문에 마을 아이들을 살리기 위한 할머니의 방법이었습니다.

이렇게 몇십 년이 지난 뒤 가비 마을은 다시 아이들의 웃음소리로 넘쳐나고 옛날처럼 떠들썩한 마을이 되었습니다. 그렇지만 어느 누구도 물고기는 먹지 않습니다. 가비 마을에는 물고기의 맛을 기억하는 사람이 아무도 없기 때문입니다.

6장

아시아 선악형제담에 그려진
선악관념과 생명존중사상

I. 선악형제담과 문화소통

설화는 우리가 현재 교류하는 나라 및 민족의 전통문화와 생활을 선입견 없이 이해할 수 있는 서사 텍스트다. 각 나라의 재미있고 개성 있는 민담 또는 옛이야기를 읽고 즐기면서 아시아인들은 편견 없이 서로의 문화를 느끼고 소통할 수 있다. 이 장에서는 '문화소통'의 관점에서 아시아 설화 중에 보편적 유형이자 인기 있는 선악형제담이 어떻게 구성되는지, 또한 각 나라의 이야기마다 문화상징 및 선악관념이 어떻게 인식되고 표현되는지 비교고찰할 것이다. 선악형제담은 동생이 다친 새를 치료해주고 '새의 보은'으로 얻은 신비한 씨를 심어 생긴 열매에서 금은 등의 보화가 생겨 부자가 된다는 내용에, 욕심 많은 형이 동생을 따라 했다가 실패한다는 내용의 서사가 부가된다. '새의 보은'이란 새를 구해준 행위 자체에 대한 보상으로 인식되기도 하지만, 형제간 갈등에서 착한 형제(동생)의 행실에 대한 '하늘의 보상'으로 인식되기도 한다. 후자의 경우, 욕심 많은 형제와 마음씨 착한 형제간 재산 갈등이 주요 제재가 되면서 '형제불화담' 또는 '형제경쟁담' 등으로 불리기도 한다.

선악형제담은 한국을 비롯해, 베트남의 〈별나무 이야기〉, 인도네시아의 〈황금수박〉, 말레이시아의 〈와자와 위라〉, 일본의 〈허리 부러진 참새〉, 우즈베키스탄의 〈빛나는 황금수박〉 같은 작품이 발견된다. 필리핀 옛이야기에서는 유사한 작품이 발견되지 않는다. 이상 6개국 여섯 작품을 중심으로, 이 장에서는 첫째, 아시아의 선악형제담의 서사적 특징 및 문화요소를 분석·제시할 것이다. 이 중에서 〈허리 부러진 참새〉, 〈빛나는 황금수박〉은 주인공들이 형제가 아닌 이웃들이라는 차이가 있으나 '다친 새의 구조 및 보은'이라는 서사구조는 다른 작품들과 공통적이어서 같이 비교분석할 것이다. 둘째, 선악형제담의 선악관념, 문화상징의 비교를 통해 아시아 문화소통 방안을 살필 것이다.

II. 아시아 선악형제담의 서사적 특징과 문화요소

1. 인도네시아의 〈황금수박〉: '자선가 드르마완과 황금수박'의 서사

인도네시아의 선악형제담 〈황금수박Semangka Emas〉[1]은 인도네시아 보르네오섬 서부 칼리만탄주에서 채록·전승된 설화다. 줄거리를 요약하면 다음과 같다.

> ① 서부 칼리만탄 삼바스에 사는 상인이 아들 형제를 두었다.
> ② 상인이 두 형제에게 똑같이 재산을 나눠주고 죽었다.
> ③ 형 무자키르는 좋은 집에 살며 가난한 사람이 오면 쫓아냈다.
> ④ 동생 드르마완은 가난한 사람들에게 먹을 것을 나눠주고 돈도 나눠주었다.

⑤ 드르마완이 날개가 부러진 힝둥새를 치료해주고, 상처가 나은 새가
드르마완에게 수박씨를 떨어뜨리고 간다.

⑥ 씨를 심어 큰 수박 하나만 열렸는데, 잘라보니 황금이 가득했다.

⑦ 드르마완이 황금을 팔아 농장이 있는 큰 집을 사서 가난한 사람들을
계속 돕는다.

⑧ 형 무자키르가 동생에게 부자가 된 방법을 듣고 날개 부러진 새를 찾
는다.

⑨ 무자키르에게 치료받은 새가 수박씨를 떨어뜨리고 간다.

⑩ 수박 열매에서 고약한 냄새 나는 진흙이 나와 무자키르가 고통을 당
한다.

①에 해당하는 이 설화의 본문은 다음과 같이 시작된다.

옛날 삼바스Sambas에 아주 돈 많은 상인이 살았다. 상인에게는 아들 두
명이 있었다. 첫째 아들 무자키르Muzakir는 욕심 많고 인색했다. 그는 매
일 돈을 벌고 계산했지만, 주변의 가난한 사람에 대해선 신경을 쓰지 않
았다. 그렇지만 둘째 아들 드르마완Dermawan은 가난한 사람을 불쌍히 여
기고 항상 도와줬다.[2]

삼바스는 인도네시아 보르네오섬에 위치한 서부 칼리만탄주의 한
촌락인데, 바로 위의 국경선을 경계로 말레이시아와 마주하고 있다. 이
이야기의 주인공은 돈 많은 상인의 두 아들이다. 위 인용문에서처럼,
첫째 아들 무자키르는 욕심 많고 인색하며, 둘째 아들 드르마완은 가난

한 사람을 불쌍히 여기고 돕기를 좋아한다. 인도네시아어로 'kirkir'는 '인색한'이라는 뜻이 있는데, 무자키르는 그러한 뜻이 바로 연상되는 이름이라고 한다. 'Dermawan'은 '기부자', '자선가'라는 뜻이며, 또다른 텍스트[3]에 보이는 '다르마완Darmawan'은 'Dermawan'의 사투리 정도라고 한다.

〈황금수박〉의 서사적 특징은 네 가지로 파악된다. 첫째, 부친은 전 재산을 형제에게 똑같이 증여했다. ②에서 부자 상인 아버지는 죽기 전 두 아들에게 똑같이 재산을 나눠주었다고 했다. 이러한 재산증여(상속) 방식은 아시아 선악형제담 가운데 이 작품에서만 유일하게 발견된다. 이로 인해 한국이나 베트남 등의 선악형제담에서 나타나는 장자상속으로 인한 형제간 재산 갈등이 사라졌다.

둘째, 형제는 성격이 다르고 서로 다른 삶을 살지만, 형제간에 억압적 관계가 없다. 아버지가 돌아가신 뒤 형제는 따로 살았다. ③, ④에는 형제간 상반된 삶의 모습이 나타난다. 무자키르는 아주 크고 화려한 집에서 살면서, 부친으로부터 증여받은 수많은 돈은 철제 금고에 넣어 잠가두고 가난한 사람이 오면 항상 웃는 얼굴을 하고 내쫓았다. 그 사람이 가지 않으면 하인을 불러 내쫓도록 했다. 무자키르는 확실히 '인색한 부자'로, 한국의 놀부와 다를 바 없는 캐릭터로 그려진다.

이에 반해 드르마완은 가난한 사람을 항상 반겨주고 대접하는 '자선가'다. 그는 자기 집에 찾아오는 가난한 사람들에게 항상 식사를 대접하고 돈도 주었다. 그런데 시간이 지나 돈이 얼마 남지 않고 집도 관리할 수 없게 되자, 그는 작은 집으로 이사한 뒤 농장관리인 일자리를 구했다. 그는 월급이 많지 않더라도 먹고 살 수 있으면 된다고 생각했

기 때문에 행복하게 살았다. 무자키르는 동생이 가난하게 된 것을 보고
는 크게 비웃었다. 그는 다른 사람을 도와주기 위해서 아버지의 재산을
다 써버린 동생을 바보라고 생각했지만, 드르마완은 형의 말에 신경쓰
지 않았다. 이러한 독립적 관계는 형제가 경제적으로 독립된 점에서 비
롯된 것도 있지만, 무엇보다 동생 드르마완이 자신의 정체성을 명확히
하며 자신의 삶을 추구했기 때문에 가능했다.

　셋째, 〈황금수박〉은 '힝둥새Pipit'와 '황금수박'으로 대변되는 보상의
판타지가 흥미롭다. 힝둥새는 참새목 할미새과에 속하는 새로, 밭종다
리류라고도 한다. 몸길이는 12.5~23센티미터로 참새보다 약간 큰 편
으로, 인도네시아 선악형제담에만 나타난다.* 어느 날 드르마완이 피곤
해 마당에서 쉬고 있는데, 갑자기 하늘에서 힝둥새가 툭 떨어졌다. 드
르마완은 부러진 힝둥새 날개를 치료해 붕대를 감아주고, 먹이를 주어
며칠 동안 돌봐준 뒤 되돌려보냈다. 힝둥새는 그다음 날 다시 드르마완
의 집으로 와서는 수박씨 하나를 떨어뜨리고 갔다. 드르마완이 씨를 집
뒷마당에 심었더니 3일 뒤에 싹이 돋고 넝쿨이 뻗어 꽃이 피었는데 꽃
은 많이 피었지만, 열매가 맺힌 것은 하나밖에 없었다. 그 수박은 일반
수박보다 몇 배나 크기가 컸고, 식탁에 올려놓고 잘라보니 안에는 황금
이 가득 들어 있었다.

　황금수박은 상처 입은 힝둥새를 치료해준 보은의 선물치고는 지나

----

* 힝둥새는 소형이고 몸이 가늘며 땅 위에 서식하는데, 특히 밭종다리속(Anthus)은 극지역과
　일부 섬 지역을 제외한 전 세계에 분포한다. 힝둥새류는 몸길이가 12.5~23센티미터 정도이
　며, 갈색 줄무늬가 있다. 부리는 가늘고 끝이 뾰족하며 날개도 뾰족하고 뒷발가락과 발톱이
　길다. '힝둥새', 다음백과.

치게 크니, '선행의 대가'라든가 '우연한 행운'이 아닌, 평소 가난한 사람들을 도와준 드르마완에 대해 하늘(신)이 치하하여 보내준 선물, 곧 '하늘의 도움'으로 보는 것이 적절할 것이다. '황금수박'은 인도네시아 선악형제담의 선명한 문화상징이다. 드르마완은 황금을 팔아 넓은 농장이 딸린 대저택을 샀다. 그는 농장에서 수확한 농산물과 과실을 그의 집을 찾아오는 가난한 사람들에게 제공하고 돈도 나눠주며 걱정 없이 자선사업을 계속할 수 있었다. 이렇듯 〈황금수박〉에서 드르마완은 가난한 사람들을 지속적으로 도와주는 '자선가'로 정체성이 인식된다.

넷째, 작품은 형 무자키르가 동생을 따라했다가 실패하고 고통받는 것으로 결말지어진다. ⑧~⑩의 서사는 무자키르의 동생 따라 하기와 실패담이다. 동생의 성공에 질투가 난 그는 동생의 집에 달려가 동생으로부터 이야기를 듣고, 하인들로 하여금 날개가 부러진 힝둥새를 찾게 한다. 그런데 하인들이 다친 힝둥새를 찾지 못하자, 하인들에게 힝둥새를 일부러 다치게 해놓고는 치료해준다. 무자키르는 상처가 나은 새가 돌아와 떨어뜨리고 간 수박씨를 심어 큰 수박을 얻었지만, 잘라보니 시체 썩는 듯한 악취가 나는 진흙이 쏟아져 나왔다. 그리고 무자키르의 집에 있는 모든 물건에서 악취가 나서 무자키르는 너무 실망해 비명을 지르는 해학적 결말로 이야기는 끝난다. 두 형제의 관계가 어떻게 수습되는지는 서술자의 관심 사항이 아니다.

〈황금수박〉이 보여주는 문화요소는 인도네시아 서부 칼리만탄주의 농촌사회가 상업사회로 변화하는 과정, 서부 칼리만탄주 한 상인 가정의 문화 등이다. 이 작품에는 서부 칼리만탄주에 상업도시가 건설되면서 상인층, 농장주, 일용노동자, 걸인 등의 사회계층으로 분화된 모습의 일단이 반영되어 있다. 정영림은 이 작품이 이슬람 상인들의 영향을 받은 후 인도네시아 농촌사회가 상업 중심의 근대적 사회로 이동하는 과정에서 전통적 질서에 반하는 시기에 나왔다고 하면서, 이 작품에 그려진 '사회적 이타심을 권장하는 공동체적 인간관계의 화합'이 농경사회에서 필요한 정신이라고 했다.[4] 이 작품에서 상인의 아들 드르마완이 부친의 직업을 이어받지 않고, 자선사업 및 농장 관련 일을 선택한 것은 도시의 공동체성을 회복하는 일이 시급하다는 사회의식을 보여준다. 두 아들에게 공평하게 재산을 증여한 상인의 형상은 긍정적 이미지로 파악된다.

2. 말레이시아의 〈와자와 위라〉: '왕이 된 위라와 신비한 흰 돌'의 서사

〈와자와 위라Waja dan Wira〉[5]는 쌍둥이 형제의 불화와 화해를 그린 말레이시아의 선악형제담이다. 내용을 서사단락으로 요약하면 다음과 같다.

① 뚜아씨 부부가 쌍둥이 형제를 낳았으나, 아내가 곧 죽는다.
② 뚜아씨가 홀로 농사일을 하며 형제를 부족함 없이 키운다.
③ 뚜아씨가 병들어 죽은 뒤 두 아들은 농사일을 열심히 하며 평화롭게 산다.
④ 형 와자가 시장에 갔다가 한 상인의 꼬임에 빠져 집과 논밭을 팔아넘긴다.
⑤ 동생 위라가 빈손으로 쫓겨나와 땅을 개간한다.

⑥ 위라가 산에서 다친 참새를 보고 치료해주고, 참새에게 파파야 씨를 얻는다.

⑦ 위라가 파파야 열매에서 금은보화와 만병을 치료하는 신비한 흰 돌을 얻는다.

⑧ 위라가 흰 돌로 병에 걸린 공주를 치료한다.

⑨ 왕이 위라를 양자로 삼는다.

⑩ 왕이 죽은 뒤 위라가 왕으로 추대되고, 공주와 결혼해 왕이 된다.

⑪ 빈털터리가 된 형 와자가 왕궁으로 동생을 찾아오나 만나지 못한다.

⑫ 형이 산속에서 다리 다친 참새를 치료해주고 파파야 씨를 얻는다.

⑬ 형 와자가 파파야 씨를 심어 익은 열매를 따니, 오물이 터져 나와 옴에 걸린다.

⑭ 왕이 된 동생이 형을 치료해주고 행복하게 같이 산다.

〈와자와 위라〉의 서사적 특징은 네 가지로 파악된다. 첫째, 작품의 시작 부분에서 가족서사이자 형제우애 서사적 성격이 발견된다. 위 ①, ② 단락에서 흥미로운 점은 뚜아씨 부부가 쌍둥이 형제를 얻고 모친이 일찍 세상을 떠났는데, 부친이 재혼도 하지 않고 열심히 일하며 홀로 두 형제를 끝까지 정성으로, 그것도 부족함 없이 키웠다는 점이다. ③ 단락에서는 부친이 병들어 죽은 뒤 청년기의 와자와 위라 형제가 유산으로 인한 갈등도 없이 농사일을 열심히 하며 평화롭게 살았다. 여기까지만 보면 이 작품은 홀아버지가 두 아들을 정성으로 키웠으며, 양친이 세상을 떠난 뒤에도 두 형제가 재산 갈등 없이 성실, 근면, 우애하며 살았다는 가족서사이자 형제우애의 이야기가 발견된다.

둘째, 형이 어느 날 갑자기 재산을 상인에게 팔아넘기면서 형제갈 등이 발생한다. 시작 부분에 그려진 형제우애 관계에는 ④에서 형 와자가 시장에 갔다가 집과 논밭을 모두 상인에게 팔아넘기면서 심각한 위기가 발생한다. 와자가 어떤 이유로 상인에게 재산을 팔았는지 자세히 알 수 없으나, 이로 인해 동생 위라와 그 가족은 빈손으로 쫓겨나고, 하루아침에 가난뱅이가 된다. 형 와자는 아버지의 말씀을 어기고 형제 공동의 소유인 집과 논밭을 상인에게 팔아넘기고 유산을 독차지한 뒤, 시장에 가서 잘 먹고 지내다가 오두막으로 돌아와서는 놀며 지냈다.*

셋째, ⑤~⑧에서 빈손으로 쫓겨난 동생 위라는 외딴곳으로 독립해 나와 거친 땅을 개간해 농사를 지어 가족의 생계를 책임진다. 위라는 땔감을 주우러 산에 갔다가 다리 다친 참새를 보고 정성껏 치료해준다. 이를 계기로 위라의 인생에 반전이 일어난다. 참새는 자기를 치료해준 위라에게 감사의 뜻으로 '신비한 파파야 씨앗'을 가져다준다. 위라가 씨앗을 심었더니 얼마 안 있어 파파야 열매가 열렸는데, 열매에서는 금은보화가 쏟아져 나왔을 뿐 아니라, 만병을 치료하는 신비한 '흰돌'이 나왔다. 위라는 부자가 되었을 뿐 아니라, 신비한 흰 돌 덕분에 병을 고치는 의사가 된다. 만병을 고칠 수 있는 '흰 돌'은 다른 이야기에서 볼 수 없는 새로운 것으로, 위라에 대한 보상 수준을 한층 더 높이는 계기가 된다.

그때 왕국에는 공주가 불치병에 걸려 의사를 찾았지만, 아무도 그

---

* 정영림, 「말레이시아와 인도네시아의 흥부·놀부 이야기 연구」(『세계문학비교연구』 18, 2007)에서는 그후 와자에 대한 내용이 생략되어 있기 때문에 와자의 행적을 자세히 알기 어렵다.

병을 고치지 못한다. ⑨~⑩ 단락에서는 위라가 신비한 흰 돌을 이용해 공주의 불치병을 치료하고 왕의 양자가 되며, 대신들은 위라의 겸손하고 진지한 태도에 감동받아 왕의 양자인 그를 왕으로 추대하는 이야기가 전개된다. 위라가 왕이 되고 공주와 결혼하게 된 비결은 단순히 공주를 치료한 행위뿐 아니라, 겸손한 성품 덕분 때문이었다.[6] '위라'라는 이름은 사전적으로 '영웅'이라는 뜻인데, 그는 영웅적 기질이나 초인적인 능력을 지닌 인물이 아니며, 다만 아버지에게 효도하고 형의 잘못을 용서하는 착한 인물이요, 윤리적 인물일 뿐이다.[7] 작가는 바로 이러한 효성과 형제우애의 성품, 이에 더해 참새의 보은이자 하늘의 도움으로 얻은 금은보화와 신비한 '흰 돌', 그리고 겸손한 성품의 결과가 복합적으로 작용하여 '왕'의 신분으로까지 지위가 상승한 점을 들어 '영웅'이라 칭한 것으로 보인다. 주인공의 신분 상승은 말레이시아 선악형제담에서만 볼 수 있는 특징이다.

넷째, 작품의 결말에서 동생이 형을 용서하며 형제가 화합한다. ⑪~⑭ 단락은 빈털터리가 된 쌍둥이 형 와자가 동생을 따라 하다 실패하는 내용이다. 와자는 논밭을 상인에게 팔아먹고 난 뒤 소식이 없다가 끝부분에 빈털터리로 나타난다. 그는 동생에 대한 소문을 듣고 왕궁으로 찾아가지만 만나지 못한다. 대신 산속에 갔다가 다리 다친 참새를 발견하고 고쳐준다. 그는 참새가 가져다준 파파야 씨에서 보물이 나오기를 기대했지만, 오물이 터져 옴에 걸려 죽을 지경에 이른다. 왕이 된 위라는 형을 데려와 고쳐주고, 대궐에서 함께 행복하게 산다. 이러한 결말은 형제화합의 윤리의식을 보여준다.

〈와자와 위라〉의 문화요소는 13~16세기 초 이전의 이슬람 왕국,*

말레이시아 농촌 가정의 생활상과 가정 윤리, 이슬람 상인문화 등이 발견된다. 형 와자에게서 집과 전답을 사취한 상인은 부정적 이미지로 그려지며, 동생 위라가 보여준 효와 우애의 가정 윤리 및 겸손·성실의 직장 윤리에서는 높은 수준의 도덕 가치가 느껴진다.

3. 한국의 〈놀부와 흥부〉: '놀부·흥부와 강남제비'의 서사

근대 시기 기록·출판된 한국의 선악형제담에는 〈착한 아우와 악한 형〉, 〈금방망이 은방망이〉, 〈놀부와 흥부〉, 〈말하는 남생이〉, 〈효성 있는 아우와 나쁜 형〉, 〈푸른 구슬 붉은 구슬〉, 〈비렁뱅이 형제의 불화〉 등이 있다. 이 가운데 〈놀부와 흥부〉는 시간이 지날수록 한국을 대표하는 작품으로 인식되는데, 그 이유는 '놀부·흥부'라는 캐릭터와 '강남 제비'라는 문화상징이 갖는 힘 때문일

그림 6-1 『조선동화대집』(1926) 표지

것이다. 한글로 된 한국 최초의 옛이야기 책 심의린의 『조선동화대집』(1926)에 수록된 〈놀부와 흥부〉의 줄거리는 다음과 같다.

---

* 정영림은 이 작품의 시대적 배경이 주인공이 왕위에 오르고 신을 믿는 모습이 나타나고 있어 13세기 이슬람 종교 유입 이후 16세기 유럽인들이 등장하기 이전인 이슬람 왕조 시대라고 했다. 정영림, 위의 글, 128쪽.

① 놀부가 물려받은 재산을 독차지하고 동생 흥부를 쫓아낸다.

② 흥부는 공손하고 후덕하며, 가난하지만 처자와 화락하다.

③ 흥부가 다리 부러진 제비를 치료해준다.

④ 다음해 봄 제비가 흥부집에 박씨를 물어와 떨어뜨린다.

⑤ 흥부가 박씨를 심고 가을에 열린 박을 탄다.

⑥ 흥부가 박에서 재목, 목수, 세간, 금은보화, 오곡 등을 얻고 큰 부자가 된다.

⑦ 놀부가 흥부에게서 부자 된 비결을 듣고 제비 다리를 분지른 뒤 묶어 준다.

⑧ 다음해 봄 제비가 놀부집에 박씨를 물어와 떨어뜨린다.

⑨ 놀부가 박씨를 심고 가을에 열린 박을 탄다.

⑩ 박에서 굿중패, 거지들, 강도떼가 차례로 나와 돈과 곡식을 빼앗고 집에 불 지른다.

⑪ 놀부가 흥부 집으로 피신해 얻어먹으며 산다.[8]

〈놀부와 흥부〉의 서사적 특징은 네 가지로 파악된다.

첫째, 형이 상속재산을 독차지해 형제갈등이 발생한다. ①에서 형 놀부는 욕심 많고 심술궂은 인물로, 동생 흥부는 착하고 성실한 인물로 그려진다. 흥부와 놀부의 형제갈등은 부모가 죽은 뒤 장자인 놀부가 부모의 재산을 독차지하여 발생한다. 이는 조선 후기에서부터 비롯된 장자 중심의 상속제도 및 제사문화와 연관이 있다. 흥부는 아무런 재산도 없이 쫓겨나오듯 독립하지만, 형에 대해 아무런 불만도 말하지 않으며, ②에서 보듯 형에게 공손하게 대하고 처자와 화락하게 지낸다. 이는 동생은 장자를 공손히 대함으로써 형제우애를 지켜야 하며, 그러면서도 부부간 화락을 강조한 유교윤리와 연관이 있다.

둘째, 원조자 제비 및 제비왕국에 대한 스토리텔링이 잘 되어 있다. ③~⑥의 흥부의 제비 박 장면은 한국인이라면 모르는 이가 없을 정도로 유명한 참새의 보은담이자 하늘만이 해줄 수 있는 보상의 판타지다. 흥부는 자기 집에 둥지를 튼 제비가 둥지에서 떨어져 다리가 부러진 것을 보자, 불쌍히 여겨 즉시 정성껏 치료한다. 이 장면은 꽤 자세하게 묘사되며, 그다음 장면에서는 치료받은 제비가 강남 제비왕국으로 돌아가 제비 왕에게 보고한다.

> 어언 간에 구월 구일이 되매 이 제비는 고국으로 들어가서 강남왕께 일장내력을 고한 후에 흥부에게 보은할 걱정을 하였습니다. 강남왕이 듣더니 대단히 기뻐하며, 흥부의 은공이 참으로 많으니 이 박씨나 갖다 주라 하며 박씨 한 개를 주었습니다. 이 제비는 잘 맡아두었다가 그 이듬해 봄에 이 박씨를 물고 흥부집을 찾아와서 흥부를 보고 반기는 듯 무엇이라고 재재거리드니 흥부 앞에다가 박씨를 떨어뜨렸습니다.[9]

이 장면은 꽤 인상적이다. 아시아의 다른 작품들에서는 새들이 사는 신이한 공간에 대한 설명이나 묘사가 없는데, 〈놀부와 흥부〉에는 제비들이 산다는 중국의 강남 제비왕국이 심상공간으로 묘사된다. 이 왕국은 강남왕(제비왕)이 다스리는 중국 강남에 있는 공간으로, 제비들은 가을이 되면 이곳으로 돌아와 겨울을 나고, 봄이 되면 다시 한반도로 돌아간다. 새들의 왕국이 이렇게 장소와 주체가 있는 공간으로 묘사된 것은 〈놀부와 흥부〉가 유일하다. 강남왕은 흥부네 집에서 온 제비의 보고를 받고 보은의 박씨를 준비해준다. 이 박씨는 형으로부터 동전 한 푼 없이 쫓겨난 흥부에겐 구원의 씨앗이다.

셋째, 흥부는 제비 박씨로 인해 대지주가 된다. 다음해 봄, 제비는 흥부집으로 돌아와 박씨를 떨어뜨리고, 흥부가 심은 박씨는 무럭무럭 자라 가을에 많은 열매를 맺는다. 박에서 나오는 것은 〈놀부와 흥부〉의 다양한 이야기마다 조금씩 다른데, ⑥에 나타난 목록을 보면, 먼저 온 갖 재목이 나오고, 목수가 나와 이 재목을 가지고 저택을 짓는다. 그다음 박에서는 세간이 나와 집에 채워 넣고, 다시 남녀하인, 포목, 금은보화, 오곡이 차례로 나와 흥부는 거부가 된다. 이를 보면 흥부는 향촌에 대저택을 짓고 하인과 소작농을 거느려 논밭에서 소출을 거두는 대지주로 이미지화된다. 박영만의 〈놀부와 흥부〉(1940)에는 네 개의 박에서 싯누런 금덩이, 빛나는 진주, 돈, 쌀이 차례로 나와 부자가 된다.[10]

넷째, 놀부는 제비가 물어다 준 박씨로 인해 모든 재산을 잃고 몰락한다. ⑦~⑪에는 놀부의 흥부 따라 하기와 실패 장면이 꽤 자세하고 해학적으로 그려진다. 놀부는 다리 부러진 제비를 찾지 못하자, 자신이 직접 제비를 붙잡아 다리를 부러뜨린 뒤 끈으로 묶는다. 이 장면은 정서적으로 꽤나 폭력적이고 잔인하게 느껴진다. 가을에 강남왕국으로 돌아간 제비가 강남왕에게 이를 보고하자, 강남왕은 복수의 박씨를 주어 보낸다.

이듬해 봄, 제비는 놀부집에 박씨를 떨어뜨리고, 놀부는 박씨를 심어 가을에 박을 탄다. 놀부의 첫째 박에서는 굿중패 수백 명이 나와 굿을 벌인 뒤 수천 냥 돈을 받아간다. 두 번째 박에서는 거지들이 쏟아져 나와 무수한 곡식을 동냥해가며, 마지막 박에서는 수백 명 무뢰배들이 쏟아져 나와 돈과 곡식을 다 빼앗고 놀부를 때린 뒤 집에 불 지른다. 이 장면은 놀부에 대한 괴롭힘의 정도가 과장되어 해학적으로 느껴진다. 놀부가 흥부네 집으로 피신해 평생 얻어먹으며 살았다는 결말은, 악독스럽게 모은 재산을 모두 잃은 '놀부의 몰락'을 통해 장자 중심의 권력관계가 역전되며 형제갈등이 해소되었음을 보여준다.

박영만의 〈놀부와 흥부〉에서는 놀부가 박에서 쏟아져 나온 똥에 파묻혀 죽으니, 형제가 화해하는 윤리적 결말이 나타날 수 없다. 이러한 결말은 민담으로 전해진 작품들에 일반적으로 나타난다. 이에 비해, 판소리 〈흥부가〉 및 고소설 『흥부전』에는 몰락한 놀부를 흥부가 받아주며 형제가 화해하는 결말을 보이는 경우가 많다. 한국에서 민담 〈놀부와 흥부〉는 고소설과 판소리, 옛이야기, 동화, 그림책, 애니메이션 등으로 장르와 매체가 전환되고 주제와 서사가 다채로워지면서 널리 인기를 끌고 있다.

4. 베트남의 〈별나무 이야기〉: '별나무와 황금섬'의 서사

아시아에서 〈놀부와 흥부〉 같은 선악형제담이 가장 많이 전승·채록된 곳은 한국이고, 그다음이 베트남인 것으로 파악된다. 이는 형제간 갈등에 대한 이야기가 이 두 나라에 많다는 것을 의미하는데, 갈등의 원인은 바로 장자 중심의 유산분배 및 제사문화 등 유교문화와 연관된 것으로 파악된다. 베트남의 선악형제담에는 〈별나무 이야기〉, 〈금 구덩이, 은 구덩이〉, 〈현명한 재판관〉, 〈욕심쟁이 형〉 등이 있다. 이 가운데 가장

많이 알려진 작품은 〈별나무 이야기Truyện Cây khế〉로, 줄거리는 다음과
같다.*

① 아버지가 많은 재산을 남기고 죽었는데, 게으르고 욕심 많은 형이 유
산을 독차지한다.
② 동생은 별나무가 있는 초가집만 물려받아 고생하며 산다
③ 봉황새가 날아와 별나무 열매를 쪼아 먹자 동생이 열매 값을 달라고
한다.
④ 봉황새가 동생을 태우고 바다 건너 황금이 있는 섬으로 데려간다.
⑤ 동생이 작은 주머니에 금을 채워와 부자가 된다.
⑥ 동생이 부모 제삿날 형을 초대해 자신이 부자가 된 사연을 이야기해
준다.
⑦ 형이 전 재산을 주고 동생의 집을 산다.
⑧ 봉황새가 별나무 열매를 쪼아 먹자 형이 열매 값을 달라고 한다.
⑨ 봉황새가 형을 태우고 바다 건너 황금이 있는 섬으로 데려간다.
⑩ 형이 큰 주머니에 금을 채워 오다가 무거워 바다에 떨어져 죽는다.[11]

〈별나무 이야기〉는 부모의 유산을 독차지한 형 때문에 가난하게 살

---

* 〈별나무 이야기〉는 〈황금감나무 이야기〉(김기태 편역, 『쩌우 까우 이야기』, 창작과비평사,
1984), 『별나무 이야기』(도 옥 루이엔, 정인, 2012), 〈별나무 이야기〉(부티김융, 경인교대 한
국다문화교육연구원 엮음, 『다문화전래동화』, 예림당, 2012) 등 세 종의 한글 번역본이 출간
되어 있다. 〈황금감나무 이야기〉는 〈별나무 이야기〉와 내용은 대개 비슷한데, 나무가 '별나
무'가 아닌 '황금감나무'이며, 새가 '봉황새'가 아닌 '까마귀'로 설정되어 있다.

고 있는 동생이 봉황새를 만나는 이야기를 그리며, 결말에서 가난한 동생이 새의 도움을 받아 부자가 되고 욕심 많은 형은 동생을 따라 하다가 목숨을 잃는 이야기가 이어진다. 〈별나무 이야기〉의 서사적 특징은 세 가지로 파악된다.

첫째, 형이 상속재산을 독차지하면서 형제갈등이 발생한다. 이 점은 한국의 〈놀부와 흥부〉와 동일하다. ①, ② 장면에는 아버지가 많은 재산을 남기고 죽었는데, 형이 재산을 독차지하고 동생을 쫓아내는 모습이 그려져 있다.

"아우야, 너도 결혼을 했으니 이제 따로 사는 게 좋겠다." 동생은 형의 말을 따르기로 했어요. "네, 그렇게 하겠어요." "형인 내가 부모님과 조상님의 제사를 지내야 하니 이 집을 가져야겠다." 욕심 많은 형은 그것만으로는 부족하다고 생각했어요. "제사를 지내려면 쌀이 필요하구나. 그러니 농사를 지을 땅도 가져야겠다." 그래도 욕심을 채우지 못한 형이 다시 말했어요. "농사를 지으려면 소가 있어야겠다. 대신 넌 제사를 안 지내니 별나무가 있는 초가집을 주마. 별나무를 잘 키워 열매가 열리거든 그걸 팔아 살아라." "네, 형님이 시키는 대로 하겠어요." 욕심 많은 형은 값진 재산을 모두 독차지하고 동생은 별나무가 있는 초라한 집으로 쫓아냈어요. 착한 동생은 불평 한 마디 안 했어요. 동생은 매일 별나무를 돌보고 키우며 이곳저곳에서 막일을 하며 살았어요.[12]

위에서 형은 게으르고 욕심 많은 사람으로 묘사된다. 그는 자신이 장자고 부모님 제사를 지낸다는 이유로 집과 땅과 소 등 유산을 독차지

한다. 이러한 관념은 유교문화의 산물로 보인다. 제사 화소는 ⑥의 서
사단락에서도 볼 수 있다. 베트남의 제사문화는 유교 방식이며, 보통은
장자가 부모의 제사를 모신다.

　베트남은 17세기 후반 이래 중국 송나라 주자가례朱子家禮를 근간으
로 가족제사를 지내기 시작했다. 지금은 중국식 제사의 복잡한 절차를
간소하게 하고, 베트남의 고유 풍습을 첨가함으로써 현실성과 실용성
을 높인 '토마이쟈레Thọmai gia lễ, 壽梅家禮'가 널리 보급되었다. 베트남의
제사는 고인이 사망한 기일忌日에 해마다 한 번씩 지내는 기제忌祭인 '응
아이 조Ngày giỗ'가 가장 보편적이다. 베트남 가정집에 차려진 제사상에
는 위패가 아니라 돌아가신 조부모와 부친의 사진이 놓여 있고, 각종
과일과 고기, 음식이 차려져 있어 한국과 별반 다르지 않음을 알 수 있
다. 하지만 베트남은 불교문화권이라 한국과 제사드리는 방식이 조금
다르다. 유교식으로 조상님께 절을 하지는 않고, 대신 향을 피우고 손
을 모아 머리 숙이고 기도한다고 한다. 베트남인들은 조상의 응아이 조
를 모시지 않는 것을 가장 큰 불효로 여긴다고 한다.[13]

〈별나무 이야기〉에서 형제의 이름은 따로 없다. ②에서 동생은 다른 재산 없이 별나무(오렴자나무) 한 그루 있는 초가집을 물려받아 막일을 하며 사는데도 불평 한마디 안 한다. 공손, 유순하면서 부지런히 일하는 동생은 한국의 흥부 캐릭터와 매우 유사하다.

둘째, 봉황새와 황금섬 장면을 통해 가난한 동생이 보상받는 장면이 독특하게 그려져 있다. ③~⑤는 동생의 별나무 열매를 쪼아 먹은 봉황새가 동생을 태우고 황금섬으로 가 부자로 만들어주는 장면이다. 어느 날 가난한 동생의 집에 봉황새가 날아와 별나무 열매를 쪼아 먹는다. 〈별나무 이야기〉에서 행운을 매개하는 새는 '봉황새'거나 '까마귀'며, 열매는 '별나무 과일'이다. '봉황새'는 중국 신화에 나오는 상상의 새로, 베트남이 한자문화권의 나라임을 보여준다. 다른 나라의 선악형제담에는 그 나라에 일상적으로 사는 참새, 제비, 힝둥새 등이 행운의 씨앗을 물어다주는 새로 등장하는데, 베트남에서는 유독 신화에 등장하는 상상의 봉황새가 등장한다는 점이 특징이다. 별나무 과일은, 영어로는 '스타 프루트star fruit'라고 하고, 중국에서는 양도陽桃 또는 오렴자五斂子라 부르며, 일본 사람들은 '고렌시ゴレンシ'라 한다. 스타 프루트는 괭이밥과에 속하며, 노랗게 익은 열매를 식용한다.

또 하나 특징적 장면은 새가 보은의 씨앗을 물어다주는 것이 아닌, 주인공을 상상의 공간으로 데려가 보상한다는 점이다. 동생이 자신의 가난한 생활을 이야기하며 봉황새에게 열매 먹은 값을 달라고 요구하니, 봉황새는 동생에게 작은 주머니를 준비하라고 하고, 며칠 후 동생을 태워 황금섬으로 가 주머니에 금을 채워오도록 한다. 황금섬은 '봉황새'라는 상상의 새 또는 까마귀의 등을 타고 바다를 건너, 산을 넘어

그림 6-3 별나무(스타 프루트, 오렴자)

멀리 날아가서만 갈 수 있는, 베트남 민담에서만 발견되는 상상의 공간이다.

황금섬 장면에서 또 한 가지 흥미로운 점은 '작은 주머니'다. 봉황새는 동생에게 작은 주머니를 준비하라고 하는데, 이것은 금기이자 교훈으로 작용한다. '작은 주머니'는 '욕심의 절제'를 상징한다. 이 금기를 지키지 못하면 대가를 치른다. 작은 주머니를 준비한 동생은 황금섬에서 그 크기에 들어갈 만큼의 분량만 황금을 채워와 부자가 된다.

셋째, 형은 지나친 욕심으로 인해 황금섬에서 현실공간으로 돌아오지 못한다. ⑥, ⑦에서 부자가 된 동생은 자기 집에 부모님 제사상을 차리고 형을 초대한다. 동생이 자신이 부자가 된 사연을 이야기해주자, 형은 동생에게 자기 집과 전 재산을 주며 집을 바꾸자고 제안한다.

⑧~⑩에는 형의 동생 따라 하기와 실패 장면이 그려진다. 봉황새가 별나무 열매를 쪼아 먹으러 오자 형은 기다렸다는 듯이 봉황새에게 열매 값을 달라고 애원하고, 봉황새는 작은 주머니를 준비하라고 한다. 하지만 형은 '큰 주머니'를 준비하고, 황금섬에 가서는 큰 주머니에 금을 가득 채운다. 봉황새는 금이 너무 무거운 나머지 등에서 형을 떨어뜨리고, 형은 바다에 빠져 죽는다. '형의 죽음'이라는 결말을 통해 이 작품은 '지나친 욕심은 파멸을 부른다'라는 교훈을 제공한다.

한국과 베트남 선악형제담의 문화요소는 매우 흡사하다. 〈놀부와 흥부〉의 문화요소는 형제우애, 장남 중심의 상속문화, 유교문화 등이 파악되는데, 〈별나무 이야기〉에서 드러나는 문화요소 역시 형제우애, 장자 중심의 상속문화, 제사문화 등으로 한국과 거의 동일한 유교문화적 요소를 보여준다. 동남아시아 국가인 베트남도 한자문화권이었기에 한국과 같이 조상을 숭배하는 제사문화, 장자 중심문화를 공유한다는 점을 알게 된다.

5. 일본의 〈허리 부러진 참새〉: '인자한 할머니와 허리 부러진 참새'의 서사

일본 민담에는 〈놀부와 흥부〉와 비슷한 이야기로, 형제가 아닌 이웃들 (부부 또는 '이웃집 할아버지'나 '이웃집 할머니')이 주체가 된 이야기가 발견된다. 〈혀 잘린 참새舌切り雀〉, 〈꽃 피우는 할아버지花咲かじいさん〉, 〈허리 부러진 참새腰折雀(또는 '참새의 보은')〉 등의 작품은 주인공이 형제가 아닌 이웃들인데, 착한 주인공이 원조자 새(동물)의 도움을 받아 부자가 되며, 악한 주인공은 선한 주인공을 흉내 내다 실패한다. 비교분석의 작품으로는 〈허리 부러진 참새〉가 적절한 것으로 생각된다.

　뒤에서 살펴볼 우즈베키스탄의 〈빛나는 황금수박〉 역시 주인공이 형제가 아닌 이웃인데, 인도네시아의 〈황금수박〉과 제재나 서사구조가 매우 유사하다. 근대 일본의 연극학자이자 아동문학가 구스야마 마사오楠山正雄가 편찬한 『日本童話寶玉集』하권(1922)에 수록된 〈허리 부러진 참새〉*의 줄거리는 다음과 같다.

＊　〈허리 부러진 참새〉는 楠山正雄, 『日本童話宝玉集』下卷(富山房, 1922, 139~151項)에 수록

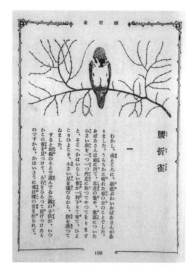

그림 6-4 〈허리 부러진 참새〉 원문   그림 6-5 〈허리 부러진 참새〉 삽화

① 어느 할머니의 집 마당에서 놀던 참새가 이웃집 아이가 던진 돌에 허리뼈가 부러진다.

② 할머니가 참새를 구해 오랫동안 정성껏 보살펴준 덕분에 참새가 회복되어 날아간다.

③ 20여 일 뒤에 참새가 돌아와 박씨 한 개를 마당에 떨어뜨리고 간다.

④ 할머니가 마당에 심은 박씨에서 열매가 수없이 열려 마을 사람들 모두에게 나눠준다.

되어 있다. 구스야마는 일본 중세 시대의 설화집 『宇治拾遺物語』에 수록된 〈참새의 보은(雀報恩の事)〉을 원작으로, 서사의 디테일을 살리고 문장에 정서적 표현을 강화해 〈腰折雀〉이라는 제목으로 개작했다. 이 작품은 일본국회도서관 디지털콜렉션을 통해 원문검색을 할 수 있다. 〈腰折雀〉, 『日本童話宝玉集』 下卷(https://dl.ndl.go.jp/info:ndljp/pid/945588).

⑤ 한 달 뒤 남은 박을 잘라보니 흰쌀이 끝없이 나와 할머니 일가가 부자
　가 된다.

⑥ 옆집의 욕심 많고 인색한 할머니가 인자한 할머니에게 참새와 박씨
　이야기를 전해 듣는다.

⑦ 옆집 할머니가 일부러 참새들에게 돌을 던져 세 마리 참새의 허리뼈
　를 부러뜨린다.

⑧ 참새들이 나무통에 갇혀 한 달간 있다가 허리가 나아 날아간다.

⑨ 열흘 뒤 참새들이 돌아와 박씨 세 개를 떨어뜨리고 간다.

⑩ 박씨를 심었지만 작은 박이 7~8개 열린다.

⑪ 옆집 할머니가 박에서 나온 수많은 독충과 독사에게 물려 죽는다.

⑫ 서술자가 다른 사람을 시기하거나 무자비한 살생을 하면 안 된다고
　논평한다.

〈허리 부러진 참새〉의 서사적 특징은 세 가지로 파악된다. 첫째, 이
야기의 주인공은 형제가 아닌 이웃 할머니들이다. 두 주인공 사이에는
재산 갈등이나 억압 관계가 없으며, 두 사람의 서사는 독립적으로 전개
된다. 선한 할머니는 다친 새를 치료해준 선행 덕분에 상을 받으며, 이
웃집 할머니는 선한 할머니를 따라 하지만 실패하고 벌을 받는다.

이 작품의 서두는 "옛날 어떤 곳에 인자한 할머니가 살고 있었습
니다. 화창한 어느 봄날이었습니다. 할머니는 마당에 나와 화초 잎에
있는 벌레들을 정성으로 잡고 있는데, 귀여운 참새 한 마리가 내려와
서…"라는 문장으로 시작된다. ①, ②에서 이웃집 아이가 마당에서 노
는 참새에게 돌을 던져 참새의 허리뼈가 부러진다. 천진난만한 아이가

죄의식 없이 참새에게 악행을 한다는 인식은 〈허리 부러진 참새〉에서만 나타난다. 다친 참새를 까마귀가 잡아먹으려고 하자 할머니는 재빨리 참새를 구해 정성껏 치료하는데, 아들과 손자는 쓸데없는 짓을 한다며 놀린다. 그럼에도 할머니는 다친 참새에게 먹이를 주며 치료하며 정성껏 보살핀다. 작품에는 이 과정이 꽤 자세하게 서술된다. 이 인자한 마음과 새를 정성껏 치료해준 행동 덕분에 할머니는 참새로부터 보은의 선물을 받는다. 이 점은 꽤 중요하다. 앞의 그 어떤 작품보다 다친 새를 불쌍히 여기는 할머니의 마음, 연민의 감정이 잘 나타나 있기 때문이다.

⑦, ⑧에 등장하는 옆집 할머니는 부자가 된 할머니를 '시기'해 참새 세 마리에게 돌을 던져 허리뼈를 일부러 부러뜨리고, 다친 참새를 나무통에 한 달이나 가둬놓아 참새들을 몹시 괴롭게 했다. 이 무정한 마음과 잔인한 행동으로 인해 옆집 할머니는 이후에 참새로부터 복수를 당한다.

둘째, 인자한 할머니가 참새 박에서 얻은 흰 쌀은 순전히 '참새의 보은'으로 얻은 선물로 의미가 한정된다. 인자한 할머니의 정성 어린 치료를 받고 상처가 나은 참새는 날아갔다가 20여 일 뒤에 돌아와 신비한 박씨를 물고 와 떨어뜨리고 간다. 참새는 철새가 아닌 텃새이니, 중국의 강남이나 베트남의 황금섬 같은 신이한 공간이 아닌, 인근 숲속에 있는 참새의 집*에 갔다가 돌아왔을 것이다. ④, ⑤는 박을 수확해 나눠 먹고 부자가 되었다는, 이른바 '참새의 보은 장면'이다. 할머니는 박을 많이 수확해서 아들과 손자는 물론 이웃집에 나눠주고, 그러고도 남아

---

* 〈혀 잘린 참새〉에서 할머니에게 쫓겨난 참새는 산속의 '참새들의 집'으로 돌아가 사는 것으로 그려진다.

마을의 모든 집에 나눠준다. 박이 보물을 담은 '용기(容器)'가 아닌 '음식' 자체로 그려진 것은 이 작품과 우즈베키스탄의 민담에서만 보인다. 할머니가 박 열매를 나눠 먹은 행위는 가족 및 마을 사람들과 정을 나누며 살아가는 공동체적 심성을 나타낸다.

한 달 뒤 마당에 남겨둔 7, 8개의 박을 타니, 박에서는 '흰 쌀'이 끝도 없이 나온다. 집 안에 있는 모든 통과 항아리를 다 채운 뒤에도 쌀은 계속 쏟아져 나와 할머니 일가는 마을에서 가장 큰 부자가 된다. 박에서 쏟아져 나온 물건이 금은보화나 집을 짓는 재료, 의약품 등의 값비싼 희귀 품목이 아닌, '쌀'이라는 점은 이 작품이 농부들의 일상적인 삶과 소망을 담았음을 보여준다. 할머니가 박에서 얻은 '흰 쌀'의 의미는 참새에게 베푼 할머니의 따뜻한 마음과 선행에 대한 '보은의 결과'라는 것에 한정된다. 이 점에서 〈허리 부러진 참새〉는 동물보은담의 순전한 성격을 띤다. 두 할머니 사이에는 〈놀부와 흥부〉 등 형제갈등 이야기에 나타나는 재산 갈등이나 억압 관계가 없으므로, 쌀의 의미는 그 이상으로 추상화되지 않는다. 〈놀부와 흥부〉, 〈황금수박〉 등의 경우, 착한 동생이 얻은 선물이 대개 평소 선한 성품과 행실 및 욕심 많은 형에게 당한 부당한 대우에 대해 하늘이 내려준 '보상'이라는 성격이 강한데, 이 작품에서 선물은 오로지 '참새 보은'의 결과다.

셋째, '옆집 할머니의 죽음'이라는 결말은 징악(懲惡)의 교훈을 강하게 나타낸다. ⑥~⑪은 옆집 할머니가 착한 할머니 소식을 전해 듣고 따라 했다가 실패하는 이야기다. 착한 할머니의 소문을 들은 옆집 할머니는 일부러 참새들에게 돌을 던져 한 마리도 아닌 세 마리 참새의 허리뼈를 부러뜨린 다음, 참새를 나무통에 한 달이나 가둬놓고 치료한다. 이 행위와 과정은 정서적으로 잔인하게 느껴진다. 회복된 참새들은 욕을 하며 날아가고, 열흘 뒤 돌아와 박씨를 세 개 떨어뜨리는데, 박씨 세 개에서 작은 박만 7~8개 열린다.

결말 장면에서 눈에 띄는 것은 참새가 악독한 할머니에 화를 내며 직접 박 속에 독충을 넣어 복수한다는 점이다. 이 장면 또한 길게 서술된다. 옆집 할머니는 남에게 주는 것이 아까워 박을 나눠 먹지 않으려고 했지만, 자식의 재촉에 못 이겨 이웃들을 불러놓고는 작은 박 한 개를 삶아 내놓을 뿐이다. 하지만 그것을 먹은 사람들은 너무 써서 모두 토한 뒤 정신을 잃고 쓰러진다. 한 달 뒤 옆집 할머니가 혼자 나머지 박을 타니 그 박 열매에서는 온갖 독충과 독사가 나와 맹렬히 쏘고 물어 할머니는 처참한 몰골로 죽는다. 화자는 ⑫의 '논평'에서 "함부로 남의 행복을 시기하거나 무자비한 살생을 해서는 안 됩니다"라고 말하며 징악의 교훈을 강하게 드러낸다.

〈허리 부러진 참새〉의 문화요소는 할머니와 아이들, 참새들로 구성된 중세 일본의 한적한 농촌풍경, 흰 쌀을 귀히 여기고, 박을 삶아 나눠 먹는 음식문화 등이다. 한국과 베트남 이야기와는 달리, 이 작품에는 형제우애나 가족윤리 등 유교문화적 요소가 나타나지 않는다.

6. 우즈베키스탄 〈빛나는 황금수박〉: '부지런한 농부와 황금수박'의 서사

우즈베키스탄의 〈빛나는 황금수박Yaltiroq oltin tarvuz〉[14]은 일본의 〈허리 부러진 참새〉와 마찬가지로 주인공이 형제가 아닌, 이웃에 사는 사람들이다. 이 작품은 한국에 거주하는 우즈베키스탄 출신 결혼이주여성들이 한국어로 쓴 다문화동화집에 수록된 옛이야기다. 줄거리를 요약하면 다음과 같다.

① 가난한 농부가 밭을 갈다가 쉬고 있는데, 하늘에서 황새가 떨어진다.

② 농부가 황새의 부러진 날개를 정성껏 치료한다.

③ 상처가 나은 황새가 그뒤에 세 개의 수박 씨앗을 물고 와 농부에게 떨어뜨린다.

④ 농부가 목화밭에 수박씨를 심고, 잘 익은 수박 세 개를 따서 친척과 친구를 초대한다.

⑤ 칼로 수박이 쪼개지지 않자, 바닥에 던져 깨뜨리고, 깨진 수박에서 나온 황금을 나눠준다.

⑥ 농부가 남은 수박을 수확해 부자가 된다.

⑦ 이웃의 부유한 농부가 가난한 농부를 찾아와 황금수박 얻은 이야기를 듣는다.

⑧ 부자 농부가 들판에서 황새의 다리를 부러뜨리고 치료해준다.

⑨ 상처가 나은 황새가 부자 농부에게 수박 씨앗 두 개를 떨어뜨린다.

⑩ 씨앗을 심어 수박이 익자, 부자 농부가 친척을 초대한다.

⑪ 수박을 자르자 커다란 호박벌이 나와 농부를 마구 침으로 쏜다.

⑫ 서술자가 가난한 농부의 착한 마음을 칭송하고, 부유한 농부의 거짓된 마음을 경계한다.

〈빛나는 황금수박〉의 서사적 특징은 세 가지로 파악된다. 첫째, 이야기의 주인공들이 형제 관계가 아닌, 이웃 관계의 농부다. 두 농부 사이에는 재산갈등 관계가 없으며, 두 사람의 서사는 독립적으로 전개된다. 가난한 농부는 다친 새를 치료해준 선행 덕분에 상을 받으며, 이웃의 부유한 농부는 가난한 농부를 따라 하지만 실패하고 벌을 받는다.

①에서 가난한 농부가 선한 주인공으로 인식되는 가장 큰 이유는 그가 부지런하고 마음이 착하다는 점이다. 이 작품의 서두는 가난하지만, 부지런한 농부가 밭 가는 장면으로 시작된다. 그에게는 작은 밭이 있는데, 남들이 한 번 밭을 갈 때 그는 두 번 갈 정도로 근면하다. 그는 평소 기름지게 밭을 일구고, 농작물을 잘 보살피며 부지런하게 살았다. 그가 황새를 구해준 것도 밭에서 힘써 일하다가 강가에서 잠시 휴식을 취할 때였다. 이야기에서는 농부가 정성껏 농사짓는 모습이 두 차례나 구체적으로 묘사된다. 황새가 다시 날아온 것도 농부가 목화씨를 파종하고 있을 때였다.

또한 농부는 일을 쉬면서까지 다친 황새를 정성껏 치료한다. 그 정도로 다친 새에 대해 생명존중정신을 발휘한다. 이 작품에서 가장 길게 서술된 부분은 ②의 농부가 다친 참새를 치료해주는 장면이다. 그는 하늘에서 떨어진 황새가 날개 죽지가 부러진 것을 알고, 즉시 일을 멈추고 황새를 집으로 데리고 가서 부러진 날개를 반듯한 판자 위에 올려놓고 꽁꽁 묶어 치료한다. 그리고 며칠 동안 집에서 돌봐주고, 상처가 나은 것을 확인한 뒤 판자를 풀어주었다. 그뒤에도 황새는 며칠간 농부 집에 있으면서 건강을 회복한 뒤 농부 집을 떠났다. 농부는 황새가 떠나간 뒤에야 다시 일상으로 돌아가 예전처럼 일을 열심히 했다. 농부가 황새를 치료한 행위에서는 생명존중의식과 선한 마음이 느껴진다. 참된 마음으로 한 선행 덕분에 농부는 황새로부터 보은의 선물을 얻는다.

⑦, ⑧에 등장하는 이웃의 부유한 농부는 반대로, 욕심 가득한 마음으로 일부러 황새의 다리를 부러뜨린 뒤 정성껏 돌보는 척한다. 이 욕심 가득한 마음과 황새를 괴롭힌 악행으로 인해 그는 황새로부터 복수를 당한다.

둘째, 가난한 농부는 황새가 선물로 준 수박 씨앗을 심어 '황금수박'을 얻는데, 그 장면에서 대가족사회의 분위기와 손님을 대접하는 공동체문화가 축제처럼 그려진다. ③~⑥은 황새의 보은 장면인데, 농부가 목화씨를 뿌리고 있을 때 황새가 나타나 농부에게 수박 씨앗 세 개를 떨어뜨리고 간다. 농부는 목화밭에서 자란 수박 세 개를 따서 가까운 친척과 친구들을 초대해 나눠 먹으려고 한다. 그런데 칼로 수박을 자르려고 하자 칼날이 들어가지 않고 부러져버린다. 세 개 다 칼이 부러지자, 농부는 수박을 바닥에 던지는데, 수박에서 황금이 나오자 모두 깜짝 놀란다.

인상적인 것은 농부가 황금을 얻은 기쁨을 친척, 친구들과 나누는 장면이다. 농부가 수박에서 나온 황금을 친척과 친구들에게 골고루 나눠주자, 초대받은 사람들은 진심으로 기뻐하며 집으로 돌아간다. 농부는 남은 수박을 정성껏 키워 황금을 얻어 큰 부자가 된다. 그가 하늘의 복을 받아 부자가 되었다며 이웃들이 칭송하는 장면에서는 인정스럽고 덕을 나누는 공동체문화가 인식된다.

셋째, 이웃 농부의 가난한 농부 따라 하기와 실패 장면이 해학적으로 그려진다. 이웃의 부유한 농부가 악한 캐릭터로 인식되는 것은 욕심이 많다는 점이다. 그는 착한 농부로부터 부자가 된 비결을 듣고 강가로 달려가 황새에게 막대기를 던져 황새의 다리를 부러뜨리고는 판자에 황새의 발을 꽁꽁 묶어놓고는 정성껏 돌보는 체한다.

황새에 대한 악행은 징벌로 이어진다. 부자 농부 역시 황새가 주고 간 수박 씨앗 두 개를 심어 수박이 익자 모든 친척을 초대했는데, 수박에서 나온 것은 사나운 호박벌이었다. 호박벌은 친척들은 물론, 부유한 농부의 머리와 얼굴을 침으로 마구 쏘아 농부의 머리, 코, 입술은 퉁퉁 부어오른다. 부유한 농부가 견디다 못해 차가운 물속으로 첨벙 뛰어드는 것으로 끝나는 장면은 해학적이어서 〈허리 부러진 참새〉(일본)에서 악독한 할머니가 죽임을 당하는 장면과는 분위기가 사뭇 다르다.

서술자는 ⑫의 논평 장면에서, "가난한 농부는 착한 마음으로 황새를 치료해주어 복을 받았고, 부유한 농부는 거짓된 마음으로 황새를 괴롭혀 호박벌에게 쏘이는 고통을 당했답니다"라며, 착한 마음으로 황새를 정성껏 치료한 자에게는 황새를 통해 전달한 하늘의 보은이 얼마나 크고 아름다운지 말하고, 대가를 바라고 황새 다리를 부러뜨린 자에게는 고통만 따른다는 징악의 교훈을 전했다.

〈빛나는 황금수박〉의 문화요소는 목화를 재배하고 강가에 황새가 거니는 농경문화, 친척들과 손님들에게 음식을 대접하는 이슬람 공동체문화 등이다. 〈빛나는 황금수박〉과 인도네시아의 〈황금수박〉은 '황금수박'이라는 같은 제재를 사용해 보은과 징벌의 판타지를 그린다. 두 작품은 각각 주인공의 성격 차이(형제/이웃)는 있지만, 공통적으로 주인공들 사이에 '재산갈등'이 없고, 선한 주인공은 선행(다친 새 치료)의 상(보은)으로 '황금수박'을 얻으며, 악한 주인공은 악행(새를 고의로 다치게 함)에 대한 벌로 고통(악취 나는 진흙/호박벌들에게 쏘임)을 받는다. 이처럼 '황금수박'을 제재로 한 두 작품은 주인공이 형제와 이웃이라는 차

이에도 불구하고, 서사구조나 전개 면에서 별다른 차이가 없다는 점이
확인된다.

〈빛나는 황금수박〉은 일본의 〈허리 부러진 참새〉와는 인물의 성격
은 물론, 서사구조 및 전개 또한 거의 동일하다. 다만 새와 열매의 종
류, 일본의 악한 주인공이 받는 처벌의 강도가 더 세다는 점에서 차이
가 난다.

III. 선악형제담에 나타난 선악관념 및 문화상징 비교

위에서 살펴보았듯이, 선악형제담은 형제간 재산갈등을 핵심 제재로
한 민담 유형이다. 네 편의 작품은 공통적으로, '착한 동생이 다친 새를
치료해주었다가 새의 보은으로 얻은 열매에서 금은 등의 보화가 생겨
부자가 되며, 욕심 많은 형은 동생을 따라 했다가 실패한다'라는 서사
를 통해 권선징악 및 인과응보의 교훈을 표현한다. 여섯 편의 이야기는
유사한 인물의 성격 및 서사구조를 공유하면서도 생활환경, 보상과 징
벌의 방식, 주제의식 면에서 각각의 특성을 보인다. 일본과 우즈베키스
탄의 이야기는 주인공이 형제가 아닌 이웃들이지만, 구성이나 내용은
다른 작품들과 공통적이다. 이상 아시아 6개국 선악형제담에서 파악되
는 선악관념은 다음과 같다.

인도네시아의 〈황금수박〉에서 보이는 선 관념은 동생 드르마완이
가난한 사람을 관대하게 대하고 도운 점, 욕심 없는 마음, 다친 새를 치
료해준 선한 마음, 부자 상인 아버지가 두 아들에게 차별 없이 재산을

증여한 점 등이다. 악 관념은 형 무자키르가 보여준 인색함, 욕심, 새를 함부로 대한 행동 등이다.

말레이시아의 〈와자와 위라〉에서 보이는 선 관념은 동생 위라 및 부친 뚜아씨가 보여준 근면함, 위라의 선행, 가족에 대한 책임감, 겸손함, 형제우애 등이다. 악 관념은 와자의 땅을 사취한 상인문화, 형 와자가 보여준 가족에 대한 무책임함, 동생을 함부로 대한 태도 등이다.

한국의 〈놀부와 흥부〉에서 선 관념은 흥부가 보여준 공손·후덕함 및 형제우애, 처자와의 화락함, 다친 제비를 치료해준 선한 마음 등이며, 악 관념은 놀부가 보여준 인색함, 욕심, 동생을 함부로 대하는 태도, 새를 함부로 대한 태도 등이다.

베트남의 〈별나무 이야기〉에서 보이는 선 관념은 동생에게서 나타나는 부지런함, 착함, 공손함, 소박함, 욕심을 절제하는 마음 등이다. 악 관념은 형이 보여준 게으름, 욕심 많음, 동생을 함부로 대하는 태도 등이다. 이러한 형의 부정적 형상화는 형 개인을 넘어, 장자 중심의 가족 문화 및 재산상속에 대한 문제 제기이자 희화화로 파악된다.

일본의 〈허리 부러진 참새〉의 선 관념은 할머니가 보여준 다친 참새에 대한 동정심, 음식을 이웃들과 나눠 먹는 마음 등으로, 이는 생명체에 대한 사랑과 공동체적 심성을 나타낸다. 악 관념은 옆집 할머니가 보여준 시기심과 이기심, 새의 다리를 부러뜨린 행위, 참새에게 돌을 던진 옆집 아이의 악행 등이다.

우즈베키스탄의 〈빛나는 황금수박〉에 보이는 선 관념은 가난한 농부의 근면한 노동정신, 욕심 없는 마음, 다친 새를 치료한 선한 마음, 이웃들과 음식을 나눠 먹은 행위 등이다. 악 관념은 이웃 농부의 욕심, 새의 다리를 부러뜨린 행위 등이다.

선악형제담에 나타난 선악 관념은 옛이야기 향유층의 집단심리 및 사회윤리가 반영된 것이다. 이상에서 추출된 선 관념(긍정 관념) 및 악 관념(부정 관념) 중 생태의식과 관련된 내용 위주로 도표화하면 표 6-1 과 같고, 이 내용에서 주요 개념들을 항목별로 다시 정리하면 표 6-2와 같다.

표 6-2에 정리한 선악개념을 크게 세 항목으로 나눠 논의하고자 한다. 첫째, '생명존중 대 무정함'의 대립에 관한 고찰이다. 여섯 작품에서 선 관념으로 '생명존중'이 5회 나온 것은 착한 아우 및 할머니가 다친 새를 불쌍히 여기고 보살펴 준 행위를 긍정적으로 인식한 까닭이다. 인도네시아, 한국 등 6개 선악형제담 향유층들은 작은 생명이라도 불쌍히 여기고 구해주는 생명존중의 마음을 소중하게 여기고, 그런 사람들이 복 받는다고 여겼다. 이와 상대되는 악 관념은 '무정함'(4회)으로, 새를 함부로 대한 행동을 부정적으로 인식했음을 보여준다. 못된 형이나 이웃의 이익을 위해 일부러 새의 다리나 허리를 부러뜨리는 잔인한 행위를 향유자들은 질색하고 부정적으로 평가했다.

둘째, '바람직한 생활윤리 대 비도덕적 생활윤리'의 대립에 관한 고찰이다. 표 6-2에서 가장 많은 항목의 개념어로 파악된 것은 바람직한 생활윤리 및 비도덕적 생활윤리에 대한 것이다. 바람직한 생활윤리로 제시된 것은 '근면한 생활'(4회), '소박함·절제'(2회), '공동체정신'(3회), '가족에 대한 책임감' 및 '겸손한 성품', '부부화락', '공평한 재산증여' 등이다.

근면한 생활, 소박함·절제, 겸손한 성품 등은 자신을 다스리는 개

표 6-1 아시아 선악형제담에 나타난 생태의식

작품 제목	선 관념(긍정 관념)	악 관념(부정 관념)
황금수박 (인도네시아)	가난한 사람 구제·자선행위(공동체정신) 다친 새를 치료한 선한 마음(생명존중) 욕심 없음 상인 아버지의 공평한 재산증여	부자 무자키르의 인색함 욕심 새를 함부로 대한 행동(무정함)
와자와 위라 (말레이시아)	위라 부자의 근면한 노동 다친 새를 치료한 선한 마음(생명존중) 가족에 대한 책임감 겸손함 형제화합 정신	가족에 대한 무책임함 동생을 함부로 대하는 태도 땅을 사취한 상인문화
놀부와 흥부 (한국)	흥부의 공손후덕 및 형제우애 근면함 부부화락 다친 새를 치료한 선한 마음(생명존중)	놀부의 인색함 장자의 욕심(재산독점욕) 동생을 함부로 대하는 태도 새를 함부로 대한 행동(무정함)
별나무 이야기 (베트남)	근면하고 착한 성품 동생의 공손 및 형제우애 소박함·욕심 절제	게으름 장자의 욕심(재산독점욕) 동생을 함부로 대하는 태도
허리 부러진 참새 (일본)	다친 새를 치료한 선한 마음(생명존중) 음식을 나눠 먹음(공동체정신)	시기심 이기심 새를 함부로 대한 행동(무정함)
빛나는 황금수박 (우즈베키스탄)	근면한 노동 욕심 없음 다친 새를 치료한 선한 마음(생명존중) 음식을 나눠 먹음(공동체정신)	이기심 욕심 새를 함부로 대한 행동(무정함)

인윤리에 가깝다. 선악형제담의 향유자들은 열심히 일하고, 욕심을 절제하며 소박한 생활을 꾸리는 삶을 미덕으로 여기며, 위라처럼 능력이 있으면서도 겸손한 자는 높은 지위에까지 오를 수 있다는 생각을 보여주었다. 공동체정신, 가족에 대한 책임감, 부부화락 등은 타인과의 관계 및 공동체의 덕목을 말한 것이다.

표 6-2 아시아 선악형제담의 주요 선악개념

선 관념		악 관념	
개념	내용	개념	내용
생명존중(5회)	다친 새 치료한 선한 마음	무정함(4회)	새를 함부로 대한 행동
근면한 생활(4회)	위라 부자, 흥부, 농부의 근면·소박한 생활, 착한 성품	욕심(4회)	장자의 욕심(재산독점욕), 이웃의 재물에 대한 욕심, 절제 없는 욕심
형제우애(3회)	흥부의 공손후덕 및 형제우애 및 형제화합 정신	동생을 함부로 대하는 태도(3회)	〈와자와 위라〉, 〈놀부와 흥부〉, 〈별나무 이야기〉
소박함·절제(2회)	〈황금수박〉, 〈별나무 이야기〉	인색함(2회)	〈황금수박〉, 〈놀부와 흥부〉
공동체정신(3회)	가난한 사람 구제·자선행위(인), 음식 나눠 먹음(일, 우)	이기심(2회)	〈허리 부러진 참새〉 〈빛나는 황금수박〉
가족에 대한 책임감	〈와자와 위라〉	가족에 대한 무책임함	〈와자와 위라〉
부부화락	〈놀부와 흥부〉	게으름	〈별나무 이야기〉
겸손함	〈와자와 위라〉	시기심	〈와자와 위라〉
공평한 재산증여	〈황금수박〉	땅을 사취한 상인	〈와자와 위라〉

이와 연관해 부정 인식 관념으로 가장 많이 나온 것은 '욕심'(4회), '인색함'(2회), '이기심'(2회) 등이다. 이 개념들은 '돈-소유'와 연관되어 있다. 욕심은 장자가 상속받은 재산을 독점하려는 욕구, 부자이면서 다른 사람의 재물에 탐내는 것, 황금에 대한 절제 없는 욕심을 의미하며, 인색함은 부자이면서도 궁핍한 처지에 있는 동생, 그리고 가난하고 배고픈 사람들을 돌아보지 않는 형들의 심성을 말한 것이다. '욕심'과 '인

색함'은 선악형제담 향유층들이 모두 감정이입을 해 미워하고 공격했다. 이기심, 시기심을 보이고, 게으름을 피우는 행위나 가족에 대해 무책임한 태도, 다른 사람의 땅을 속여 빼앗은 상인의 행위 역시 매우 부정적으로 인식되었다.

셋째, '형제우애 대 동생을 함부로 대하는 태도'의 대립에 관한 고찰이다. 말레이시아, 한국, 베트남의 동물보은담에서 '형제우애'가 선 관념으로 제시된 것은 바람직한 형제 관계를 중시하는 인식이 표현된 것으로 보인다. 이 작품들에서 동생들은 예의를 다해 형을 대접하지만, 형들은 모두 부모가 물려준 재산을 독점하며 '동생을 함부로 대하는 태도'를 보인다. 이것이 악 관념으로 인식되며, 장자 중심의 상속문화·제사문화·가족문화가 비판적으로 인식된다. 선악형제담은 형제간 갈등과 경쟁을 전제로 한 유형이니 형제 화합의 결말이 제시될 것 같지만, 재산 갈등이 전제된 경우, 형제간 진실된 우애나 화해를 그린 작품은 찾아보기 힘들다. '이웃'을 주인공으로 한 이야기에서는 '이웃의 재물'에 대해 '욕심'(시기심)을 부릴 때 부정적으로 인식된다.

아시아 선악형제담에서 형제/이웃의 상반된 모습과 새를 통한 보상·징벌의 서사구조는 비슷한 양상을 보인다. 선악관념에서는 문화권에 따라 공통점이 있는가 하면, 의미 있는 차이점이 나타난다. 수용자에 따라 선악관념도 세부적으로는 더욱 다양하게 나타날 것으로 보인다. 서사분석을 통해 도출한 선악관념은 아시아인들의 전통적 삶의 인식 태도를 규명하고 문화소통의 계기로 활용할 수 있을 것으로 전망한다.

한편으로 인도네시아와 말레이시아, 우즈베키스탄의 선악형제담은 이슬람문화권의 문화요소를 바탕으로, 도시 상인과 농촌공동체가 변화하는 과정, 상속문화와 가정문화, 농촌공동체의 일면을 보여준다. 황금수박을 활용해 가난한 사람을 돕는 드르마완의 자선가 캐릭터, 친척과 친구들을 정성껏 대접하는 농부 캐릭터, 신비한 흰 돌과 근면·겸손한 성품을 바탕으로 왕이 된 위라 캐릭터는 이슬람 문화권의 가치의식을 보여주는 문화상징으로 소통될 것이다.

한국과 베트남의 선악형제담은 인간의 선한 심성과 형제우애를 내세우면서도, 유교문화권의 장자 중심의 상속·제사문화 등에 비판의식을 보인다는 점에서 공통적이다. 온순하고 근면한 동생 캐릭터, 제비와 봉황새라는 메신저, 흥부 박과 황금섬이라는 보상의 판타지는 유교문화권의 문화상징으로 소통될 것이다. 일본의 〈허리 부러진 참새〉는 한적한 농촌풍경과 생태문화적 세계관이 파악되며, 허리 부러진 참새와 두 명의 할머니는 각각 파괴된 자연, 자연수호자·자연파괴자로서의 문화상징성이 부각된다.

아시아 6개국의 선악형제담에서 파악되는 문화상징은 선악관념과 함께, 아시아 문화를 이해하고 소통하는 문화 코드로 활용될 것이다. 또한 출판·교육·캐릭터·영상 등 문화콘텐츠의 관점에서도 활용할 수 있을 것이다.

황금수박
Semangka Emas[15]

번역: 마가렛 테레시아, 권혁래

옛날 칼리만탄주 삼바스Sambas에 아주 부유한 상인이 살았다. 상인에게는 아들 두 명이 있었다. 첫째 아들 무자키르Muzakir는 욕심 많고 인색했다. 그는 매일 돈을 벌고 계산했지만, 주변의 가난한 사람에 대해선 신경을 쓰지 않았다. 그렇지만 둘째 아들 드르마완Dermawan은 가난한 사람을 불쌍히 여기고 항상 도와주었다.

상인은 죽기 전에 두 아들에게 똑같이 재산을 나눠주었다. 아버지가 세상을 떠난 뒤 형제는 따로 살았다. 형 무자키르는 아주 크고 화려한 집에서 살았다. 그는 많은 돈을 한 상자에 넣고 열쇠로 잠근 뒤 좀처럼 열지 않았다. 가난한 사람이 오면 웃는 얼굴을 하고 집에서 나가라고 소리를 질렀다. 그래도 그 사람이 집에서 떠나지 않으면 하인을 불러서 쫓아냈다. 그래서 가난한 사람들은 무자키르의 집에 가지 않고 드르마완의 집으로 갔다.

드르마완은 가난한 사람이 오면 언제나 환영하며 식사를 대접하고 돈도 줬다. 그런데 얼마 지나지 않아 이제 드르마완은 돈이 얼마 남지 않게 되었다. 집도 너무 커서 관리하는 비용도 많이 들자 더 작은 집으로 이사 가지 않으면 안 되었다. 그는 일자리를 구하는데, 월급이 많지 않더라도 먹고 살 만큼만 있으면 된다고 생각했고, 하루하루 열심히 일하며 행복하게 살았다.

무자키르는 동생의 집에 갔다가 그가 가난하게 사는 것을 보고 비웃었다. 다른 사람을 도와주다가 아버지가 줄려준 재산을 다 쓴 동생은 바보라고 생각했다. 드르마완은 형의 그런 말은 듣고 싶지 않았다.

어느 날 드르마완이 많이 피곤해서 집 마당에서 쉬고 있는데, 갑자기 하늘에서 힝둥새(참새와 비슷함)가 뚝 떨어졌다. 힝둥새는 어딘가 다친 듯 소리를 냈다.

"날개가 부러졌니?" 드르마완이 힝둥새에게 말하며, 새의 몸을 들어 살펴보니, 새의 날개가 부러져 있었다. 드르마완은 새의 다친 날개를 치료해준 뒤 붕대를 감아주었다. 그리고 쌀을 조금 가져다 먹여준 뒤 보살펴주었다. 며칠이 지나자 이제 새는 다시 날 수 있게 되어 드르마완의 집을 떠났다.

며칠 뒤 힝둥새가 다시 드르마완의 집을 찾아오더니 씨앗 하나를 떨어뜨리고 갔다. 드르마완은 그 씨를 받고는 좋아서 집 뒤에 있는 마당에 심었다.

사흘 뒤 씨앗에서는 수박 싹이 돋아나오더니 쑥쑥 자랐다. 드르마완은 수박 줄기에 열매가 많이 맺힐 줄 알았다. 그런데 이상하게도 꽃이 많이 피었지만, 열매가 달린 것은 하나뿐이었다. 이상한 것은 수박의 크기가 다른 일반 수박보다 몇 배나 크다는 점이었다. 수박이 다 익자 드르마완은 수박을 땄다.

"앗, 이 수박은 진짜 무겁네." 너무 무거워서 힘들게 들었다. 그 과일이 식탁 위에 올려놓고 칼로 잘랐다. 그런데 수박 안에 있는 것 때문에 드르마완은 깜짝 놀랐다. 그것은 우리가 아는 수박이 아니라, 노란 모래가 들어 있었다. 그런데 더 자세히 보니, 그것은 모래가 아니라 빛나는 황금이었다. 너무 좋아서 드르마완은 춤을 추었다. 밖에서 새의 울음소리가 나서 나가보니 지난번 자기가 구해준 힝둥새가 집 근처 나뭇가지 위에 앉아 있었다. 드르마완이, "고마워!"라고 말하자 힝둥새는 날아가더니, 다시는 돌아오지 않았다.

얼마 뒤 드르마완은 아주 큰 마당이 있는 화려한 집을 샀다. 게다가 농장도 샀다. 드르마완은 자기를 찾아오는 가난한 사람에게 돈을 주기도 했다. 그는 돈이 아주 많고 농장에서 얻은 곡식과 열매도 아주 많아서 이제 계속 도와줄 수 있다고 생각했다.

무자키르는 이 소식을 듣고 질투가 났다. 그래서 동생의 집에 가서 그 비결이 무엇인지 물어봤다. 드르마완은 다친 힝둥새를 보살펴준 일부터 다 이야기해주었다.

이야기를 듣고 돌아온 형은 하인들에게 날개 부러진 새를 찾으라고 했다. 하인들은 날개 부러진 새를 찾았지만 못 찾았다. 그러자 무자키르는 하인들에게 새를 사냥하도록 해서, 날개가 부러진 새를 자기에게 가져오라고 했다. 무자키르는 하인들이 날개를 부러뜨려 가져온 새를 불쌍한 척하며 치료해주었다. 며칠 뒤 새는 상처가 낫자 다시 날아갔다. 새는 무자키르에게 다시 돌아와 씨앗 하나를 떨어뜨리고 날아갔다. 무자키르는 아주 기뻐하며 마당에 햇빛이 가장 잘 드는 곳에 땅을 파고 씨를 심었다. 씨는 곧 싹을 피우더니 줄기를 뻗고 쑥쑥 자랐다. 그리고 꽃은 많이 피웠지만 열매는 하나밖에 없고, 아주 컸다. 하인 두 명이 수박 열매를 수확했을 때 너무 무거워 아주 힘들게 무자키르의 집으로 가져왔다. 무자키르가 칼을 가져와 수박을 잘랐는데, 갑자기 수박 속에서 아주 지독한 냄새가 나더니 검은 진흙이 나오기 시작했다. 무자키르의 눈에도 진흙만 보였다. 그리고 그 냄새는 시체 냄새같이 지독했다. 무자키르의 집에 있는 가구와 모든 물건에 그 냄새가 뱄다. 무자키르는 너무 실망해서 울어버렸다.

7장

한·중·일 동물보은담을 통해 보는
인간과 야생동물의 공존 문제

I. 인간과 야생동물의 교감과 공존

2019년 12월 중국에서 시작되어 전 세계적으로 창궐한 코로나19 바이러스는 2022년까지 3년 가까이 지속되면서 생활 양태와 교류, 경제 면에서 전 지구적 변화를 일으켰다. 이를 계기로 세계의 많은 사람은 동물서식지 감소 문제와 함께 인수人獸 공통 감염병에 대해 전면적으로 경각심을 갖게 되었다. 필자는 이러한 사태를 겪으면서 여러 책과 논문, 다큐멘터리 등 동영상을 보면서 비로소 기후위기와 지구생태계 파괴 문제에 주목하고 실감하게 되었다. 생태계 파괴는 인간뿐 아니라, 동·식물에도 심각한 위협이 되므로 우리는 야생동물의 생존, 인간과 야생동물의 공존 문제에 좀더 관심을 기울이지 않으면 안 된다. 또한 환경 및 생태의 문제는 한 나라에 한정되는 것이 아니기 때문에 문학생태학 연구에서도 일국적 시각을 넘어 인접한 나라들, 연계된 지역들을 포괄해 연구한다면 좀더 유용할 것이라 예상한다.

이 장에서는 한국, 중국, 일본의 설화문학에서 동물과 인간의 관계를 서사화한 작품들을 살펴보고자 한다. 동아시아 국가들의 설화집은 인간의 다양한 생활과 역사, 소망에 관한 이야기가 중심이 되고, 그 외에 신이한 일들에 관한 이야기, 동·식물에 관련된 이야기들로 구성되어 있다. 그중 소수의 작품에서 동물보호, 자연재해, 전쟁·질병 등의 재난 제재를 다루면서 인간과 동물, 자연과의 관계를 돌아보고 자연친화적 삶, 또는 공생의 정신을 깨우치는 공통의 문화의식이 나타난다.

동물보은담은 생태문학을 연구할 때 가장 먼저 주목된 유형으로, 이 작품들을 두고 인간과 동물의 공생관계 및 인간중심주의에 관한 논의가 비교적 긴밀하게 이뤄져 왔다. 임재해는 인간이 동물이 서로 도움을 주고받는 내용의 동물보은담이 동물에 대한 공생적 인식과 생태학적 자연관을 보여주고, 인간이 동물을 공생적인 피조물로 간주하면서 일상생활 속에서 이를 잘 실천했다는 점을 평가했다.[1] 이강엽은 보은담을 '교환과 증여'라는 측면에서 네 가지로 유형화하고, 그중 '음덕양보형陽德陽報型'에서 동물보은담의 의미를 파악했다. 음덕양보형은 보은을 기대하기 어려운 미천한 사람이나 미물에 속하는 동물에게 도움을 준 사람이 뒤에 '뜻밖에' 보은을 받는 이야기라고 했다. 보은담에서 찾을 수 있는 첫째 의미는 누군가에게 은혜를 베풀면 보답을 받는다는 단순한 인과적 고리가 아니라, 그보다는 아무 조건 없이 베푸는 마음이라야 진정한 보답을 이끌어낼 수 있다는 것이라고 했다.[2] 김수연은 인간과 동물 간에 오가는 선행과 보은을 '증여'의 일종으로 보고, 이러한 증여를 통해 인간과 동물이 공존관계로 나아갈 수 있음을 말했다.[3] 조현설은 동물보은담이 인간중심주의를 넘어서는가에 대해 질문하고, 〈은혜 갚은 까치〉 설화를 예로 들어, '인간의 시은施恩 → 인간의 위기 → (동물의 죽음을 수반한) 보은'의 과정에서 맺어지는 인간과 동물의 관계에는 인간과 동물 사이에 소통이 없으며, 인간중심주의를 벗어나지 못한다고 했다.[4] 정말 그럴까? 필자는 이에 동의하기 어렵다. 이에 대해서는 IV절에서 필자의 생각을 말할 것이다.

여러 사람이 인간과 동물, 인간과 야생동물의 관계를 다룬 설화를 찾아보고는 있지만, 필자는 인간중심주의를 넘어서는 동물 이야기가 얼마나 있을지, 가능한지에 대해 회의적이다. 인간이 관찰하고 기록한 거의 모든 것은 당연히 인간의 관점에서 이야기된 것이니 인간중심적일 수밖에 없을 것이라고 생각하기 때문이다. 동물보은담에서 중요한 것은 인간이 인간 외의 존재로 시야를 넓혀 관찰하고 사고한 점을 서사화했고, 인간이 동물들과 접촉하는 순간을 진지하게 인식하고 관계성을 발견했다는 점이다. 증여란 '재산을 아무런 대가나 보상 없이 다른 이에게 넘겨주는 행위'를 말한다. 인간과 동물이 선행과 보은을 아무런 조건 없이 주고받는 증여 행위란, 상호 간에 선의의 마음이나 관계없이는 이뤄질 수 없다. 눈물을 뚝뚝 흘리는 잉어의 눈을 보고 물에 놓아주는 늙은 어부의 행위는 종의 차이를 넘어서는 생명을 지닌 개체에 대한 교감, 곧 연민이 작동한 결과다. 게다가 증여 행위가 이뤄진 이후에는 둘 사이에는 더욱 진전된 관계가 형성될 것이다. 동물보은담에서 다뤄지는 동물은 거의 '야생동물'이다. 이 점은 중요하다. 우연히 은혜를 베풀든, 증여를 하든 인간이 야생동물과 관계를 맺는 일은 매우 드물며, 평범한 일이 아니다. 이러한 일을 서사화한 동물보은담은 인간이 인간 외의 존재에 관심을 기울이고 그들과 맺은 관계를 서사화한 특별한 이야기다.

이 장에서는 한국·중국·일본의 설화집 중에서 대표적으로,『조선민담집』(孫晉泰, 1930),『중국민간고사경전』(劉守華, 2015),『일본의 민담』(柳田國男, 1930)을 텍스트로 하여 한·중·일 3국의 생태적 주제 및 생태의식을 다룬 작품을 조사·분석했다. 필자는 위 작품집들에서 인간과 동·식물과의 관계에 대한 성찰, 자연재해와 재난, 자연친화적 세계관 등 생태적 제재가 발견되는 작품을 검색했다. 그 결과, 생태적 제재를 다룬 작품들은 소수의 동물보은담에서 대부분 발견되며, 그 가운데 일부 작품들은 홍수·해일 등의 재난 이야기와 결합된 양상을 보인다는 점이 파악된다. 동물보은담은 본질적으로 인간과 야생동물*의 우호적 관계 및 공생·공존관계가 가능한지를 탐색하는 이야기다. 그것이 가능하다면 우리는 인간과 야생동물의 우호적 관계가 어떠한 환경에서 맺어질 수 있는지, 그 의미가 무엇일지에 대해 생각해볼 수 있다.

II. 한·중·일 민담집의 성격과 동물보은담

한·중·일의 민담집은 대개 인간들의 이야기 및 인간세계에서 일어날 법한 일들을 다룬 이야기가 중심을 이루고, 신이한 이야기, 동물들의 이야기는 비중이 작은 편이다. 그중에서 생태적 제재와 주제의 작품들은 소수의 동물보은담 유형에서 발견된다. 이 발견의 의미는 민담의 세계관은 인간중심주의에 기반해 있다는 것을 말한다. 새삼스러운 이야기지만, 민담은 대부분 인간중심적 세계관에 바탕한 이야기들로 채워

---

* 야생동물(野生動物, Wildlife)은 가축화되지 않은 동물 또는 가두어지지 않고 야생에서 살아가는 동물들을 의미한다. 숲, 평야, 초원, 사막, 바다, 강 등의 야생 환경뿐만 아니라 인간 문명(도시) 환경에서도 다양한 야생동물이 살아간다. 이 글에서는 이런 개념에서 수생동물과 육상동물을 따로 구분하지 않고, '야생동물'로 통칭한다.

져 있는데, 소수의 동물보은담에서는 인간이 인간 외의 존재에 대해 호의를 품거나 그들과의 관계성을 인식하는 이야기가 발견된다. 이 지점에서 인간과 동물의 공생·공존 가능성을 모색하게 될 것이다. 이 또한 인간중심주의와 동질적이라고 말하는 것은 의미가 없다. 인간이 인간 외의 존재에 대해 호기심, 동정, 연민 등의 감정을 품고 관계를 맺는 사건은 '인간중심적 사고'에서 '공생적 사고'로의 전환을 예고하는 실마리가 될 것이다.

한국의 민담은 20세기 초부터 외국인 연구자와 한국인 연구자들에 의해 조사·출판되어 전하고 있다.[5] 손진태의 『조선민담집』(1930)은 설화 채록의 초창기인 1920년대에 조선의 설화를 가장 폭넓게, 그리고 원형 그대로 채록·집성한 설화집이라는 점에서 문학사적 의미가 크다.[6] 손진태는 1920년부터 1930년까지 자신이 채록하거나 지인들이 기고한 작품을 중심으로, 민간설화 154편을 수록했다. 저자는 『조선민담집』에 민간신화, 민간신앙, 향토문화적 특성, 해학을 주제로 다룬 설화를 비중 있게 수록하고, 부록에는 외국의 유사 유형담을 수록하여 한국 민간설화의 개성을 드러내고자 했다.[7] 저자는 수록 작품 154편을 '신화·전설류', '민속·신앙 관련 설화', '우화·돈지설화·소화', '기타 민담'으로 분류했다. 이 가운데 〈호랑이의 보은〉, 〈개와 고양이와 구슬〉, 〈대홍수와 인류(1)〉 등 세 편은 생태문학적 성격이 발견되며, 동물보은담의 성격을 지닌다.

유수화 주편 『중국민간고사경전』은 2015년 중국에서 출판되었고,[8] 한국에서 2019년 같은 제목으로 번역, 출판되었다.[9] 『중국민간고사경전』은 최근에 출판된 자료집이지만, 중국 한족과 소수민족의 대표적

설화를 고루 선집했기에 대표성이 있다고 판단해 분석대상으로 삼았다.[*] 저자는 한족과 소수민족들의 민간고사를 폭넓게 조사하여 고대 이야기古代故事, 동물이야기動物故事, 신기한 결혼이야기神奇婚姻, 세상의 온갖 이야기人間百態, 영웅의 신기한 이야기英雄傳奇, 신기하고 환상적 이야기神奇幻境, 생활의 지혜 이야기生活智慧 등 7부로 구성하여, 총 102편을 수록했다. 『중국민간고사경전』은 대부분 신기하고 재미있는 이야기와 함께, 일상생활의 가난, 세금, 인간 간의 갈등과 고통 등 인간들의 생활을 다룬 작품들로 채워져 있다.

생태적 주제와 연관된 작품은 동물보은담 유형에 해당하는 〈은혜 갚은 호랑이〉, 〈나무꾼〉, 〈고양이와 개는 왜 원수가 되었을까?〉, 〈세 발 고양이와 세 발 개〉, 〈석문이 열리다〉, 〈장다엔춘과 이댜오위〉, 〈야단났네!〉, 〈개미가 타이산을 무너뜨리다〉, 〈자라와 뱀과 여우를 구한 보살〉 등 9편의 작품이다. 이 작품들에서 주인공은 인간에게 가장 절박한, 먹고사는 문제를 잠시 내려놓고 자기 앞에 놓인 동물을 측은히 여겨 생명을 살려준다. 동물은 그 대가로 인간에게 도움이 되는 일을 하여 은혜를 갚는다. 선행과 보은의 교환관계가 일회성으로 끝나는 작품도 있고, 그 관계가 오랫동안 지속되면서 공생관계·공생의식의 수준에까지 다다른 작품도 있다.

야나기타 구니오柳田國男(1875~1962)는 일본 민속학의 창시자로 평가되는 연구자로, 그가 1930년에 출판한 『일본의 민담日本の昔話』은 자

---

[*] 『중국민간고사경전』은 중국민담연구의 권위자인 화동사범대학의 류수화 교수가 한족과 소수민족의 작품을 아울러 오랜 기간 학술적 검토를 통해 편집·출판되었다.

216

신이 일본 동북 지방에서 채록한 민담 108편이 수록되어 있다. 이 책은 한국에서 김용의 등에 의해 2002년 전남대 출판부에서 번역, 출판되었다. 저자는 민담 수록의 대원칙에 대해, "전국에 있는 많은 어린이들이 들어서 알고 있으리라 생각되는 이야기가 제1의 선정 기준"이라 했다. 일본의 오랜 이야기 형태가 조금이라도 많이 남아 있는 것을 찾으며, 또한 새로운 형태의 이야기 가운데 가장 잘 정리가 되어 있는 것을 4~5편 추가했다고 한다.[10]

『일본의 민담』의 수록 작품들은 유형에 따라 분류되어 있지는 않지만, 대체로 동물 이야기, 동물과 인간 이야기, 신이한 이야기(요괴, 여우 귀신, 주보 등), 전설(무덤, 연못, 산), 인물의 일화, 소담 순으로 수록되어 있다. 대체로 동물의 유래, 인간과 동물, 인간과 요괴·신 등 초자연적 존재와 능력을 제재로 한 신이한 이야기가 많으며, 상대적으로 전설과 인물 일화, 소담 등 일상적 생활과 인물 이야기는 비중이 작은 편이다. 108편 수록 작품 중에서 생태문학적 성격이 보이는 작품은 〈원숭이와 고양이와 쥐〉, 〈고사이弘濟 화상과 바다거북〉, 〈야矢 마을의 야스케〉, 〈장님 수신〉 등 네 편이다. 이상의 작품들은 인간이 동물에게 선행을 한 뒤 동물이 인간에게 보은하는 구성을 보여주는데, 〈장님 수신〉은 그뒤로 인간이 동물에 악행을 하는 사건이 이어지며, 이로 인해 결말이 달라진다.

동아시아 3국 중 동물보은담이 가장 많은 곳은 중국으로 아홉 편이며, 한국과 일본은 각각 세 편, 네 편씩이다. 중국의 작품이 상대적으로 많은 것은 한족뿐 아니라 여러 소수민족의 작품이 수록된 까닭으로 보이며, 이로 인해 작품의 성격도 다양한 편이다. 이상 3국 동물보은담 작

표 7-1 한국·중국·일본 동물보은담의 유형과 작품 요약표

작품 제목	내용	유형
은혜 갚은 호랑이(중)	사냥꾼이 호랑이를 구해주고, 호랑이 덕분에 아내를 얻고 부자가 됨	선행·보은 교환형(4)
고사이 화상과 바다거북(일)	주인공이 죽을 위기에 처한 바다거북을 구해주고, 거북 덕분에 해적에게 죽을 위기에서 살아남	
야 마을의 야스케(일)	젊은 농부가 덫에 걸린 산새를 구해준 뒤, 산새 여인을 아내를 얻고 오니를 물리침	
호랑이의 보은(한)	총각이 호랑이를 구해주자, 호랑이 덕분에 아내를 얻고 벼슬을 얻음	
나무꾼(중)	나무꾼이 호랑이를 구해주고, 호랑이 덕분에 장수가 되며 호랑이는 산중의 왕으로 임명됨	공생관계형(5)
고양이와 개는 왜 원수가 되었을까(중)	나무꾼이 보물 죽통을 얻어 부자가 되는데, 잃어버린 보물을 찾아온 고양이와 개는 인간과 함께 살게 됨	
세 발 고양이와 세 발 개(중)	나무꾼이 세 발 고양이, 세 발 개, 구렁이를 구해주고 보물구슬을 얻어 부자가 되는데, 주인이 잃어버린 보물을 고양이와 개가 찾아온 공로로 인간과 함께 살게 됨	
원숭이와 고양이와 쥐(일)	노인이 원숭이를 구해주고 보물을 얻어 부자가 됨. 잃어버린 보물을 되찾아온 공로로 고양이와 쥐가 인간과 살게 됨	
개와 고양이와 구슬(한)	가난한 노인이 잡은 잉어를 살려둔 뒤 용왕에게서 보물구슬을 얻어 부자가 됨. 잃어버린 구슬을 개와 고양이가 되찾아와 인간과 같이 살게 됨	
석문이 열리다(중)	어부 후스가 물고기를 살려주고 부자가 되지만, 욕심을 부려 죽음	파국결말형(7)
장다엔춘과 이댜오위(중)	잉어를 구해준 장씨가 용녀를 아내로 맞이함. 한 남자가 아내를 빼앗으려 하다가 벌 받아 죽음	
야단났네!(중)	금붕어를 구해준 왕씨가 용녀와 결혼하고 부자가 됨. 관리가 왕씨의 아내를 빼앗으려다가 벌 받아 죽음	
개미가 타이산을 무너뜨리다(중)	청개구리를 구한 뒤 보물 알을 얻은 남자가 죽은 동물과 사람을 살려냄. 동물은 은혜를 갚지만, 사람은 배신하고 죽임을 당함	
자라와 뱀과 여우를 구한 보살(중)	자라를 구해준 보살이 홍수 올 것을 알고 배를 대비함. 보살이 배에 태워 구한 뱀과 여우는 은혜를 갚지만, 사람은 배신함	
장님 수신(일)	남자가 뱀장어를 구해주고 뱀 여인과 결혼하고 아들을 얻음. 관리가 악행을 하자 지진과 해일이 일어나 몰살됨	
대홍수와 인류(1) (한)	대홍수 때 목도령이 개미, 모기를 구해주고 아내를 얻을 때 도움을 받지만, 구해준 아이는 목도령의 결혼을 방해함	

품의 유형과 목록, 내용을 요약하면 표 7-1과 같다.

이 작품들은 기본적으로, ① 선행(인간이 위기에 처한 동물을 구해줌) → ② 인간의 위기(결핍 상황) → ③ 보은(동물이 위기에 처한 인간을 구해줌) 3단계의 서사과정을 보여준다. 동물보은담은 세 번째 '보은' 과정 이후, 인간과 동물의 관계 및 결말방식에 따라 '선행·보은 교환형', '공생관계형', '파국결말형' 세 가지 하위유형이 파악된다.

- 선행·보은 교환형은 인간이 위기에 처한 동물을 도와주고, 뒤에 동물이 인간에게 보은하는 행위가 일회적으로 이뤄진 형태다.
- 공생관계형은 인간과 동물의 선행·보은의 교환 행위가 일회성으로 끝나지 않고, 상호이익 관계가 지속적으로 이뤄지는 관계로 전환된 형태다.
- 파국결말형은 인간과 동물의 선행·보은의 교환관계가 이뤄진 뒤, 인간(본인 또는 제3자)의 탐욕과 악행·실수 등으로 인해 인간-동물의 우호적 관계가 깨진 형태다.

위에서 동물은 대개 '야생동물'을 말한다. 인간과 야생동물은 평상시 자기 영역을 지키며 서로 일정한 거리를 두고 산다. 전근대 사회에서 인간과 야생동물이 만나거나 부딪히는 경우는 대개 두 가지다. 첫째, 인간과 맹수·육식동물이 서로 충돌·살상하는 경우, 둘째, 인간이 초식동물·조류·물고기 등을 사냥·포획해 식량으로 삼는 경우다. 동물보은담은 위 두 경우가 아닌, 대개 뜻밖의 상황에서 일어난 일을 보여준다. 선행·보은 교환형과 파국결말형에서 야생동물이 위기에 빠진 것을 본 인간은 동정심이 들어 '뜻밖에' 죽이지도 잡아먹지도 않으며, 생명을 구해준다. 반대로 간혹 야생동물이 인간의 목숨을 구해주는 경우도 있다. 이러한 행위의 계기는 '동정심', '불쌍히 여기는 마음'이며, '연민'이라는 말로도 표현된다. 공생관계형 작품은 인간이 야생동물과 한 번 맺은 관계를 신성하게 여기거나 긍정적으로 인식해 지속적으로 유지하는 형태를 보여준다. 파국결말형은 인간과 동물이 맺은 우호적 관계가 인간의 행위로 인해 깨지는 형태인데, 이 경우 인간은 그로 인해 동물에 의해 파국에 가까운 재앙 및 재난을 맞게 된다. 위 16편 중 유형별 분포는 선행·보은 교환형 4편, 공생관계형 5편, 파국결말형 7편이다.

III. 한·중·일 동물보은담의 서사와 생태의식

1. 선행·보은 교환형: 야생동물에 대한 연민 의식

선행·보은 교환형은 인간의 선행과 동물의 보은이 일회성 교환관계를 이루는 성격의 동물보은담이다. 이 유형에서는 인간이 위기에 처한 동물의 목숨을 구해주면, 동물의 보은으로 사람이 목숨을 건지고 결혼하며, 부자가 되는 등의 행운이 온다는 결말로 이어진다. 동물보은담이 생태문학 면에서 유의미한 점은 인간이 인간 아닌 존재, 곧 '야생동물'을 선대하며 구호해주었을 때 인간에게도 이로운 일이 생긴다는 인식이 형성·전승된다는 점이다. 이 유형의 이야기에서는 인간-동물 관계

표 7-2 선행·보은 교환형의 인간-동물 관계

연번	제목	인간-동물 관계
①	호랑이의 보은(한)	총각이 호랑이의 생명을 구함 – 호랑이의 도움으로 총각이 아내를 얻고 장수가 됨
②	은혜 갚은 호랑이(중)	사냥꾼이 호랑이의 생명을 구함 – 호랑이의 도움으로 사냥꾼이 결혼하고 부자가 됨.
③	고사이 화상과 바다거북(일)	중이 죽을 위험에 처한 바다거북을 살려줌 – 거북이 중의 목숨을 구해줌.
④	야 마을의 야스케(일)	농부가 덫에 걸린 산새를 구해줌 – 산새가 인간으로 변해 농부의 아내가 되고, 오니를 물리치도록 자신을 희생함

에서 초보적 공생의식이 발견된다.

① 〈호랑이의 보은〉(한국)에서 한 총각은, 여자를 잡아먹고 비녀가 목에 걸려 괴로워하는 호랑이를 구해준다. 한 남자가 호랑이가 사람을 잡아먹은 것을 알고도 측은히 여기고 구해준다는 것은 특별한 심성이 아니면 하지 못할 일이다. 공포의 순간에 총각이 한 침착한 행위는 호랑이의 육성, 본성을 인정했을 뿐 아니라, 괴로워하는 호랑이를 보고 불쌍한 마음이 들었으며, 그뒤에 호랑이가 자신을 해치지 않을 것이라는 믿음과 기대가 있어서 가능한 것이었다. 이 특별한 사건으로 인해 호랑이는 총각에 대한 적대행위를 멈추었으며, 우호적 관계가 형성되었다. 뒤에 호랑이는 처녀를 물어다주어 총각이 결혼하게끔 해주고, 스스로 호환을 일으켜 자신의 죽음으로 총각이 공을 세워 벼슬을 받게끔 돕는다. 후반부의 호환 사건은 신라 시대 처녀로 변신한 호랑이가 김현金現과 부부 인연을 맺은 뒤 그를 위해 죽음을 택했다는 〈김현감호金現感虎〉 설화에서도 발견되는 이야기로서, 설화에서나 있을 법한 상상의 이야기다.

② 〈은혜 갚은 호랑이〉(중국)는 사냥꾼이 사나운 표범에게 당하는 호랑이를 구해주자, 호랑이가 색시를 물어와 신부를 얻게 도와주고, 산삼과 야명주를 얻게 도와줘 사냥꾼이 부자가 되는 결말을 보여준다. 표범이나 호랑이는 같은 야생동물이고 맹수인데, 사냥꾼이 굳이 호랑이 편을 들어준 것은 호랑이가 약자의 처지에 있는 데다가 인간이 호랑이에게 신성성을 부여해온 문화적 배경이 작동해서일 것이다. 사냥꾼의 도움을 받은 호랑이는 사냥꾼에게 결핍된 결혼 상대와 부를 제공함으로써 은혜를 갚는다. 전체적으로 〈호랑이의 보은〉과 유사한 사건과 초보적 공생의식이 발견된다.

③ 〈고사이 화상과 바다거북〉(일본)에서 주인공 승려는 바다거북 네 마리가 뱃사람들에게 잡혀 죽게 될 처지에 있는 것을 보고 불쌍한 마음이 생겨 돈을 주고 거북을 사 목숨을 구해준다. 뒤에 주인공은 해적들에게 잡혀 바다에 던져지는데, 이때 바다거북이 나타나 물 밖으로 승려를 내보내줌으로써 목숨을 건지게 도와준다. 이 작품은 이처럼 뜻밖의 상황에서 야생동물을 불쌍히 여겨 목숨을 건져준 승려의 선행과 거북이 승려의 목숨을 건져주는 보은 행위의 교환관계를 보여준다.

④ 〈야 마을의 야스케〉(일본)는 인간-동물 혼인담과 동물보은담이 결합된 작품이다. 신슈의 야 마을에 사는 젊은 농부 야스케는 산에서 우연히 덫에 걸린 산새를 발견하고 풀어준다. 산새는 농부나 사냥꾼에게 요긴한 식사거리인데, 야스케가 덫에 걸린 산새를 그냥 두거나 자신의 집으로 가져가 한 끼 식사거리로 삼지 않았다. 가난한 농부에게 이 행위는 평범한 일은 아니니, 덫에 걸려 푸드덕거리며 생명이 꺼져가는 산새를 불쌍히 여기지 않으면 일어날 수 없는 일이다. 산새는 농부에게

받은 은혜를 잊지 않는다. 뒤에 산새는 여인의 모습으로 변신해 농부를 찾아와 아내가 됨으로써 1차 보은행위를 한다. 동물이 인간으로 변신해 인간과 혼인하는 이야기는 동물이 신성을 지닌 존재이며, 동물이 인간의 사회와 공간에서 공존·동거할 수 있다는 세계관이 있을 때 생겨난다.

몇 년 뒤 아리아케산에 무서운 오니가 나타나 사람들을 해치자, 야스케는 촌장의 명령을 받고 어쩔 수 없이 오니를 물리치러 떠나려 한다. 이때 그의 아내가 나타나 자신은 남편이 몇 년 전 구해준 산새라는 것을 밝히고, 자신의 꼬리 깃털을 남기고 떠남으로써 2차 보은행위를 한다. 야스케는 그 꼬리 깃털이 달린 화살을 쏘아 오니를 물리치고 큰 상을 받는다. 산새가 자신의 꼬리 깃털을 남기고 떠난다는 행위는 신체 일부를 남자를 위해 제공한 뒤 죽는다는 사실을 의미한다. 산새의 꼬리 깃털은 괴물 오니를 제압할 수 있는 신비한 힘이 있는 것으로 보아 산새는 평범한 새가 아니라 신성을 지닌 존재이다.

①, ②에서 위험에 처한 동물은 맹수 호랑이다. 인간이 호랑이의 맹수성을 잠시 용인하고 위험을 감수하고 목숨을 구해줄 때, 맹수는 인간에게 감사한 마음을 품고 잊지 않는다. 그리고 뒤에 그 보답으로 인간이 필요로 하는 혼인과 부·공적을 이루도록 도와주어 우호적일 뿐 아니라 신령한 존재로 인식된다. ③과 ④에서 바다거북, 산새는 인간이 사냥해 잡아먹는 야생동물이다. 그런데 인간이 죽을 위험에 처한 야생동물을 불쌍히 여겨 동정심을 베풀면, 야생동물은 인간의 목숨을 구해주거나 몸소 아내가 되어주어 은혜를 갚는다는 생각을 이야기는 보여준다. 네 편의 이야기에서 발견되는 '(위기에 처한) 야생동물에 대한 인

간의 연민의식'은 동물의 목숨을 건져주고, 동물은 인간에게 은혜를 갚는다는 '선행-보은의 교환'이라는 동물보은담의 기본 서사를 이루는 계기가 된다.

2. 공생관계형: 인간과 동물의 상조·공생의식

공생관계형 동물보은담은 인간과 동물의 선행·보은 교환 행위가 일회성으로 끝나지 않고, 상호이익 관계가 지속적으로 이뤄지는 관계로 전환된 형태다. ①~④는 공교롭게도 모두 견묘쟁주犬猫爭珠형 설화로서, 〈개와 고양이와 구슬〉과 같은 비슷한 서사, 비슷한 문화의식을 지

표 7-3 공생관계형의 인간-동물 관계

연번	제목	인간-동물 관계
①	개와 고양이와 구슬(한)	가난한 노인이 잉어를 놓아줌 - 용왕의 보은으로 노인이 보물구슬을 얻어 부자가 됨 - 노인이 잃어버린 구슬을 개와 고양이가 찾아줌 - 인간이 개와 고양이와 동거를 하게 됨
②	고양이와 개는 왜 원수가 되었을까?(중)	나무꾼이 산에서 보물죽통을 얻어 부자가 됨 - 주인이 보물을 잃어버리자, 개와 고양이가 되찾아 줌 - 고양이가 공을 더 인정받아 인간 가까이 살게 됨 - 고양이와 개가 원수 사이가 됨
③	세 발 고양이와 세 발 개(중)	나무꾼이 고양이·개·구렁이를 구해줌 - 나무꾼이 보물구슬을 얻어 부자가 됨 - 주인이 잃어버린 구슬을 개와 고양이가 되찾아옴 - 나무꾼이 고양이와 개를 친자식처럼 여겨 동거함
④	원숭이와 고양이와 쥐(일)	할아버지가 산에서 원숭이를 구해줌 - 원숭이의 보은으로 할아버지가 보물동전을 얻어 부자가 됨 - 잃어버린 동전을 고양이가 쥐의 도움을 받아 찾아옴 - 할아버지와 원숭이·고양이·쥐와 번창하며 삶
⑤	나무꾼(중)	나무꾼이 호랑이를 구해 줌 - 호랑이의 도움으로 나무꾼이 장수가 되고, 호랑이는 산중왕으로 인정받음

닌 작품들이 한·중·일 3국에서 공통적으로 전승되어왔다는 점을 보여준다.

견묘쟁주 설화의 1차 사건에서 인간은 어려움에 처한 '야생동물(잉어, 구렁이, 원숭이 등)'을 '측은히 여겨' 구해주며, 동물은 그 '대가'로 보물구슬을 인간에게 제공한다. 보물구슬은 인간이 가장 원하는 쌀이나 금은보화가 계속 나오는 화수분이다. 두 사건은 연속적이며, 즉각적으로 일어난다. '보물 분실과 탈환'이 일어나는 2차 사건에서는 개와 고양이가 협력해 주인을 위해 헌신하고 공을 세움으로써 인간의 '반려동물'이 되는 문화사적 과정을 보여준다. 황윤정은 견묘쟁주 설화에서 구슬 획득과 상실의 서사는 문화사적으로 인간이 수렵·채취사회에서 농경사회로 전이하는 과정 및 그 초기 시기의 혼란이 드러나 있다고 했다.[11] 또한 정규식[12]과 이재선[13] 등의 논의를 인용해, 개가 달리고 헤엄치는 이동 능력을 발휘하고, 고양이가 쥐를 협박하고 일정 공간에서 보물구슬을 찾는 능력을 발휘해 인간 가까운 공간에서 살게 된다는 서사는 인간의 정주성定住性, 곧 인간이 농경문화로 정착하는 과정을 개와 고양이의 형상으로 구상화한 것이라고 했다.[14]

① 〈개와 고양이와 구슬〉(한국)에서 가난한 노인은 식량으로 잡은 잉어(용왕의 아들)가 눈물을 뚝뚝 흘리는 것을 보고 불쌍히 여겨 놓아줌으로써 용왕의 초청을 받아 보물구슬을 얻어 부자가 된다. 이 작품의 해당 내용은 인간이 한 끼 식량이 되는 사냥감을 포기하는 일이 얼마나 어렵고도 기적적인 일인지를 보여준다. 2차 사건에서 노인이 보물을 잃어버렸을 때 개와 고양이가 찾아주는 공을 세워, 이후로 개와 고양이가 인간과 함께 살게 되었다는 유래를 보여준다. 하지만 공을 더 세운

고양이가 인간 가까운 곳에서 더 사랑받으므로 개가 고양이와 싸우게 되었다는 유래담을 전한다.

② 〈고양이와 개는 왜 원수가 되었을까?〉(중국)에는 1차 사건에서 야생동물의 생명을 구해주는 사건이 생략되어 있다. 개와 고양이를 아끼며 기르는 나무꾼은 산에 나무하러 갔다가 보물 죽통을 발견하고는 부자가 된다. 주인집의 형수가 이 보물을 훔쳐가자, 주인에게 사랑받던 고양이와 개는 주인을 위해 힘을 다해 잃어버린 보물을 되찾아온다. 그 과정에서 고양이의 공이 더 크게 보여 고양이가 주인에게서 더 큰 상을 받는 바람에 개가 고양이를 원수처럼 대하게 되었다는 유래담이 이어진다. 이는 현재적으로 고양이와 개가 인간 옆에서 가축이자 반려동물로 사는 관계를 표현한 것이다.

③ 〈세 발 고양이와 세 발 개〉(중국)는 고양이와 개가 가축으로 인간 옆에서 사는 관계를 표현하되, 주인공이 세 발만 있는 장애 동물을 구해준다고 하여, 세부 이야기가 달라졌다. 나무꾼 판산은 아내에게서 은화 삼백 냥을 받아 장사하러 떠난다. 그런데 마을 사람들을 만나 장애가 있는 세 발 고양이와 세 발 개, 그리고 죽어가는 구렁이를 위해 각각 일백 냥씩 치르고 이들의 목숨을 구한다. 판산의 행동은 순전히 생명을 불쌍히 여기는 마음에서 나온 것이다. 구렁이는 보물구슬을 토해내는데, 그것은 쌀과 은을 나오게 할 수 있어 나무꾼은 부자가 된다. 설화에서의 사건이지만, 이 세 마리 동물의 생명을 구하기 위해 나무꾼 판산은 자신이 가진 큰돈을 썼다. 그런 주인을 위해 구렁이는 자신이 머금은 보물구슬을 토해냈고, 개와 고양이는 사라진 보물구슬을 되찾기 위해 온 힘과 지혜를 다 썼다. 작품에는 다른 견묘쟁주 설화에 비해, 장애

동물도 귀하게 여겨 구하는 나무꾼 판산의 선한 마음과, 인간과 개와 고양이의 친밀감이 정서적으로 풍부하게 표현되어 있다.

일본 이나바 지방에서 채록된 ④ 〈원숭이와 고양이와 쥐〉(일본)는 '개'가 등장하지는 않지만, 견묘쟁주형 설화에 속하는 작품이다. 작품 전반부에는 할아버지가 산길을 가다가 죽을 위기에 있는 암컷 원숭이를 발견하고 위험을 감수하고 목숨을 구해주는 장면에서 노인의 따뜻한 마음과 적극적 선행이 그려진다.

할아버지가 무명을 팔러 갔다가 혼자서 산길을 돌아오는데, 멀리 보이는 건너편 산의 나무에 커다란 암컷 원숭이가 있는 것을 사냥꾼이 총으로 쏘려 하고 있었습니다. 암컷 원숭이는 손을 모으고 용서해 달라면서 절을 하고 있었습니다. 할아버지가 불쌍한 생각이 들어 그만두게 하려고 갔더니, 엉겁결에 총알이 빗나가 할아버지의 어깨 앞을 맞혔습니다. 사냥꾼은 엄청난 일을 저질렀다고 생각하고서 달아나버렸습니다. 그러자 어딘가에서 많은 새끼 원숭이들이 나타나서 열심히 간호를 해주었습니다. 그리고는 원숭이의 집으로 데리고 가서 맛있는 음식을 대접했다고 합니다. "할머니가 걱정하고 있을 테니까, 이제 돌아가야겠다"라고 말하자, 원숭이들은 답례로 보물을 주면서 "이것은 '원숭이의 돈 한 닢'이라고 하는 것으로 세상에서 아주 소중한 보물입니다만, 생명의 은인에게 드리겠습니다. 이것을 모셔 놓으면 부자가 될 것입니다"라고 말했습니다. (『일본의 민담』, 40~41쪽)

위 장면에는 할아버지가 암컷 원숭이를 측은히 여기는 마음, 새끼

들을 비롯해 원숭이들이 할아버지에게 고마워하는 마음 등이 잘 그려져 있다. 할아버지는 원숭이의 집에 초대받아 대접을 받으며, 돈이 나오는 '원숭이의 돈 한 닢'이라는 보물을 선물 받고 부자가 된다. 하지만 얼마 뒤 보물을 잃고 다시 가난해진다.

이때 할아버지가 기르던 고양이가 쥐를 위협해 보물을 되찾아오고, 결말은 "할아버지도 할머니도, 고양이와 쥐도 함께 모두 크게 기뻐하며, 모두 모두 언제까지고 번창했습니다. 좋은 일이야, 좋은 일이야"라고 끝난다. 이야기를 통해 보면, 할아버지에게 보물을 내준 원숭이들을 산촌 사람들도 친근하게 여기며, 평상시 집안 식량을 축내는 성가신 집 쥐조차도 보물을 찾도록 도왔기에 친근하게 여긴다. 또한 견묘쟁주 설화의 일반적 형태와 비교할 때, '개'가 등장하지 않은 채 고양이만 등장한다는 점도 특징적이다.

⑤ 〈나무꾼〉(중국)에서 눈먼 모친을 모시기 위해 매일 나무를 하는 나무꾼은 산에서 무서운 호랑이를 만나 기절을 한다. 얼마 뒤 정신을 차린 나무꾼은 호랑이 목에 걸린 멧돼지 뼈를 뽑아준다. 그뒤로 호랑이가 멧돼지를 잡아다 집 앞에 놓으며 은혜를 갚자, 나무꾼의 어머니는 호랑이를 불러 자기의 둘째 아들이 되어달라고 부탁한다. 호랑이는 나무꾼을 위해 색싯감을 물어다주어 나무꾼은 결혼하게 된다. 3년 뒤 나라에 전쟁이 일어나자 호랑이의 도움을 받은 나무꾼은 황명을 받고 장수가 되어 전쟁에서 승리해 큰 공을 세운다. 작품은 이에서 끝나지 않고, 황제가 호랑이의 공을 인정해 '산림의 왕'으로 임명하고, "호랑이는 산속에 들어가서 산림의 왕이 되었다"라는 문장으로 끝난다. 이 작품은 중국 후베이성 서부지역에 전하는 '의리 있는 호랑이'에 관한 이야기를

전한 것으로, 호랑이를 맹수로만 그리지 않고 의리와 효를 아는 신성한 동물로 그림으로써 인간과 호랑이가 소통할 수 있으며 각자의 공간에서 공존할 수 있다는 생각을 표현했다.

이 유형의 작품들은 인간과 동물들이 선행과 보은을 교환함으로써 상호 우호적 관계를 형성했을 뿐 아니라, 같은 공간 및 가까운 거리에서 또는 일정한 거리를 두고 살면서 서로에게 이익이 되는 관계를 유지하는 동기나 비결에 대해 생각하게 한다.

3. 파국결말형: 인간의 탐욕·과오로 인한 파국의식

표 7-4 파국결말형의 인간-동물 관계

연번	제목	인간-동물 관계
①	석문이 열리다(중)	어부 후스가 잡은 물고기를 놓아줌 - 노인의 도움으로 부자가 됨 - 어부 부부가 욕심을 부려 가난해지고 죽음을 맞음
②	장다엔춘과 이댜오위(중)	장씨가 잉어를 구해줌 - 용녀와 결혼해 부자가 됨 - 아내를 빼앗으려 한 남자가 벌 받아 죽음
③	야단났네!(중)	왕씨가 금붕어를 구해줌 - 용녀와 결혼해 부자가 됨 - 아내를 빼앗으려 한 관리가 벌 받아 죽음
④	개미가 타이산을 무너뜨리다(중)	남자가 청개구리를 구해줌 - 보물 알을 얻어 죽은 동물과 사람을 살림 - 동물은 은혜를 갚지만, 사람은 배신했다가 죽음
⑤	자라와 뱀과 여우를 구한 보살(중)	보살이 자라를 구해줌 - 홍수 올 것을 알게 됨 - 홍수 때 보살이 구해준 동물은 은혜를 갚지만, 사람은 배신했다가 죽음
⑥	장님 수신(일)	남자가 뱀장어를 구해줌 - 뱀장어 아내와 자식을 얻으나 여인은 쫓겨남 - 관리가 여인의 보물을 탈취하자 마을에 해일이 닥쳐 몰살당함
⑦	대홍수와 인류(1)(한)	목도령이 홍수 때 개미와 모기, 소년을 구해줌 - 목도령과 처녀의 결혼을 개미와 모기가 도움 - 목도령을 배신한 소년은 혼인에 실패하고, 목도령은 결혼에 성공함

파국결말형은 인간과 동물 사이에 일회적 선행·보은의 교환관계가 이뤄진 뒤, 인간(본인 또는 제3자)의 탐욕과 과오로 인해 공존 관계가 파탄을 맞거나 인간에게 재앙이 온다는 결말을 지닌 서사다. 대표작품으로, ① 〈석문이 열리다〉(중국)를 서사단락으로 요약하면 다음과 같다.

① 어부 후스는 늘 가난 때문에 힘들어한다.

② 후스가 고기를 잡으러 바다에 갔다가 가마우지가 물고기 잡는 것을 보고는 물고기를 달라고 사정한다.

③ 가마우지가 불쌍한 듯 어부를 보고는 금빛 물고기를 갑판 위에 떨어뜨린다.

④ 후스가 물고기가 눈물 흘리는 것을 보고 물고기를 살려준다.

⑤ 얼마 후 한 노인이 나타나 후스에게 푸른 수수줄기를 주고는 바이장 야에 가서 살라고 한다.

⑥ 후스가 푸른 수수줄기를 들고 바이장야에 가서 주문을 외우자 석문이 열리고, 어떤 부인에게 배와 그물을 달라고 소원을 빈다.

⑦ 후스가 부인에게 받은 배와 그물로 물고기를 많이 잡는다.

⑧ 후스의 아내가 남편을 시켜 부인에게 금은보물을 얻어 오도록 한다.

⑨ 후스가 금은이 든 자루를 이고 마을로 돌아와 부자가 된다.

⑩ 후스가 더이상 푸른 수수줄기가 필요 없다고 여겨 버리자, 수수줄기는 청룡으로 변해 날아오른다.

⑪ 후스 부부가 마을로 돌아오자 그 사이 수백 년이 지났고, 자루를 열어보니 돌덩이만 있다.

⑫ 후스 부부가 다시 석벽으로 돌아가지만 푸른 수수줄기가 없어 들어

가지 못한다.

⑬ 후스 부부가 머리를 석벽에 찧어 죽으니, 참새가 된다.

⑭ 사람들이 그 새들을 '후회 참새'라고 부른다. (『중국민간고사경전』, 417~425쪽)

이 작품은 가난한 어부 후스가 가마우지에게 사정해 힘들게 얻은 물고기를 살려주었다가 행운을 얻지만, 후스 부부가 욕심을 부려 좌절하는 과정을 보여준다. 아래 인용문의 밑줄 친 첫 장면에서, 먹을 것이 없어 가마우지에게 사정해 물고기 한 마리를 얻는 후스의 모습은 처량하기 그지없다.

> "가마우지, 가마우지야, 너는 고기를 잡을 때 날개도, 굽은 부리도 있지만, 나는 고기를 잡을 때 배도, 그물도 없단다."
> 가마우지는 마치 그 말을 알아들은 듯 후스를 불쌍하게 쳐다봤다. 가마우지는 날개를 파닥거리며 뱃머리로 날아가 입을 열고 금빛으로 빛나는 물고기를 갑판 위에 떨어트렸다. 물고기 꼬리가 갑판에 부딪혀 "탁탁" 소리가 났다. 후스가 앞으로 가 보니 물고기의 눈에서 "뚝뚝" 하고 눈물이 떨어져 내렸다. 후스는 물고기가 너무 가여워서 다시 바다에 풀어주었다. 금빛 물고기는 몸을 한 번 뒤집으며 꼬리를 흔들고, 몸을 돌려 후스 쪽을 쳐다보며 세 번 절을 했다. 그러고 나서야 살랑살랑하며 바닷속으로 헤엄쳐 들어갔다. 그날 후스는 세 번 그물을 쳤지만 물고기를 거의 잡지 못했다.
> … 그가 눈물을 닦으려 할 때 갑자기 누군가의 말소리가 들렸다. "착한

사람이여, 울지 말게나." (417~418쪽)

위 인용문의 밑줄 친 부분처럼, 어부 후스가 물고기를 얻는 장면이나, 눈물 흘리는 금빛 물고기를 보고 불쌍히 여겨 살려주는 장면은 매우 극적이다. 어부 후스는 물고기 한 마리 잡지 못하는 딱한 처지에 가마우지에게 물고기 한 마리를 달라고 사정한다. 그 말을 알아들은 듯 가마우지는 입을 열고 잡은 물고기 한 마리를 게워낸다. 새가 어부를 측은히 여기고 어부에게 선행을 베푼 장면은 꽤나 인상적이다. 후스는 갑판 위에서 펄떡이는 물고기를 주우려다가 물고기가 눈물 흘리는 것을 보고 측은함을 느껴 바다에 풀어준다. '가마우지 – 어부 후스 – 금빛 물고기', 3자 간에 오간 '연민'과 '선행'은 적자생존과 본능만이 작동하는 야생에서는 이뤄지기 힘든 일로, 문학이나 인간의 이상에서나 존재할 법한 일이다.

후스는 금빛 물고기를 살려준 행위 덕분에 한 노인에게서 신비한 푸른 수수줄기를 얻고, 어떤 부인에게 소원을 빌어 부자가 된다. 하지만 후스와 그의 아내는 더 큰 욕심을 부리다가 좌절하고 죽음에 이른다. 이 작품은 어부가 자신의 이익을 버리고 물고기를 살려준 일이 선하고 신성한 행위로 인식되어 보상을 받지만, 분수를 넘는 욕심을 부리면 축복이 사라지고 오히려 재앙을 당한다는 인식을 보여준다.

⑥ 〈장님 수신〉(일본)은 인간-동물 혼인담과 동물보은담, 동물복수담이 결합된 작품이다. 일본 히젠 지방의 젊은 의사는 하얀 뱀장어가 잡혀 죽을 처지에 있는 것을 측은히 여겨 구해서 놓아주는데, 얼마 뒤 뱀장어는 아름다운 여인으로 변신해 나타나 의사와 혼인한다. 뱀장어

여인은 아들을 낳은 뒤에 정체가 밝혀지자 더이상 인간세계에 머물 수 없게 된다. 여인은 집을 떠나며 남편에게 자식을 기르기 힘들면 산에 있는 연못에 와서 자신을 불러달라고 한다. 남편이 아이에게 젖이 부족해 아내를 찾아가자 여인은 연못에서 나와 아름다운 구슬(자신의 눈알)을 하나 주며 아이에게 젖 대신 구슬을 핥도록 하라고 한다. 하지만 그 지역의 관리가 남편이 들고나오는 구슬을 발견하고는 빼앗아 영주에게 바친다. 남편이 할 수 없이 다시 연못으로 찾아가자 여인은 남은 한쪽 눈을 아이의 아버지에게 건네주고 슬피 울면서 연못으로 돌아간다. 하지만 이번에도 관리는 남자에게서 무자비하게 구슬을 빼앗아 영주에게 바친다.

뱀장어 여인이자 수신水神인 여인은 자신이 인간 남자와 낳은 아이에 대한 모정이 권력자들에 의해 짓밟히자, 대지진과 해일을 일으켜 사람들을 몰살시킨다. 이 이야기는 인간의 이기심과 탐욕이 뱀 여인 또는 이류異類 생물을 고립시키고 절망을 안긴 결과가 대재앙으로 이어진다는 인식을 보여준다. 이 작품은 몇백 년 전, 인간과 초자연적 존재가 인간과 결혼도 하고 아이도 낳고 같이 살던 시대에 인간과 뱀장어 여인 부부의 공생이 허락되지 않아 생긴 갈등과 분노를 서사화했다. 아이에 대한 모정을 강탈하고 짓밟은 권력자들에 대해 분노한 뱀 여인은 대지진과 해일을 일으켜 시미하라 지역의 사람들을 몰살시킨다. 이는 인간의 악행으로 인해 인간과 이류(동물)의 공생이 파국을 맞음은 물론, 인간세계에도 재앙이 일어난다는 인식을 보여준다. ①과 ⑥의 작품은 인간과 동물의 선행·보은의 교환관계가 이뤄진 뒤라도, 인간이 욕심과 악행을 저지르면 인간과 동물의 우호 관계가 깨질 뿐 아니라, 인간세계에 대재앙이 온다는 인식을 보여준다.

②〈장다옌춘과 이댜오위〉(중국)는 주인공 장씨가 요리를 하려고 잡아 온 잉어가 눈물을 흘리고 사람의 말을 알아듣는 것을 듣는 것을 보고 목숨을 구해준 선행과, 잉어의 보은으로 장씨가 용궁에 초청받고 용왕으로부터 발바리 개를 선물 받은 뒤 개가 미녀로 변신해 장씨와 결혼하는 이야기까지 이어진다. 장씨와 결혼한 미녀는 용왕의 셋째 딸인데, 마을의 권력자가 장씨의 아내를 빼앗으려 내기를 건다. 몇 번의 내기가 계속되고 마침내 나쁜 남자의 가족들은 모두 불에 타 죽는다. ③〈야단났네!〉(중국)에서 낚시꾼 왕씨는 죽을 뻔한 금붕어를 불쌍히 여겨 구해준 선행으로 인해 용궁에 초청받는다. 그는 용왕으로부터 얼룩 고양이를 선물 받은 뒤 돌아오는데, 고양이는 집에 도착하자 미녀로 변해 왕씨와 결혼하고 부자가 된다. 그런데 마을의 관리가 용녀 아내를 빼앗으려고 여러 번 꾀를 내다 결국 관리는 불에 타 죽는다.

중국 민담 ②와 ③은 용궁·용왕·용녀가 등장하며, 일본의 〈장님 수신〉과 마찬가지로, 인간-동물 혼인담과 변신 모티브, 동물보은담이 결합되어 나타난다는 점에서 공통적이다. 두 작품에서 남자 주인공은 물고기(잉어, 금붕어)를 구해준 뒤 인간으로 변신한 용녀와 결혼해 행복하게 사는데, 이웃 남성이나 권력자들이 그들을 괴롭히는 현실은 일본의 〈장님 수신〉과 다르지 않다. 하지만 〈장님 수신〉의 비극적 결말과 달리, 중국 민담에서 주인공 부부는 행복을 누리고 권력자들은 징벌을 피하지 못한다.

④〈개미가 타이산을 무너뜨리다〉(중국)에서 주인공 남자는 날마다 밥을 먹여 청개구리를 구한 선행 덕분에 보물 두 알을 얻는다. 청개구

리 뺨에서 난 알은 어떠한 죽은 것도 살리는 신비한 능력이 있다. 뒤에 주인공이 구해준 동물은 은혜를 갚지만, 사람은 배신했다가 사필귀정으로 죽는다는 서술을 통해 인간이 은혜를 잊고 욕심을 부리면 파국에 이른다는 인식을 나타낸다.

⑤ 〈자라와 뱀과 여우를 구한 보살〉(중국)과 ⑦ 〈대홍수와 인류(1)〉 (한국)는 대홍수로 인한 인류 멸망 위기를 제재로 한 이야기다. 이러한 이야기는 다양한 문화권에서 전승되어 내려온다. 대표적으로 노아의 방주가 있으며, 중국에는 보살 설화, 한국에는 목도령 설화와 같이 비슷한 성격의 설화가 있다. 이러한 홍수설화 유형에서는 동물에게는 선한 마음과 은혜를 갚는 심성이 있지만, 인간은 이기적이어서 은혜를 입고도 구해준 사람을 배신한 대가로 파멸한다는 공통된 서사를 갖고 있다. ⑤ 〈자라와 뱀과 여우를 구한 보살〉(중국)에서 보살은 자라를 구해준 선행으로 말미암아 홍수가 올 것을 알게 되고, 배를 준비해 뒤에 물에 빠진 뱀과 여우, 사람을 실어 목숨을 구해준다. 뒤에 동물은 은혜를 갚지만, 사람은 보살을 배신한다.

⑦ 〈대홍수와 인류(1)〉(한국)는 〈목 도령〉 이야기로도 알려졌는데, 홍수설화 안에 동물보은 모티브가 결합된 형태가 나타난다. 하늘에서 내려온 선녀와 계수나무 사이에서 아들로 태어난 목 도령은 대홍수가 났을 때 큰 계수나무 위에 개미, 모기떼가 올라타도록 해 생명을 살린다. 목 도령이 소년을 구하려 할 때 계수나무 신령은 여러 번 반대하지만, 목 도령은 결국 소년을 구한다. 홍수가 끝나고 목 도령은 여인과 결혼하기 위해 시험을 통과하는 과정에서 개미와 모기떼의 도움을 받는다. 이때 소년은 목 도령의 결혼을 방해하여 그를 배신한다. 이 작품은

동물에게는 선한 마음과 은혜를 갚는 심성이 있지만, 인간은 은혜를 모르고 욕심을 부려 몰락한다는 결말을 보여준다.

이처럼 파국결말형 작품에서는 인간이 동물에게 선행을 베풀면 동물은 보은하여 주인공들이 결혼하고 부자가 된다. 하지만 인간(본인 또는 제3자)이 탐욕을 부리면, 인간과 동물의 공생관계가 깨지거나 인간세계에 큰 재앙이 닥쳐 파멸한다.

IV. 동물보은담과 공생의 원리

우리 사회에는 인간의 존엄을 바탕으로 사회적·문화적 가치와 조화를 이루고, 인간 이외의 생명에 대해서도 존엄성을 인식하는 것이 지구공동체 생존의 원동력이 된다는 인식이 점차 늘고 있다. 전 지구적으로 기후위기에 직면한 현 상황에서 점점 더 많은 사람이 인간은 더이상 이 지구의 유일한 주인이 아니라, 자연의 한 부분임을 인식하기 시작했다. 동아시아 동물보은담의 성찰을 통해 이 지구공동체에서 인간과 야생동물이 공존하고 자연환경을 보존하며 함께 사는 원리에 대해 생각해 보고자 한다.

첫째, 우리는 '연민憐憫'의 정서가 동물에 대해 어떻게 적용될지에 대해 성찰할 필요가 있다. 연민이란 사전적으로 "다른 사람의 처지를 불쌍히 여기는 마음"으로, 사람을 넘어 오늘날 종種 차별 및 학대를 받는 동물에게도 적용되는 정서다. 프랑스 철학자 코린 펠뤼숑은 오늘날 학대 받는 동물에 대해 말하면서 인간에게 '연민'이 필요하다고 했다.

나와 타자를 구별하지 않고 즉각적으로 동일시하는 연민은 타자를 외형에 따라 종, 종류, 공동체로 분류하지 않고 다 같은 생명체로 인식한다. 연민은 도덕도 아니고 정의도 아니지만 도덕과 정의의 조건이기는 하다. 도덕은 나의 책임을 다한다는 사실을 전제로 한다. 도덕은 나의 책임을 다한다는 사실을 전제로 한다. 도덕은 선택과 결정을 동반한다. 정의도 마찬가지이다. 그런데 원칙에 준거한 정의는 내가 직접 만나지 않은 사람, 나와 같은 시민, 나와 정치적 공간을 공유하는 사람, 이 모든 사람들과 관련되어 있다. 정의는 감정의 영역이 아니라 합리성의 영역이다. 정의가 실제적 효력을 갖추려면 법에 의해 제도화되고 뒷받침되어야 한다. 하지만 연민 없는 도덕과 정의가 무슨 의미가 있을까?[15]

위에서 코린 펠뤼숑은 '연민'을 도덕과 정의의 조건이라고 했다. 인간과 동물은 똑같이 생명과 감각을 지닌 존재이니 고통을 느끼는 것 또한 인간과 동물 간에 차이가 없는데, 인간은 동물을 존중하지 않고 사물처럼 취급하며 그들의 고통, 고통스러운 삶을 무심하게 받아들이는 것을 비판한다. 그는 동물의 고통에 무관심하거나 무지한 인간은 영혼을 잃어가는 존재가 되어가는 것이라고 했다. 그리고 오늘날 학대받는 동물의 현실을 고발하며 야생동물을 감금하는 것, 투우나 동물 싸움을 하는 것, 말을 타고 하는 사냥하는 것 등을 금지해야 하며, 농장 동물 사육장과 도살장의 환경을 변화해야 한다며 동물권리 실현을 위한 구체적 변화를 촉구했다.[16]

동물도 인간과 다르지 않은 피와 살로 만들어진 연약한 생명인데, 연민의 감정에 인간과 동물 간 차이가 있을까? 연민 없는 정의로움은 가능하지 않을 것이다. 오늘날 야생 포유류나 조류, 물고기를 직접 잡아 식탁에 올려본 도시인들은 많지 않을 것이다. 죽음을 앞둔 동물이 눈물을 흘리는 것을 보고 연민의 감정을 느껴 행동하는 한·중·일, 나아가 아시아 민담 주인공들의 이야기는 감화력이 있을뿐더러, 음식으로 사육되는 가축과 야생동물 사냥 등에 대해 생각할 거리를 제공할 것이다.

둘째, 인간과 야생동물의 공생에 대해 살펴볼 필요가 있다. 동물보은담은 자연에는 신성한 능력을 지닌 야생동물이 적지 않으며 인간이 그들을 선대할 때 인간도 동물로부터 큰 혜택을 입는다는 이야기를 통해 인간과 동물이 공생·공존해야 한다는 메시지를 전한다. 이러한 메시지를 통해 동물이 처해 있는 현실에 대해 돌아볼 필요가 있다.

동물보은담에 등장하는 야생동물은 다양하며, 그중 잉어와 호랑이 등의 특정 동물은 신성한 능력이 있으며 인간을 돕는 존재로 그려진다. 개와 고양이를 제외한 동물들은 파충류(뱀, 구렁이, 바다거북, 자라), 양서류(청개구리), 곤충(개미, 모기), 민물고기(잉어, 금붕어, 뱀장어), 조류(산새), 포유류(원숭이, 표범, 호랑이, 여우) 등처럼 다양하며, 한·중·일은 물론, 아시아인의 생활 주변 및 산수에 서식해왔다. 그중에서도 가장 대표적인 동물은 잉어와 호랑이다. 인간은 농경생활을 하면서도 부수적으로 야생동물을 사냥하며 살았다. 잉어 등의 물고기는 사람들의 가장 손쉬운 사냥감인데, 동물보은담에서는 가난한 어부나 낚시꾼이 자신이 막 잡은 잉어나 금붕어, 자라를 놓아주는 일이 일어난다. 또는 남들이 잡아 죽이려는 잉어, 구렁이 등을 돈을 치르고 놓아주는 일이 생긴다. 이는 잉어나 물고기들이 '사람처럼' 눈물을 뚝뚝 흘리는 것을 보고 어부가 연민의 감정을 느꼈기 때문이다. 그들이 살려준 잉어는 용왕의 아들이기 때문에 용왕은 자식을 살려준 사람을 초청해 보은한다. 이런 점에서 잉어 등의 물고기는 가장 빈번하게 신성한 존재로 인식된다. 호랑이는 동물보은담에 여러 번 등장하는데, 모두 인간의 친구이자 수호신 같은 존재로 그려진다. 호랑이는 평상시 무서운 맹수지만, 인간이 호랑이를 도와준 뒤로는 산신 같은 존재로 전화轉化되어 인간을 도와준다. 이렇듯 잉어, 구렁이, 호랑이 등의 야생동물과 인간이 교감하는 이야기는 오늘날 우리 주위에 야생동물과 가축을 비롯해 동물들이 처해 있는 현실을 돌아보게 한다.

오늘날 야생동물의 현실은 어떠한가? 매년 미국에서 식용으로 도축되는 조류와 포유류는 100억 마리라고 한다.[17] 인간의 육식 습관과 거대한 공장식 농장으로 인해 지구상 존재하는 육상 포유류 가운데 야생동물 97퍼센트는 멸종되었다고 한다. 이러한 환경에서 예전의 신성한 야생동물 이야기와 동물보은담은 더이상 존재하지 않는다. 우리는 동물권리 옹호론자들이 말하는, 야생동물에게 최소한의 생존·이동 공간을 제공해주어야 하며, 가축들에게 쾌적한 사육환경을 제공하고 스트레스와 불필요한 고통을 최소화하는 등 농장 동물의 자유와 복지 수준을 향상시켜야 한다는 목소리에 귀 기울여야 할 것이다.*

---

* "농장동물 복지". https://www.animal.go.kr(검색일: 2022.7.29.). 이 항목에 있는, "첫째, 배고픔과 갈증, 영양불량으로부터의 자유, 둘째, 불안과 스트레스로부터의 자유, 셋째, 정상적 행동을 표현할 자유, 넷째, 통증·상해·질병으로부터의 자유, 다섯째, 불편함으로부터의 자유"라는 '동물의 5대 자유'라는 개념은 우리에게 동물의 생명권 및 농장동물 복지에 대해 좀 더 많은 이해가 필요하다는 점을 말해준다.

셋째, '생명'이라는 개념에 대해 성찰할 필요가 있다. 아시아 여러 국가에 전하는 동물보은담의 핵심 서사는 인간이 위기에 처한 동물을 보고 아무 조건 없이 동정심을 느껴 생명을 구조하는 사건이다. 냉혹한 자연계와 인간 세상의 원리와 구별되는 동물보은담의 생명 구조 행위에 바탕하여, 오늘날 동물 종 인식 및 친환경적 식습관에 관한 논의를 검토하며 공생의 원리에 대해 성찰할 필요가 있다.

민담의 문화의식에는 인간중심의 세계관, 현세중심의 세계관이 주로 보인다. 민담의 세계에서 주로 그려지는 것은 인간들이 살고 투쟁하며, 고생하면서도 사랑하고 부자가 되어 가족들과 행복한 삶을 꾸려가는 것, 곧 인간의 삶에 대한 이야기다. 생존과 번식은 인간 및 모든 생물이 처한 운명적 문제이며, 삶의 기본 조건이다. 민담의 주인공들은 대체로 선한 성격을 지니며, 농사와 수렵·채취의 노동을 하며 고된 삶의 환경 속에서 생존하고, 가정을 이루고 살며 사랑하고 결혼하고 아이를 낳고 키운다. 강자가 약자에게서 돈과 아내를 빼앗아 자기 이익을 극대화하는 중에서도, 수많은 약자는 힘겹게 인생을 꾸리며 더 좋고 아름다운 삶을 꿈꾼다. 일부 민담에는 사람들이 태곳적 하늘의 태양과 바다, 땅의 생성에 대해 이야기하고, 오래전 동물들과 말을 하고 혼인하며 교류하던 기억을 이야기하는 모습이 발견된다.

이러한 인간중심의 세계관을 넘어, 동물의 생명권 및 인간과 동물 간 교류·공생 가능성을 보여주는 민담이 동물보은담이다. 현실의 인간이, 특히 가난한 사람이 하루치 식량을 구해야 하는 생존 문제 앞에서 야생동물에 대해 긍휼심과 동정심을 느끼고 선행을 베푸는 것은 특이한 일이다. 동물보은담에서 덫에 걸린 새를 구해주는 일, 한 끼 식량으로 삼아야 할 잉어와 자라, 구렁이를 불쌍히 여겨 살려주는 것, 인간의 목숨을 위협하는 맹수 호랑이를 불쌍히 여겨 그 목에 걸린 비녀나 멧돼지 뼈를 빼주는 것, 그것은 자연 세계의 법칙을 넘어 새로운 세계로 들어가자는 동화 같은 이야기다. 그것이 어떻게 가능할까?

인간 세상이 점진적이고 지속적으로 문명화되고 있기는 하지만, 약육강식이라는 본질적 속성은 크게 변하지 않는다. 인간세계의 이야기에서 유럽이 세계사의 승자로 자리매김하게 된 계기가 된 15~17세기 대항해시대에 대해 생각해본다. 대항해시대에 선박을 몰고 1492년 대서양을 횡단해 아메리카 신대륙을 발견한 콜럼버스, 아프리카의 희망봉을 돌아 인도양을 건너 1498년 인도에 도착한 포르투갈의 바스쿠 다가마 일행, 1519년 스페인을 떠나 남미 브라질을 지나 태평양을 건너 1621년 필리핀에 도착한 마젤란 일행, 1605년 인도네시아 말루쿠제도에서 포르투갈을 몰아내고 1619년 자카르타에 식민도시를 건설한 네덜란드 동인도회사, 아프리카 대륙과 동남아시아, 인도 및 중국을 점령해 원주민들을 혹사하고 독점무역을 통해 막대한 부를 쌓아온 영국 등의 역사는 모두 유럽 제국들이 세계 근대사의 주인공이 된 비결이 정복과 수탈을 통한 성장, 약육강식의 습성 그 이상이 아니었음을 보여준다.[18] 기후위기와 생태계 파괴로 인해 지구공동체가 파국 직전에 서 있는 21세기 현재, 우리는 유럽 제국 및 미국의 세계 정복과 성장 전략의 이면을 되돌아보며 인류와 동물의 공생 및 환경보호에 대해 생각한다.

아시아 생태설화 및 동물보은담에서 발견한, 불쌍한 야생동물을 도와주고 생명을 구하는 인간의 행동은 약자의 이익을 빼앗고 다른 생명을 해치고라도 생존해야 한다는 자연계의 순리와 인류 역사의 행보와 일치하지 않는 특이 행동이다. 우리 가까이 살고 있는 가축에 대한 동물복지 개념도 이러한 주제에 대해 공부하고 논의할 때에서야 접하게 되는 신지식이 아닌가 한다. 동물보은담은 인간이 불쌍한 동물을 측은히 여겨, 당장의 이익을 미루고 선행을 베풀면 동물, 또는 하늘(신)이 인간에게 은혜를 갚는다는 발견 또는 경험치를 보여준다. 이것이 동물보은담을 통해 깨닫는 인간과 야생동물의, 나아가 가축·자연환경의 범주를 포함하는 공생의식이다.

동물보은담에서 발견한 야생동물에 대한 연민의식 및 생명구조 사건보다 진전되었으며, 오늘날 현실에서 급진적으로 실천되고 있는 주장 중 하나는 피터 싱어Peter Singer, 잔 카제즈Jean Kazez를 비롯한 동물 권익 옹호주의자들의 '동물해방' 및 '종 차별 거부'다. 『동물해방』(1975),[19] 『동물에 대한 예의』(2011),[20] 『동물을 위한 윤리학』(2015),[21] 『동물주의 선언』(2019)[22] 등의 책에서 공통적이자 반복적으로 제시되는 키워드이자 주장은 '종 차별 거부', '동물실험 반대', '동물 학대 반대', '공장식 농장 반대', '채식주의 옹호'다.

피터 싱어*의 주장에 의하면, 현대인들이 동물의 고통에 귀 기울여 육식을 그만두고(줄이고) 채식을 하게 되면, 다른 곳의 사람들이 먹을 수 있는 곡식 양이 증가하고, 공해가 줄고 물과 에너지가 절약되며, 산림 벌채 방지에 도움된다. 그뿐만 아니라 채식은 육식에 비해 저렴하며, 기아구제, 인구조절 등에도 도움된다.[23]

---

* 피터 싱어는 공리주의를 바탕으로 동물의 해방을 주장하는 현대 실천윤리학자다.

철학 교수이자 동물윤리학자인 잔 카제즈는 나무가 사라진 곳에선 야생동물의 서식지도 함께 사라지며, 이 세상의 무수한 종의 야생동물을 품고 있는 것이 중요하다면 육류 소비를 줄여야 한다고 했다. 동물 생명 및 환경에 관한 최선의 시나리오는 동물을 살아있는 내내 목초지에서 풀을 뜯게 하고 그곳에서 죽음을 맞도록 하는 것이라고 했다. 최악의 시나리오는 동물들을 공장형 농장에 빽빽이 채워 일생을 마치게 하는 것이다. 이는 동물에게 가장 비극적이며, 지구환경 면에서 엄청난 양의 배설물과 오물들이 배출되기 때문이다.[24]

그는 이러한 실천을 위해 우선, 농장과 실험실 동물들에 대한 처우를 개선해야 하며, 식용으로 기르는 엄청난 수의 가축 떼로부터 야생동물을 보호해야 한다고 했다.[25] 또한 미국 남북전쟁 때 전투와 운송에 엄청난 수의 동물들이 학대받고 희생되었음을 상기하며, 동물에 대한 착취를 줄이기 위해 육류 중심의 식사를 콩 제품과 배양육(실험실에서 동물의 스타터 세포로 배양한 고기)으로 대체할 수 있음을 말하고 동물에 대한 존중이나 연민을 담은 식사에 대해 신념과 관심이 필요하다고 했다.[26] 다음은 잔 카제즈가 동물에 대한 예의에 대해 결론적으로 쓴 말이다.

우리는 적어도 동물들이 그들 나름의 독자적 방식으로 삶을 살도록 놔둘 줄 알아야 한다. 그것은 동물에 대한 최소한의 예의다. 때문에 우리는 단백질과 노동력을 제공받기 위해, 그리고 제품 연구에 이용하기 위해 동물을 우리 마음대로 대하는 방식에 의문을 제기하고 고쳐나갈 필요가 있다.[27]

동물과 인간의 관계에 대해 깊이 성찰한 저자는 책의 마지막 부분에서, 동물을 우리 마음대로 대하지 말고 그들 나름의 독자적 방식으로 살도록 존중해야 한다고 말한다. 최훈은 채식주의가 반대하는 것은 육식 자체가 아닌, 공장식 농장에서 생산된 고기의 소비이며, 채식이든 육식이든 친환경적 식습관을 찬성한다고 했다.[28] 이는 가축들이 지금보다 더 나은 환경에서 살고 야생동물의 서식처가 확보되어야 하며, 인간이 동물들과 공존하는 삶의 방향을 의미한다. 최훈의 주장은 육식 자체를 거부하는 것이 아니라, 공장식 농장이 대량생산을 부추기는 자본주의식 생산방식에서 생겼으며, 사육 과정에서 동물들이 엄청난 고통을 당한다는 점을 비판한 것이다. 이와 달리, 소규모 농장의 동물복지환경 속에서 키운 가축이나 야생에서 사냥한 동물의 고기의 소비는 찬성했다. 이는 과거 가족끼리 경영하는 소규모 농장에서 키운 가축들은 그들의 성장환경에 맞는 생태환경에서 자라도록 배려한 것이고, 사냥을 통해 죽는 동물은 자연 상태에서 자신의 환경에 맞게 살다가 한순간의 고통만 당하는 것이기 때문이다.

동물보은담은 동물의 생명 인식 문제에서 시작하지만, 결국은 인류의 생존과 먹거리 문제, 나아가 인간과 동물의 공생 문제로 우리의 생각을 이끌고 간다. 지구상에 어떠한 이상주의적 논의가 전개될지언정, 세상사와 생물계의 절대법칙이라는 약육강식, 적자생존의 원리가 부정되기는 어려울 것이다. 다만 기후위기와 지구 종말론은 '성장'을 지상원칙으로 삼아 맹렬히 달려온 세계자본주의 경제의 목표와 원리를 어떻게 바꿔야 할지에 대해 고심하게 한다. 인간과 동물, 생물이 더이상 살 수 없는 지구가 되지 않도록 세상을 바꾸는 일은 어쩌면 지구환경 및 인간과 동물의 관계에 관해 특이한 생각을 해온 1퍼센트 미만의 사람들이 앞장설 때 활기를 얻을 것이다. 당연히 채식주의와 친환경적 식습관을 지닌 사람들도 이 일에 기여하지 않겠는가.

우리 사회에는 인간의 존엄을 바탕으로 사회적·문화적 가치와 조화를 이루고, 인간 이외의 생명에 대해서도 존엄성을 인식하는 것이 지구공동체 생존의 원동력이 된다고 생각하는 사람들이 점차 늘고 있다. 전 지구적으로 기후위기에 직면한 현 상황에서 점점 더 많은 사람이 인간은 더이상 세계의 중심이 아니라, 자연의 한 부분임을 인식하고 있다. 아시아 동물보은담의 성찰을 통해 이 지구공동체에서 인간과 동물, 식물이 공존하고 자연환경을 보존하며 함께 사는 공생의 원리를 음미하고 적용할 수 있으리라 생각한다.

8장

이주 경험담을 통해 보는
결혼이주여성의 삶과 문화소통 방안

I. 결혼이주여성들에 대한 시각

21세기 현재, 한국과 아시아 각국은 문화교류와 이주를 통해 문화융합 시대를 맞이하고 있다. 한국 사회는 1990년대 이후 다문화사회로 점차 변화하고 있으며, 2020년대 들어 215만 명이 넘는 외국인 주민이 거주 하고 있다.[1] 다양한 국적과 인종, 언어와 사회문화적 배경을 지닌 사람들이 급증해 살고 있는 한국 사회는 '문화융합사회'라는 개념으로도 설명된다. 문화융합은 서로 다른 사회의 문화 요소가 결합하여 새로운 지평의 문화로 융합되고 확장되는 현상이다.[*] 문화융합의 계기는 미디어의 영향, 상품교역, 교육 등 여러 계기가 있지만, 그중에서도 가장 직접적인 영향력을 미치는 형태 가운데 하나는 국제결혼을 통한 결혼이주다. 결혼이주는 이주여성 본인뿐 아니라, 그 가족 및 지역사회 구성원들에게도 새로운 문화와의 충돌 및 적응 과정을 경험하는 계기로 작용한다. 이 장에서는 동남아 출신 결혼이주여성들의 한국 이주 경험담을

---

[*] 원진숙은 문화융합사회를 "새롭고 이질적인 문화 요소들이 유입되어 서로 부딪치고 뒤섞이는 과정을 거쳐 새로운 지평의 문화로 융합되고 확장되는 역동성을 본질로 하는 사회"라고 정의했다. 원진숙, 「문화융합사회의 문식성 함양을 위한 국어교육의 대응과 과제」, 『국어교육연구』 69, 2019, 123~124쪽.

분석하고, 이들의 한국 이주 과정에서 발생한 환경변화와 문화적응 과정을 살펴볼 것이다. 또한 환대와 상호문화주의의 시각에서 결혼이주여성들의 삶에 대한 생태적 인식과 지원의 방향에 대해 논하고자 한다.

결혼이주여성들과 관련해 그들의 삶을 직·간접적으로 보여주는 문학 텍스트는 2010년을 전후한 시기부터 다문화동화, 이주민 모국의 설화 및 설화, 경험담의 형태로 생산되었다. 2010년대부터는 EBS, KBS 등의 공영방송국에서는 결혼이주민, 외국인노동자, 유학생, 단기 취업자 및 다문화가정의 생활을 취재해 TV 다큐 및 예능 프로그램으로 제작·방송했으며, 이전에 제작된 외국인 주민들의 다큐 프로그램은 OTT 플랫폼을 통해 재전송되고 있다.* TV 다큐멘터리에는 국제결혼과 다문화 가족, 결혼의식 등이 잘 드러나 있으며, 이를 바탕으로 심도 있는 국제결혼과 가족 담론이 진행되고 있다.**

---

* 주요 프로그램으로는, 〈이웃집 찰스〉(KBS1, 2015.1.6~), 〈러브 인 아시아〉(KBS1, 2005.11.5~2015.2.22.), 〈다문화고부열전〉(EBS1, 382부작, 2013.10.18~2021.8.13.), 〈공감다큐 러빙〉(NBS, 2021.5.27~), EBS Culture 알고ⓒ즘 〈다문화사랑〉(EBS, 2013~2015), 〈글로벌 가족정착기 한국에 산다〉(EBS, 2015~2016), 〈글로벌 아빠 찾아 삼만리〉(EBS, 2015~2018) 등이 있다. EBS에서 제작된 다양한 다문화 프로그램은 유튜브 등에서 서비스되고 있다.

** 신유진에 의하면, KBS1 〈인간극장〉(2000.5.1~)에서는 국제결혼에 대한 민족주의 의식이 여과 없이 드러났으며, KBS1 〈러브 인 아시아〉에서는 아시아인의 정체성을 강조함으로써 탈민족주의를 시도했고, EBS1 〈다문화고부열전〉에서는 기존의 미디어에서 재현된 효부 이주민의 모습과는 상반된 결혼이주민의 모습이 나타난다. 프로그램이 기획된 순서에 따라 ① 평등한 부부 관계 재현, ② 가부장제 가족 내 효부 재현, ③ 여성의 사회 활동 조명을 통한 탈가족적 재현 시도, ④ 가부장제 가족 내에서 갈등하는 며느리 재현 등 이주민 가족 내 역할 기대가 전복되고 새로운 모습으로 탈바꿈되어 재현된다고 했다. 신유진, 「한국 미디어에 나타난 다문화가족 담론 연구: 텔레비전 다큐멘터리를 중심으로」, 이화여대 국제대학원 박사학위논문, 2016, 1~176쪽.

2020년을 전후한 시기에는 전통 미디어의 재현 방식과 달리, 유튜브처럼 1인미디어 제작자가 자유롭게 생산한 콘텐츠가 활발히 제작되었다. 여기에는 다양한 국제연애와 결혼 이야기가 나타나며, 연애, 자녀교육, 음식, 생활기록 등 다양한 제재의 한국생활 적응담이 나타난다. 해병대 출신의 한국 청년이 한국에 온 프랑스 여성과 자유롭게 만나 연애하고 한국에서 결혼생활을 하는 이야기,[2] 한국의 남성이 일본에 유학을 가서 일본 여성과 만나 결혼해 일본에서 사는 아로치카 부부 이야기[3]는 새롭고 인기 있는 국제결혼 콘텐츠인데, 이러한 형태의 결혼을 결혼이주라고 하지는 않는다. 외국인 주민들의 삶과 스토리를 담은 동영상은 영상으로 기록된 경험담·생활담이기도 하기 때문에 연구 대상으로 적극 고려할 필요가 있다. 이상의 출판·동영상 자료들은 한국 사회에 유입·정착한 아시아 이주여성을 비롯해 다양한 외국인 주민들의 생활과 의식을 조사한 결과이자 다문화사회의 내면을 살필 수 있는 자료다.

　　최원오는 성숙한 다문화사회를 이루기 위해 이주민들의 설화를 소통의 도구로 활용하는 방안을 제시하고, 이주자와 정주자, 정주자 간에도 소통이 이뤄져야 하며, 평등성 교육이 수행되어야 한다고 했다.[4] 황혜진, 오정미, 박현숙 등은 한국에 거주하는 결혼이주민들의 구술을 통해 다문화동화 자료를 채록하고, 이주민들이 구술한 모국 설화를 활용해 이주민들의 모국문화를 이해하고 한국인과 이주민들의 문화소통 방안을 찾자고 했다.[5] 김정희는 동남아시아 출신 결혼이주여성 2명의 생애담에서 '도전-시련-대응-결과'의 서사 구조를 추출하고, 이주여성의 생애담이 주체의 변화와 성장을 보여준다는 점을 제시했다.[6] 황해영은 중앙아시아 고려인 결혼이주여성의 생애담 연구에서 생애담을 삶의 영역, 전환점, 적응의 세 단계로 구분해 생활세계 적응과정을 연구하는 방법론을 제시했다.[7] 박경용은 코리안 디아스포라 생애담의 세부 내용을 출생과 성장, 학업, 가족관계, 이주과정, 이주지 적응과정, 결혼과 가족형성 등으로 구분했다.[8] 이 장에서는 위 연구들에서 제시한 생애담 구분 및 서사구조를 참고하여 이주 경험담의 삶의 영역을 ① 모국생활, ② 이주과정, ③ 한국생활, ④ 적응 순으로 분절하여 분석했다.

이 장에서의 분석 대상은 『다문화구비문학대계』(2022)에 수록된 동남아 국가 출신 이주민들의 이주 경험담 10편[9]이다. 건국대 서사와문학치료연구소 설화 조사팀이 조사한 이 자료에 대한 연구 결과는 아직 보고되지 않은 것으로 보인다. II절에서는 동남아 출신 이주여성들의 한국 이주 내력담 및 생활담을 현대구전설화의 하위 항목인 '이주(정착) 경험담'으로 분류하여 주요 내용과 성격을 분석할 것이며, III절에서는 이주민과 정주민의 문화소통 방안을 환대와 상호문화주의의 관점에서 제시할 것이다.

II. 이주 경험담을 통해 보는 동남아 결혼이주여성들의 한국 이주 및 정착

2008년부터 2017년까지 진행된 『한국구비문학대계』개정증보사업에서는 새롭게 채록된 개인체험담과 역사체험담 등을 근·현대를 시대배경으로 하며 개인체험담 위주의 설화라는 점에서 현대구전설화MPN:

Modern Personal Narrative라고 명명했다. 전통설화가 허구를 바탕으로 서사가 구축된 것이라면, 현대구전설화는 근·현대 시기에 개인이 체험한 개인적 사건이나 역사적 사건에 대한 직·간접적 체험 등 개인적 경험을 사실에 바탕하여 구술한 점이 특징이다. 이인경·김혜정은 위 개정증보사업에서 새롭게 채록된 설화 유형에 바탕하여, 1989년에 마련된 '한국설화유형표' 8항목 분류법 외에 9번 항목으로 '현대구전설화'를 신설할 것을 제안했다. 그리고 그 하위 항목으로 '개인생애담, 역사체험담, 역사실기담, 근현대민담'을 두었다. 이 장에서 다루는 결혼이주여성의 한국 이주내력 및 생활담은 개인생애담의 하위 항목인 '이주(정착) 경험담'(915번)으로 설정되었다.[10]

『한국 이주내력 및 생활담』에는 동남아 출신 결혼이주여성들의 이주 경험담이 총 10건이 조사·기록되어 있다. 이주 경험담의 구술자 정보에 대해, ① 조사 시기, ② 구술자, ③ 국적, ④ 성별, ⑤ 출생연도, ⑥ 결혼 연차, ⑦ 거주지 순으로 정리해 도표화하면 표 8-1과 같다.

표 8-1에 제시된 이주 경험담의 조사 방법과 구술자 정보를 분석하면 다음과 같다. 첫째, 이주 경험담은 2016년 11월부터 2018년 12월까지 2년여에 걸쳐 조사되었으며, 연도별로 2016년 3건, 2017년 5건, 2018년 2건 순이다. 각 편의 조사자 명단은 신동흔, 오정미, 박현숙, 김현희 등으로, 2~3명이 한 조를 이뤄 참여했다. 둘째, 구술자의 국적은 캄보디아 4명, 베트남 5명, 필리핀 1명이다. 셋째, 구술자들은 대개 1983년부터 1991년생으로, 결혼 당시 20대 초·중반의 나이였으며, 대개 2007~2012년 사이에 입국해, 조사 당시 결혼생활 5~10년 차였다. 10번의 필리핀 구술자는 1970년생으로, 유일하게 2000년 이전에 입국

표 8-1 이주 경험담의 구술자

연번	조사 시기	구술자	국적	성별	출생연도	결혼연차	거주지
1	2016.12.17.	체아다비	캄보디아	여	1883	8년	강원도 횡성군
2	2017.01.18.	디다넬	캄보디아	여	1988	5년	경기도 화성시
3	2017.01.18	포유미네	캄보디아	여	1988	6년	경기도 화성시
4	2018.01.12.	킴나이키	캄보디아	여	1991	6년	강원도 인제군
5	2016.11.17.	응옌티미두이엔 (원지영)	베트남	여	1989	6년	강원도 횡성군
6	2017.11.13.	팜티루엔(김민주)	베트남	여	1987	10년	충북 청주시
7	2017.12.11.	띵티름(이지우)	베트남	여	1983	9년	충북 청주시
8	2017.08.11.	쩐티아이쑤언	베트남	여	1988	7년	경기도 가평군
9	2018.12.13.	도티탄(이정민)	베트남	여	1989	9년	서울시 서초구
10	2016.12.17.	수맘퐁엠마	필리핀	여	1970	17년	강원도 횡성군

했으며 결혼 17년 차다. 베트남 출신 구술자 5명 중 4명은 한국 이름을 갖고 사용한다는 점이 특징이다. 넷째, 구술자의 현 거주 지역은 강원도 (인제군, 횡성군) 네 곳, 경기도 세 곳(가평군, 화성군), 충청북도 두 곳(청주시), 서울시 한 곳(서초구)으로, 대부분 지방이며 농촌 지역이 많다.

『한국 이주내력 및 생활담』에 수록된 이주 경험담은 조사자가 질문한 것에 대해 구술자가 답변하는 형태로 진행된 대화를 녹취한 뒤 그대로 받아 적은 문답 형식의 문장이며, 구연 상황이 드러나 있다. 조사자들이 질문한 내용은 주로 고국에서 살아온 이야기, 한국 사람과 결혼한 계기, 한국에서 남편 및 가족들과 생활한 이야기, 자녀 양육에 관한 이야기, 고향의 가족들과의 관계, 한국에서 생활하면서 힘든 점, 한국 생

표 8-2 동남아 출신 결혼이주여성 이주담의 세부 내용

번호	주인공(국적)	모국생활	이주과정	한국생활	적응
1	체아다비 (캄보디아)	어릴 때 가난, 전쟁, 힘든 노동 겪음	결혼담 생략	한국생활에서 힘든 것은 말이 안 통하는 것	자녀교육 위해 글을 배우고, 검정 고시 준비
2	디다넬 (캄보디아)		중개사 통해 결혼	결혼 한 달 만에 임신해 한국어도 잘 모른 채 시집살이함	한국어 어려움. 고향 음식 먹고 싶음. 남편이 착하지만 일만 해 함께 할 시간 없음
3	포유미네 (캄보디아)		한국에 사는 둘째 언니가 한국 남자와의 결혼 추천, 형부의 소개로 남편 만남	한국에 사는 언니가 고등학교 다니며, 대학입시를 준비함	형부의 제약으로 인해 언니와 교류가 어려움
4	킴나이키 (캄보디아)			강원도 인제의 시골살이에 놀람. 임신 중 입덧으로 고생. 출산과 산후조리, 한국 음식과 제사 문화에 적응하기	음식, 육아문제 어려움 겪음. 가정 안에만 있는 것에 대한 불만
5	응옌티미두이엔 (베트남)	빵 장사, 직장생활	부모님 도우려고 외국인과 결혼 결심. 업체 통해 결혼 후, 3개월 한국어 배우고 한국에 입국	말 안 통해 삐지면 오래감. 산후조리 미역국 지겨움. 오해로 인해 친구와 절교. 호칭과 술 문화 적응 어려움. 지금은 한국음식 잘 만듦	한국문화 적응에 어려움 겪음
6	팜티루엔 (베트남)	하롱베이 고향	20세에 소개팅. 나이 차이 있지만 신랑이 착해 보였음	자상한 남편과 시어머니의 도움으로 청주 다문화가족 지원센터에서 통번역 일 함	다문화 상담 및 통역사로서의 삶에 보람 느낌
7	띵티름 (베트남)		사촌언니 신랑의 후배를 소개받아 25세에 결혼	남편, 시어머니, 다문화센터의 도움으로 잘 정착함	이주민에 대한 편견 겪음
8	쩐티아이쑤언 (베트남)	호치민에서 직장생활. 한국어 배우기가 어려움		한국어 어렵고 식사문화, 민간요법, 명절의식 적응에 어려움	서툰 한국어로 인한 자녀교육의 어려움
9	도티탄 (베트남)	하이퐁 고향, 집안 어려워 대학 못 감	어머니의 권유로 한국 남자와 결혼. 결혼식 풍경 자세히 묘사	한국어 부지런히 공부해 문화 적응하고, 사회적 경험 쌓음. 대학에서 베트남 유학생 돕는 일, 통역 일. 결혼이주민을 위한 강사	무역업 꿈꾸며 준비 중
10	수맘퐁엠마 (필리핀)	필리핀에서 고등학교 선생님 했음	30세에 결혼	결혼 17년차. 시집왔을 때 시댁 식구들이 잘 챙겨줌. 시부모 집은 흙집. 내부는 개조되어 사는 데 불편함 없음. 임신 중 건강과 자녀 양육, 장례식을 치른 경험 기술	사투리 표현과 호칭의 어려움. 시골생활의 어려움

활에서 행복한 점, 장래 계획 등이다.

인터뷰는 보통 모국의 설화를 구연한 뒤에 생활담을 구연하는 방식으로 진행되었으며, 책에 실린 분량은 보통 5~8면가량 된다. 질문과 답변은 전체적으로 다 이뤄지고 상세하게 답변된 것도 있지만, 부분적으로 이뤄지기도 하고, 어느 항목은 아예 생략된 내용도 있다. 구술자에 따라서 문답 형태의 문장은 정보가 완전하지 않으며, 서사성이나 묘사가 충분하지 않은 것도 있다.

이주 경험담의 삶의 영역을, ① 모국생활, ② 이주과정, ③ 한국생활, ④ 적응 순으로 분석해 도표화하면 표 8-2와 같다.[11]

1. 모국생활 및 이주과정

모국생활 및 이주과정에 대한 구술은 생략·간략형, 상세형 등 두 가지로 구분된다.

첫째, 생략·간략형(②, ④, ⑧, ⑩)은 구술자가 자신의 출생과 성장 등 모국생활담과 결혼 계기와 과정에 대해 아무것도 구술하지 않았거나 간략히 구술한 경우이다. ④의 킴나이키(캄)는 결혼 전 집안 이야기나 결혼에 관해서는 아무런 이야기를 하지 않았으며, ②의 디다넬(캄)은 중개사를 통해 결혼했다는 이야기를 한 줄로 표현했다. ⑧의 쩐티아이쑤언(베)은 결혼 전 호치민에서 직장 다녔다는 이야기만 했다. ⑩의 수맘퐁엠마(필)는 자신이 결혼해 한국으로 이주하기 전 필리핀에서 고등학교 교사로 생활했음을 간략히 표현했다.

둘째, 상세형은 여섯 건의 구술담에서 발견된다. ① 체아다비(캄)는 결혼 전 모국생활담을 길게 서술했고, 결혼담은 생략했다. 그녀는 예전에 조부가 군수를 지낼 정도로 부유했는데, 베트남-캄보디아 전쟁(1975~1977) 때 큰아버지는 죽고 둘째 큰아버지는 행방불명이 되는 등 큰 시련을 겪었다. 구술자의 부친은 예전에 주유소를 경영했는데, 화재가 발생해 전 재산을 잃고 큰 빚을 안게 되어 온 가족이 어려움을 겪었다. 이로 인해 구술자는 학교교육을 받지 못하고 열세 살부터 공장에 취직하여 힘든 노동을 하며 집안 생계를 도울 수밖에 없었다. 그녀는 강한 생활력을 발휘하며 직장에서 인정받아 팀장으로 진급했으며, 결혼해 한국으로 이주하면서 퇴사했다.

⑤·⑥·⑨번 구술담의 구술자는 한국 남자와 갑작스럽게 결혼식을 치른 일과 결혼식의 낯선 경험을 상세히 구술했다. ⑤의 응옌티미두이엔(베)은 결혼 전 빵 장사와 직장생활을 하며 부모님을 돕다가 외국인과 결혼하기로 결심했으며, 결혼업체를 통해 남편을 만나 결혼식을 올린 후, 한 달 정도 한국어를 배운 뒤 한국에 입국했다고 했다. ⑨ 도티탄(베)은 하이퐁이 고향으로, 어머니가 시켜서 열다섯 살 차이 나는 한국 남자를 만나 결혼했고, 결혼 당일 사진 찍는데 '이거 말도 안 된다'라고 생각해 많이 울었다며 결혼식 할 때의 상황과 심경을 자세히 말했다. ⑥ 팜티루엔(베)은 하롱베이가 고향이며, 스무 살 때 한국 남자에 대한 호기심이 있어 동네 언니를 따라 소개팅에 나갔으며, 나이 차이는 있지만 신랑이 착해 보이고 눈에 콩깍지가 씌어 '사랑에 빠져' 결혼하게 되었다고 했다. 그뒤로 한국에 와서 행복한 인생을 살고 있다고 했다. 위 세 사람은 성장 과정에서 힘겨운 일들을 많이 겪었으며, 어려웠던 집안 환경이나 경제적 사정을 개선하기 위해 한국 남자를 만나 결혼했음을

명확히 밝혔다.

③과 ⑦의 구술담은 구술자가 가족이나 지인의 소개로 한국 남자와 결혼하게 된 사정을 보여준다. ⑦ 띵티름(베)은 북부 지방 하이정이 고향으로, 한국에 사는 사촌언니 신랑의 후배를 소개받아 1985년 25세 때 결혼했다고 했다. ③ 포유미네(캄)은 한국에 사는 둘째 언니와 형부를 통해 남편을 소개받아 캄보디아의 공항에서 처음 만나 데이트를 하며 커피를 마신 에피소드, 결혼식을 올린 뒤 맥주 마신 이야기를 길게 구술했다. 이 구술담은 국제결혼에 대해 시간을 두고 생각했으며, 짧은 기간의 만남을 통해 치른 결혼식일지라도 상대를 알기 위해 주도적으로 데이트를 했다는 점이 부각된다.

이상의 내용을 요약하자면 첫째, 결혼 이주 여성들은 대개 개인의 경제적 환경, 삶의 환경을 개선하기 위한 방편으로 낯선 한국 남성과의 국제결혼을 선택했다. 위 결혼이주여성들은 대체로 20대 전반의 나이로 저학력층이며, 나이 차가 꽤 있는 한국 남자와의 갑작스러운 결혼을 기꺼이 선택했다. 위 커플들은 대체로 남자가 신부와 열 살 이상 나이 차이가 났으며, 남자가 신부의 나라를 방문하고 나서 2~3일 사이에 결혼식을 치렀다. ⑨에는 여성이 처음 남자를 만난 뒤 하루 이틀 뒤에 갑작스레 결혼식을 치렀을 때의 극적 상황과 당황스러웠던 심경이 실감나게 표현되어 있다. 하지만 이들은 이러한 상황을 기꺼이 감수하고 한국행을 선택했다. 여성 당사자의 관점에서 볼 때, 위 사람들에게 국제결혼과 한국으로의 결혼 이주는 본인이나 가족의 어려운 환경 및 경제 사정을 개선하기 위해 주도적으로 선택한 행동이다. 한국 남성 및 그 가족들은 이러한 점들을 잘 인지하고 존중했으며, 자신들의 환경·조건과 결혼 욕구에 따라 이들을 아내 및 가족으로 맞이했을 것이다.

둘째, 위 결혼이주여성들은 대개 한국어 의사소통이 어려운 상태에서 한국으로 이주했다. 여성들은 한국어를 전혀 모르는 상태에서 결혼식을 올린 뒤 남편이 먼저 한국으로 들어간 후 한두 달 정도 한국어를 공부한 뒤 한국으로 들어왔다고 했다. 이 점은 국제결혼 이주여성들이 한국문화 적응 및 가족과의 의사소통에 어려움을 겪는 요소가 되었음은 물론 직장 및 사회 활동을 하는 데 꽤, 그리고 오랫동안 불리한 조건이 되었던 것으로 보인다.

2. 한국생활 및 적응

10명의 결혼이주여성들에게 조사자들이 한국생활은 어떠한지 질문했을 때, 대부분의 답변은 낯선 나라에서 적응하는 것이나 한국어로 말하는 것의 힘든 점을 말하는 방식으로 전개되었으나, 즐겁고 설렌다는 내용도 발견된다. 한국생활에 대해 긍정적 답변을 한 내용은 대체로 한국에서 형성된 새로운 가족관계, 가족들의 지원, 자기 일에서의 만족감을 들었다. 한국생활에 대한 부정적 답변은 대체로 한국어가 능숙지 않아 겪는 어려움, 음식과 생활문화가 달라 겪는 어려움 등이었다.

1) 가족관계 형성 및 자기 일에 대한 만족감

결혼이주여성들은 대부분 가정 내에서 자신들을 지원해주는 가족들에 감사함을 느끼며 삶의 안정감을 얻는다는 만족감을 나타냈으며, 다문화지원센터 등에서 일하는 여성들은 자신의 직장생활에 좀더 큰 만족감을 드러냈다. 베트남 출신 결혼 10년 차의 팜티루엔은 남편과 시어머니의 도움을 받는 가족생활 환경에 감사하며, 다문화지원센터에서의 일에 만족감을 느끼고 있었다. 그녀의 한국생활담을 요약하면 다음과 같다.

① 남편은 자상하며, 시어머니는 자신의 다문화센터 일을 도와주고 아들을 돌봐준다.
② 친정아버지가 한국에 잠깐 와서 농장 일을 하며 용돈을 번다.
③ 친정엄마는 딸이 한국에서 직장생활을 하는 것을 자랑스럽게 여긴다.
④ 친정에 갈 때, 남편이 "당신하고 나는 한 몸이니, 같이 가고 같이 와"라고 하며 동행한다.

구술자는 자상한 남편의 도움, 다문화센터 일을 도와주고 손주를 돌봐주는 시어머니의 이해심과 배려에 고마움을 느끼고, 시어머니가 친정엄마보다 낫다고 하며, 고국에 가고 싶지 않을 정도라고 했다. 그리고 베트남의 친정 부모와도 소통이 잘 되며 남편과 함께 친정에 오가는 환경에도 만족감을 표현했다. 이는 같은 지역에 거주하며 생활반경을 같이 하는 시부모님의 도움이 이주여성들의 생활 안정에 실질적 도움이 된다는 사례가 될 것이다.

그녀는 또한 자기 일에 대해, 청주 다문화가족 지원센터에서 다른 결혼이주여성들에 대한 생활 상담 및 통역사로서 활동하고 있는 삶에 대해서도 구체적으로 표현하고 자부심을 표현했다.* 구술자는 한국어 공부를 부지런히 토픽 5급을 통과하고 6급만 남았으며, 통역은 물론 번역도 하고 있다고 했다. 그녀는 다문화지원센터에서 계속 근무하고 싶다는 희망을 말했다. 그 일은 월급은 좀 적어도 다른 이주여성들을 도울 수 있어 자부심을 느끼며, 아이들에게도 당당하게 말할 수 있는 직업이라고 했다.

결혼 9년 차 베트남의 땅티름은 청주에서 생활하면서 한국과 베트남의 언어, 문화, 풍습이 서로 달라 힘들었다는 점을 말했다. 하지만 좋은 남편을 만나 고맙고 자신에게 잘해주며, 시어머니도 적극적으로 도와준다는 점이 고맙다고 했다. 그녀는 또한 다문화지원센터에서 한국어를 배우면서 한국생활에 적응했으며, 베트남 전통춤 동아리 활동을 한다는 것에 대해 자부심을 느낀다고 했다.

이상의 구술에서 우리는 외국에서 낯선 한국으로 온 이방인을 한국의 가족들이 새로운 가족 구성원으로 인정하고 '환대'해준 점, 또한 결혼이주여성들이 직업활동 및 사회활동을 하는 것이 이들의 한국생활 정착 및 문화 적응에 매우 긍정적으로 작용했음을 알 수 있다.

2) 한국어 및 문화 적응의 힘겨움

결혼이주여성들은 공통적으로 한국어를 잘 몰라 겪는 어려움, 한국 음식 및 명절문화에 적응하기 어려운 점 등 한국문화에 적응하는 것을 어

---

* 구술자는 자신이 도와준 결혼이주여성의 남편은 상담 후 아내가 아침에 남편 밥도 잘해주고, 가기 전에 부모님께 인사하고, 오면 저 갔다 왔다고 이야기하고, 그것만으로도 부모님이 예뻐한다며 감사 인사를 전한다고 했다. 구술자는 남편이 원하는 대로 해주면 되게 편하며, 남편에게 수고했다고 한마디 해주면 좋다고 조언했다. 이를 통해 구술자가 가족 간 인간관계에 대해 민감하고 조언을 잘한다는 것을 알 수 있다.

려워했다. 캄보디아 출신의 체아다비는 결혼 8년 차임에도 불구하고 여전히 한국어 의사소통이 잘 안되어 한국생활이 힘들다고 했다. 그러면서도 자녀교육을 위해 글을 배우고, 검정고시도 치르고 싶다고 했으며, 직장생활을 해보고 싶다고 했다. 결혼 5년 차 디다넬(캄)은 결혼한지 한 달 만에 임신했고, 임신한 몸으로 한국어도 잘 모른 채 시집살이한 것, 임신 중 고향 음식을 먹지 못한 것, 남편이 말을 잘 안 하고 자신과 함께 할 시간이 없다는 것 등이 힘들었다고 했다. 하지만 착한 남편과 시동생의 배려로 감사하게 살고 있다고 했다.

결혼 6년 차 포유미네(캄)은 언니가 한국 남자와 먼저 결혼해 한국에 살고 있지만, 언니와의 교류가 어렵다는 점을 말했다. 이는 형부가 언니에게 가정을 벗어나 다른 사람을 만나지 말고 공부만 하라고 하기 때문이라고 했다. 이는 결혼이주여성들의 인간관계 및 교류가 가정 내로 한정되는 현상에 대한 불만 및 문제 제기라고 볼 수 있다. 결혼 6년 차 킴나이키는 강원도 인제에서의 시골생활에 놀랐다고 했다. 이는 도시생활을 꿈꾸며 이주했는데, 막상 한국에서는 추운 시골에서 사는 것에 실망했다는 표현일 것이다. 그리고, 임신 중 입덧으로 고생했고 출산할 때 어려웠으며, 산후조리 음식으로 입맛에 맞지 않는 미역국을 한달 내내 먹는 것에 질렸다고 했다. 한국 음식과 제사 문화가 낯설어 적응하는 시간이 필요하다고도 했다.

결혼 6년 차 응옌티미두이엔도 출산 후 미역국을 한 달 동안 먹는 것이 너무 힘들었다고 했다. 가족 간 복잡한 호칭과 술을 따라주고 받아먹는 생활문화에도 적응하기가 어려웠다고 했다. 하지만 지금은 김치나 한국 음식을 잘 만든다고 하여 시간이 지남에 따라 음식문화에 적응하고 있음을 알 수 있다.

결혼 7년 차의 쩐티아이쑤언은 한국과 베트남 문화 차이 경험에 대해 상세히 구술했다. 그녀는 한국어가 어렵고 식사문화 적응에 어려우며, 민간요법 및 명절의식에 차이가 있고, 출산 후에 먹는 미역국 등의 음식문화에 적응이 어렵다고 했다. 또한 자신이 한국어에 서툴러서 자녀교육도 어려움을 겪는다고 했다.

결혼 17년 차의 주부 수맘퐁엠마(1970년생)은 결혼 전 필리핀에서는 고등학교 교사를 했으며, 서른 살에 결혼해 현재 강원도 횡성군에 살고 있다. 그녀는 자신이 시집왔을 때 시댁 식구들이 잘 챙겨주었으며, 임신 중 건강과 자녀 양육에 대한 경험, 가족의 장례식을 치른 경험을 말했다. 한편으로 가족들이 사투리를 쓸 때 알아듣기 어려움, 가족 간 호칭의 어려움, 시골생활의 어려움을 말했다.

이러한 사례들은 공통적으로 동남아 출신의 결혼이주여성들이 무엇보다 언어의 장벽을 크게 느끼고 있음을 보여준다. 한국어를 잘 모르고 한국에 들어온 경우, 한국어 학습은 시간이 지난다고 자연적으로 해결되는 것이 아니며, 개인이나 가족, 지역사회에서 지속적으로 함께 관심을 갖고 풀어나가야 될 사안임을 알 수 있다. 또한 이들은 출산 후 낯선 미역국을 먹는 음식문화, 가족 간 호칭문화, 명절풍습 등에서 적응하기 힘들며, 자신의 취향 및 모국문화가 존중받지 못해 어려움을 겪는다고 했다. 이주민들의 음식과 가족문화, 명절풍습은 가족과 지역사회에서 좀더 존중하며, 상호교류를 통해 이해 및 경험의 폭을 넓혀갈 필요가 있다.

3) 자기실현에 대한 기대

몇몇 구술자는 직장 및 사회생활에서 겪는 어려움에 대해 말하며, 직장 생활 및 자기실현에 대한 기대치를 보여주었다. ①의 결혼 8년 차 주부 체아다비(캄)는 한국어를 잘 몰라 직장생활을 못 해봤기에 한국에서의 직장생활이 궁금하다고 했다. 이는 결혼이주여성이 한국어의 장벽을 넘지 못해 겪는 어려움이 가장 크며, 이를 넘어선다면 한국어를 잘 공부해 직장생활을 하고 사회적 활동을 통해 자기실현을 해보고 싶다는 점을 말했다. ⑨의 결혼 9년 차 주부 베트남의 도티안은 서울시 서초구가 거주 지역으로 꿈을 실천하고자 한국어를 부지런히 공부했고, 대학에서 근무하면서 베트남 유학생 돕는 일과 통역 일을 하며 결혼이주민을 위한 강사로 활동하며 사회적 경험을 쌓는 것에 만족감을 표현했다. 그녀는 장차 무역업을 꿈꾸며 준비한다고도 하여 미래에 대해 가장 적극적인 태도를 보였다. 이는 도티안의 내적 욕망이 가정 내 생활에 그치지 않고, 좀더 적극적인 사회생활, 직업적 성취에 있음을 보여준다.

④의 결혼 6년 차 캄보디아 출신 킴나이키는 '가정'이라는 '새장을 벗어나 자아를 찾고 싶다'라고 말했는데, 이는 자신에 대한 불만을 말한 것이면서 사회적 소통에 대한 욕구를 표현한 것이기도 하다.

> 집에만 있고 나가서 뭘 할 수가 없으니까 느낌이 '새', 그 새 잡아서 잡을 만들고 그 집, "너! 집만 지켜, 밖에 나오지 마." 이런 느낌이 들었어요. 왜냐면 누구도 모르고 마음대로 할 수 없고 … 한국에서 하고 싶은 것도 어떻게 해야 하는지 모르잖아요. 남편밖에 얘기할 사람이 없고. 그거 싫어요. 그냥 내가 직접 가서 내가 알아서 하는 거 되게 원해요. … 내가 전에

내가 사는 모습에 다 안 왔어요. 한 80, 70% 정도? 한 30%는 잃어버렸어요. (42~43쪽)

킴나이키의 위 발언은 자신이 고국에서의 가난한 상황을 벗어나 자기 인생을 개척하고자 한국에 왔지만, 남편과 가정 안에 묶여 있고 자기가 사회에서 하고 싶은 일은 대부분 하지 못하고 있어 불만족스럽게 여기고 있다는 점을 보여준다. 이는 자신이 상실한 자아, 인간관계를 되찾고 싶은 욕망, 그리고 사회적 소통에 대한 욕구를 표출한 것이다.

동남아 출신 결혼이주여성들은 한국에서 새로운 삶을 기대하고, 경제적으로도 부유해지려는 동기에서 한국으로 이주한 경우가 대부분이다. 그렇기에 가정이라는 울타리에만 머물지 않고, 기회가 되면 직장생활 및 사회생활을 하려는 의욕이 강하다. 이런 점에서 정착담에서 이들이 직장과 사회생활을 통해 좀더 적극적으로 자기실현을 하고 사회적 성취를 이루려는 점을 파악하고 상호 소통할 필요가 있다.

III. 환대와 상호문화주의의 시각에서 본 결혼이주여성의 삶

위에서 살펴본 이주 경험담의 구술자들은 베트남, 캄보디아, 필리핀 등 동남아 출신의 결혼이주여성들로서 대체로 20대 전반의 나이에 새로운 인생을 개척하기 위해 결혼을 매개로 낯선 한국에 갑작스럽게 이주한 경우가 많았다. 이들은 대체로 한국의 지방 및 농촌에서 거주하고 있으며, 한국에서 결혼과 출산·육아를 통해 가족관계를 형성하는 활동을 주로 하고, 직장 및 경제적 활동은 한정된 범위 내에서 이뤄지고 있었다. 이상에서 파악한 이주여성들의 이주과정 및 한국생활, 적응 등에 대해 '환대'와 '상호문화주의'란 개념으로 논의를 전개하고자 한다.

법무부의 「국적(지역)별 결혼이민자 현황」 통계표에 의하면, 2021년 결혼이주민 총계는 16만 8611명이며, 그중 아시아계는 91.1퍼센트(15만 3668명)를 차지할 정도로 비중이 크다. 이주민의 성비는 남성 2만 3024명, 여성 13만 620명으로, 한국 남성이 아시아계 여성과 결혼한 경우가 아시아계 남성이 한국 여성과 결혼한 경우보다 평균 5.7배 높다.[12] 이와 달리 유럽이나 북미 등 비아시아 출신 결혼이주민은 대체로 외국인 남성이 한국인 여성과 결혼한 경우가 한국인 남성이 외국인 여성과 결혼한 경우보다 높다.*

결혼이주여성에 관해 KCI(한국학술지인용색인) 수록 논문을 검색하면 2930여 건의 연구 결과가 검색될 만큼 많다(2023년 8월 5일 기준). 논문은 사회과학(1262편), 인문학(878편), 복합학(454편) 등의 분야 순으로 검색되며, 주요 주제어는 "문화적 정체감 발달과정", "가정해체 경험", "어머니하기", "이혼경험 연구", "노후생활 준비", "한국생활 적응", "사회통합 영향요인", "법적 지위와 인권" 등 결혼이주여성과 관련해 한국생활 적응 및 불안정한 사회적·가정적 지위에 관련된 용어와 제목이 검색된다. 이러한 연구들은 결혼이주여성의 생활방식 및 사고방식을

---

* 유럽계 6181명(남 2976/여 3205), 북아메리카계 5964명(남 4354/여 1610), 아프리카계 1105명(694/411), 남미계 963명(308/655), 오세아니아계 734명(578/156) 순이다. 「국적(지역) 및 체류자격별 체류외국인 현황」(통계표ID: DT_1B040A5A), KOSIS(「출입국자 및 체류외국인통계」, 법무부).

어떻게 이해할 것인지에서부터, 그들의 불안정한 지위를 사회적 불안정 요소로 인식하고 한국 사회가 이들을 어떻게 통합·수용하며, 이들이 어떻게 안정적 지위를 획득할 수 있는지에 대해 생각하게 한다.

베트남 출신 결혼이주여성 관련 사례 연구를 보면, 결혼, 이혼, 출산 및 육아, 모성 등 가족관계를 대상으로 한 논문이 주류를 이루는 가운데, 다문화적 갈등 및 정체성 문제, 한국어 학습 관련 언어·문화적 접근, 경제활동과 사회화 과정의 탐색, 이주여성의 스트레스와 우울증 등 심리적 변인을 분석한 연구 등이 그뒤를 잇는다. 일련의 연구들은 한국 사회의 정체성을 다문화사회로 규정한 가운데, 베트남 출신 여성의 생활문화를 소수자·비주류 문화로 파악하며, 그들이 경험하는 가부장적 가족질서, 주류 한국인들의 다문화적 인식 결여로 인한 소외와 갈등 등 부정적 요인들에 대한 문제를 제기하고 해결 방안을 모색하는 데 중점을 두었다.[13]

다문화사회에 관한 쟁점 중 하나는 외국인이 주류 문화에 통합·수용되어야 한다는 동화주의 관점과 그들이 주류 문화에 동화되지 않고 고유의 문화적 정체성을 유지하면서 거주해야 한다는 다문화주의 관점 간의 충돌이다. 다문화주의는 서로 다른 문화가 공존하고 존중받으며 함께 발전해야 한다는 관점이며, 다양성과 관용, 통합을 중요한 가치로 간주한다.[14] 최근에는 상호문화주의[15]의 관점에서 문화이해와 교육 방안에 대해 논의되고 있으며, 그 일환으로 외국인 주민들의 모국문화 및 전래동화를 수용·활용한 다문화 교육 방안이 논의되고 있다.[16] 다문화동화에 대한 논의는 2000년대 후반 박윤경, 박신경, 민경숙 등 초등교육 연구자 및 대학원생들에 의해 시작되었다. 이들은 그림책, 아동문학, 문학 제재를 활용해 초등학생들이 다양한 민족 및 인종이 공존하는 사회에 대한 이해를 넓힐 수 있는 교육방안을 제시했다.[17] 이러한 연구 결과는 결혼이주여성의 가정, 곧 다문화가정에서 출생한 자녀들의 사회적 안정성 획득을 초등교육과정에서 새롭고 중요한 문제로 인식했음을 보여주며, 다문화가정 자녀 어머니 나라의 설화 및 다문화동화 텍스트를 활용한 상호문화주의 교육정책이 실행되고 있음을 보여준다.

보통 외국인들이 이주해올 때 정주민들이 그들을 대하는 방식은 크게 배제, 차별, 동화, 관용, 인정, 환대 등으로 구분해 설명할 수 있다.[18] 배제와 차별은 정주민들이 이주민들을 부정적으로 대하는 가장 강한 방식이다. 동화assimilation는 소수자 집단이 주류집단의 관습과 제도, 문화와 정체성 모두를 수용할 때 배제와 차별의 대상에서 벗어날 수 있도록 하는 조치다. 우리나라의 이른바 '다문화정책'은 외국인 노동자나 결혼이주여성에게 한국의 예법과 문화를 교육시키고 수용을 강요하고 있다는 점에서 실상 전형적인 동화정책이라 할 수 있다. 관용tolerance은 '우리'의 공간 안에서 타자가 자신의 정체성을 유지하면서 존재할 수 있도록 허용한다는 점에서 동화정책에 비해서는 타자에 대해 관대한 것으로 설명된다. 인정recognition은 나의 공간 속에 타자가 자신의 고유한 정체성을 가지고 존재할 권리가 있다는 것을 인정하는 태도다. 동화, 관용, 인정은 타자를 수용하는 자세긴 하나, 소수 집단의 정체성과 문화적 권리를 보호하는 데에는 각기 일정한 한계가 있다.

'환대歡待, hospitality'는 이방인의 삶과 문화를 수용적이고 개방적인 마음가짐으로 대하며, 이방인을 따뜻하고 친밀하며 포용적으로 맞이하는 태도를 말한다.[19] 환대는 두 팔 벌려 타인을 환영하는 것이며 타자를 자아의 일부로 수용함으로써 정주민과 이주민은 '공생·공존의 관계'에 진입한다.[20] 상호문화주의는 문화 간 단순한 접촉이나 교류의 차원을 넘어, 문화 속에 내재하는 보편적 특성과 문화 사이에 존재하는 내적 연관성을 드러내는 개념이다.[21] 이는 곧 문화의 다양성을 인정하고 평등한 관계를 지향하며, 어느 한쪽이 동화가 되는 것이 아니라, 함께 공존하는 가능성을 열어두는 태도다.[22]

동남아 출신 결혼이주여성들은 대개 남편 및 시댁 식구들의 지지를 통해 기본적인 결혼생활의 만족감 및 유대감을 느끼는 것으로 파악된다. 하지만 이들은 충분한 시간을 두고 부부간 신뢰 관계를 형성하고 문화적응을 하는 과정을 거치지 못한 채 한국으로 이주했기에 어려움을 겪고 있다. 이를 사회적 환대의 관점에서 세 가지 사안에 대해 인식과 지원의 방향을 논하고자 한다.

첫째, 우리는 동남아 출신 결혼이주여성들의 한국어 학습의 필요성을 인식하고 다방면에서 학습의 기회를 제공할 필요가 있다. 위 이주 경험담을 통해 동남아 출신 결혼 이주 여성들은 한국어를 사용하는 데 처음부터 그리고 지속적으로 어려움을 겪고 있음을 알 수 있다. 이는 결혼이주여성들이 가족들과의 의사소통이나 자녀의 학업지도에 어려움을 겪으며, 사회적 교류가 약화되는 요인이 된다. 이는 또한 그들의 취업 및 경제활동, 자아실현을 어렵게 하는 원인이 된다. 이러한 문제에 대해, 이주민·여성의 가족을 비롯해 지역사회 구성원 등 한국 사회 구성원들이 진지하게 인식하고, 이주민 여성들에게 다양한 방면에서 한국어 학습의 기회를 제공할 필요가 있다.

둘째, 이주여성들이 임신과 출산 후 음식과 관습 및 일상생활에서 문화적응의 어려움을 겪고 있는 점에 대해 충분한 관심과 주의가 필요하다. 이 역시 상호문화주의의 관점에서 초등교육과정과 다문화지원센터 등의 기관에서 초·중등 과정의 학생들, 무엇보다 남성 배우자를 대상으로 결혼이주여성들의 모국 언어를 가르치고 문화교육을 하는 정책과 교육과정을 갖춰 해결 방법을 찾아야 할 것이다. 남성 배우자와 다문화가정 자녀들, 그리고 지역사회의 한국인 학생들을 대상으로 이주여성 모국의 말과 문화 배우기는 이주민과 정주민이 공생하고, 개인과 우리 사회의 문화다양성을 증진시키는 데에도 꼭 필요한 요소이기 때문이다.

셋째, 우리 사회는 결혼이주여성들이 농촌과 지방에 거주하면서 자신의 직업, 직장을 어떻게 구하고 자기실현을 하는지에 대해 고민을 나누고 지원할 필요가 있다. 한국 사회는 저출생으로 인해 사회 각처에서 인력난이 시작되고 있는데, 결혼이주여성은 한국 사회의 분명한 공동체 구성원이자 인적 자원이다. 이들은 좀더 경제적으로 잘 살고 새로운 인생을 개척하려는 동기로 한국인 남성과 결혼해 한국으로 이주했다. 이를 적극적으로 인식하고 이들에게 학업을 계속하고 자기계발 활동을 하여 다양한 경제적·사회적 활동을 할 수 있도록 지원하는 것은 이주여성 본인의 성장뿐 아니라, 한국 사회의 개방성과 다양성, 경쟁력을 키우는 길이 될 것이다.

종장

기후위기와 공생의 인문학

2021년 하반기, TV에서는 흥미로운 환경 관련 다큐멘터리가 방영되었다. KBS2 방송국에서 제작한 〈UHD 환경스페셜〉이라는 프로그램인데, '지구의 경고'라는 제목의 기후변화 특집 시리즈가 2021년 7월 8일 '온난화의 시계'라는 제목의 1편을 시작으로, '지구, 우리 모두의 집', '모기의 역습', '탄소문명의 종말', '저탄소인류', '식량위기', '그린세대의 반란', '위대한 전환' 편 등 2021년 12월 16일까지 모두 8편이 방영되었다. 다큐멘터리의 내용은 신선하고 명확했다. 이 〈환경스페셜〉 기후변화 특집이 주는 메시지는 인간이 과도하게 자연을 개발한 것이 지구기온 상승, 기후변화로 이어지고, 결국 지구공동체의 멸망을 초래한다는 것이다.

프로그램 기획자는 나레이터의 입을 통해, 지구기온 상승은 모기매개 감염병을 증가시키고, 화석연료는 기후위기의 주범이며, 이로 인해 전 세계에 대형 산불과 홍수, 가뭄, 폭염, 식량위기가 발생하고 있으니, 탄소 에너지에서 재생에너지로 전환하고 환경을 보호하기 위해 시민들이 노력해야 한다고 했다. 이 기후변화 특집은 마크 라이너스가 2007년에 쓴 『6도의 멸종』이라는 책의 내용을 반영하여 제작된 것이다.

마크 라이너스는 『6도의 멸종Six Degrees: Our Future on a Hotter Planet』(2007),[1] 『최종 경고: 6도의 멸종Our Final Warning: Six Degrees of Climate Emergency』(2020)[2]에서 현 상태를 지구온난화에 따른 '기후비상사태'라고 선언했다. 그는 각 장에 걸쳐 지구의 온도가 1도씩 올라갈 때마다 생기는 재앙에 대해 빙하가 녹고 해수면이 상승하며, 전염병·열사병, 폭염, 홍수, 식량위기, 야생동물의 멸종, 산불과 허리케인 발생 등의 현상이 더욱 빈번하고 심각하게 전개되는 양상을 서술했다. 요약하면 다음과 같다.

> 가까운 미래에 2℃ 더 뜨거워진다면 인간사회에 스트레스를 주고, 열대우림과 산호초를 비롯한 수많은 자연 생태계가 파괴될 것이다. 3℃가 올라가면 인류문명의 안정성이 심각하게 위태로워지고, 4℃가 올라가면 인류사회가 전 지구적 붕괴를 겪으며 최악의 대멸종이 이뤄질 수 있다. 5℃가 올라가면 온난화와 기후변화의 영향이 더욱더 극심하게 영향을 끼쳐 지구에서 대부분의 생명체가 살아갈 수 없게 되며, 인류 역시도 생존의 위기를 겪는다. 6℃가 올라가면 온난화의 영향이 폭주하여 생물권이 완전히 멸종하고, 지구는 더 이상 생명체를 지탱하기 어렵게 된다.[3]

지구의 기온이 3도 올라갔을 때의 현상을 보면, 빙붕氷棚의 용해와 해수면 상승, 폭염, 식량위기, 치명적인 홍수, 난민이 된 야생생물, 아마

존 숲의 파괴, 영구 동토층의 되먹임 현상, 얼음이 없는 북극해 등의 현상이 발생하며, 이제까지 한 번도 보지 못한 환경·생태계의 위기가 온다는 것이다.[4] 크리스토퍼 놀란 감독의 SF영화 〈인터스텔라〉(2014) 앞부분에 그려진 2067년 시점의 드넓은 옥수수밭은 환경파괴로 인해 벌과 나비가 사라진 들판에서 인간이 키울 수 있는 작물은 옥수수뿐임을 보여준다. 『6도의 멸종』 및 〈환경스페셜〉 기획특집은 재미있으면서도 독자 및 시청자에게 '기후위기'라는 개념과 현상을 명확히 전달한다.

2022년 5월 5일 세계보건기구WHO에서는 코로나19 바이러스 감염병 팬데믹 상황이 이어진 2020~2021년 사이에 직·간접적 영향으로 사망한 사람이 약 1490만 명에 이른다고 발표했다. 각국의 정부는 철저한 방역과 사회적 거리 두기 정책을 폈고, 전 세계는 정치·경제, 교육, 예술·체육, 관광·교류 등 거의 모든 분야에서 비대면 활동을 하며, 경제가 침체되고 인간의 활동도 위축되었다.

포스트코로나 시대에 인문학은 인간 삶과 문화를 근본에서 다시 성찰하고, 새로운 방향성을 제시해주기를 요청받고 있다. 현시대의 핵심 모순은 '기후변화'이고, 부차적 위기는 '감염병 대유행'이라고들 한다. 기후변화는 코로나19 바이러스 감염병 대유행의 핵심 요인 가운데 하나다. 지구온난화로 열대 기후대가 고위도로 이동하면서 이러한 환경에 새로 접하는 온대 지역의 인구가 늘고 있다. 온대 지역 사람들에게는 면역이 형성되어 있지 않은 신종 병원체에 접촉할 가능성이 높아지고 있다. 기후위기와 동물서식지 변화는 인수 공통 감염병의 전파를 확산시킬 수 있다. 기후변화는 감염병의 발생과 전파에 직접적인 영향을 줄 수 있으므로 공동의 대응과 협력이 필요하다. 이러한 지구환경·생태 위기에 대응하는 시도로서 다양한 생태학적 진단과 처방이 이뤄지고 있다. 오늘날 직면하고 있는 '기후위기 해결'이라는 과제를 생각할 때, 필자는 생태주의에 기반해 인문학의 범주와 핵심개념을 재정립하고, 이에 바탕하여 분과학문별로 융합적 실천·활용 방향을 탐구할 필요가 있다고 생각한다.

우리 사회는 인류사회가 인간의 존엄을 바탕으로 사회적·문화적 가치와 조화를 이루고, 인간존엄성에 대한 확신이 경제사회발전 및 균형발전의 원동력이 된다고 전망하고 있다. 이것이 인문학의 존립 근거다. 코로나19 바이러스 감염병의 대유행 이후, 학계와 시민사회계에는 인류세, 지구세, 지구학, 기후위기, 대전환기, 감염병, 팬데믹, 사회적 거리두기, 포스트휴먼, 포스트휴머니즘, 비판적 포스트휴머니즘, 뉴노멀, 포스트코로나, 공생의 인문학 등 수많은 개념과 담론이 쏟아져 나오고 있다. 이러한 새로운 개념과 담론을 기존의 인문학에서 어떻게 수용할지 인문학 각 분과의 전문가, 연구자, 초등·중등 교육자들부터 학습·토론이 필요할 것이다. 필자는 최근 포괄적 범주에서 '포스트코로나 시대의 인문학'에 관해 이뤄진 연구 사례를 몇 가지 찾아보았다.

① 양해림, 「코로나19와 뉴노멀의 인문학: 코로나19 이후, 인문학의 미래와 전망을 중심으로」, 『인문과학연구』 60-1, 2021.

② 김기봉, 「포스트코로나 시대 감염과 연결에 대한 성찰」, 『인문과학연구』 68, 2021.

③ 노대원·황임경, 「포스트휴먼, 바이러스, 취약성」, 『국어국문학』 193, 2020.

④ 김주현, 「자율·자치·우정의 공동체를 조직하는 뉴노멀 시대의 인문학」, 『한민족문화연구』 73, 2021.

⑤ 임재해, 「설화에서 공유된 자연생명의 생태학적 재해석과 재창작」, 『남도민속연구』 41, 2020.

⑥ 오동석, 「지구법학 관점에서 한국헌법의 해석론」, 『환경법과 정책』 26, 2021.

⑦ 양은주, 「교육의 생태적 전환을 위한 듀이 교육철학의 재조명」, 『초등교육연구』 34-1, 2021.

위 목록은 필자가 한국학술지인용색인KCI에서 '코로나19', '팬데믹' 등의 단어로 검색해 찾아본 연구 자료 가운데 일부다. 철학 연구자 양해림은 ①에서 인문학이 뉴노멀 시대에 새로운 변화를 해야 하는 이유, 그리고 인문학이 뉴노멀 시대에 인간과 동물의 근본적 관계 설정을 다시 해야 하는 이유를 말하고, 코로나19 이후에 다가올 인문학의 역할과 과제, 그리고 미래를 전망했다. 이 논문은 포스트코로나 시대에 인문학의 변화되어야 할 위상과 역할에 대해 가장 포괄적으로 논의한 쪽에 속한다. 역사학 연구자 김기봉은 ②에서 코로나19 팬데믹이 코로나 바이러스가 인간과 연결됨으로써 발생한 감염병임을 인식하고, 감염과 연결에 대해 성찰했다.

현대문학 연구자 노대원과 의학철학 연구자 황임경은 ③에서 바이러스 팬데믹 상황에 의해 확산되고 있는 탈인간중심주의적 생태론(포스트휴머니즘 생태학, 포스트휴먼 과학)에 더해, 사회정치적 조건을 인식하지 않으면 안 된다고 주장하고, 이러한 개념을 '비판적 포스트휴머니즘'의 관점으로 설명했다. 현대문학 연구자 김주현은 ④에서 기술 중심 뉴노멀 사회에 대한 장밋빛 전망을 경계하며, 탈성장을 주장한 인문학자 김종철의 '시적 사상' 개념을 수용해 자율, 자치, 환대의 윤리를 조직하는 뉴노멀의 필요성을 주장했다. 뉴노멀은 2020년 전 세계로 확산된 코로나19 바이러스 감염병 사태 이후로, 대면접촉 서비스의 불황, 언택트 문화의 확산과 같은 새로운 사회·문화적 변화를 포괄하는 개념이다. 구비문학 연구자 임재해는 ⑤에서 생태위기의 시대에 과학적 인식보다 설화의 생태학적 인식이 공감력과 함께 실천 기능이 더 크다는 점을 강조하고, 설화의 생태학적 자연인식으로 생태위기를 극복하는 것을 인문학적 대안으로 제시했다.

법학 연구자 오동석은 ⑥에서 지구온난화로 인한 기후위기 상황에서 헌법의 존재 이유를 묻고, 인류세와 지구법학의 관점에서 헌법 해석의 방향을 제시했다. 교육철학 연구자 양은주는 ⑦에서 코로나19로 초래된 현재 위기의 근본적 원인을 자연과 인간, 인간과 인간 사이의 생태적 균형 파괴에서 찾고, 사회적 삶과 교육의 생태적 전환을 위해 듀이 교육철학이 어떤 개념적 실천적 토대를 제공해줄 수 있는지를 고찰했다.

위에서 연구자들은 자신의 분과학문 시각에서 포스트코로나 시대에 인문학의 역할과 방향에 대해 준거를 제시하고, 뉴노멀의 인문학, 감염병과 연결, 비판적 포스트휴머니즘, 설화의 생태학적 인식, 지구법학, 듀이교육철학 등의 새로운 시각과 시사점을 제시했다. 필자는 기후위기에 직면한 현 상황에서 인간은 세계의 중심이 아니라 인간도 자연의 한 부분임을 인식하고, 이 지구공동체에서 인간과 자연이 함께 살아가야 한다는 의미의 '공생의 인문학' 개념 및 방향을 내세운다. 생태주의에 기반한 인문학의 세계관을 초·중등교육 및 고등교육에서 어떻게 교육과 활동으로 적용할지에 대해서는 좀더 많은 고민이 필요할 것이다. 출판과 문화예술 분야, 일상 활동과 시민사회 활동의 측면에서 공생의 인문학을 구체적으로 어떻게 실천, 실현할 수 있을지에 대해서도 고민이 필요하다.

아시아 생태설화의 상상력

아시아 지도를 가만히 보면 무엇이 보일까? 우리는 아시아를 제대로 느껴본 적이 없다. 너무 넓기도 하고, 정치·종교·문화도 다양하며 이질적 면이 많으며, 서로 접촉해본 나라와 사람이 많지 않아서일 것이다. 우리는 사우디아라비아와 예멘이 어디에 위치해 있는지 잘 알지 못하며, 아프가니스탄이 파키스탄 바로 위에 붙어 있다는 것도 잘 알지 못한다. 남아시아의 인도를 가본 사람은 매우 적으며, 유럽의 제국들이 상선을 보내 16~17세기 말레이시아와 인도네시아 사이에 위치한 말라카해협을 통과해 동남아시아로, 타이완, 일본과 조선 인근까지 항해해온 사실도, 네덜란드 동인도회사 소속의 하멜 일행이 상선을 타고 바타비아(자카르타)를 출발해 1653년 제주도에 표착한 후 13년간 조선에 연금되어 있다가 1666년 일본 나가사키로 탈출한 사건도 잘 알지 못한다. 사람들이 이 아시아 지도를 3분 이상 쳐다보면, 공간의 넓음과 드넓은 인도양의 존재에 대해 알게 될 것이며, 아시아인들 간에 상호교류와

소통이 부족함을 떠올리게 될 것이라고 생각한다.

　이런 점에서 설화는 아시아인의 상호이해와 소통에 기여하는 효과적 매체가 될 것이다. 설화는 한 나라와 민족, 또는 부족의 기층문화, 정서, 가치관, 생활사, 민속 등을 보여주는 자산이다. 설화는 그 자체로 재미있는 읽을거리이자, 각 나라와 민족의 가장 소박한 문화와 중요한 정서를 이해하는 데 도움을 준다. 그러므로 이를 잘 읽어낸다면, 전근대 시기 아시아인의 문화와 생활정서를 편견 없이 '상호이해'하고 '교감'하는 데 큰 도움이 될 것이다. 앞에서 한국, 중국, 일본, 베트남, 필리핀, 인도네시아 등의 설화에 대해 살펴보았는데, 이를 설화 또는 아시아 설화라는 범주로 확장하고, 이야기에 그려진 재난 이야기, 동물보은담, 이주경험담 및 생태적 삶을 소재로 삼아 공생의 인문학을 어떻게 실천·실현할 수 있을지 생각해보는 것도 흥미로울 것이다. 앞에서도 이야기했지만, 이를 위해 아시아 문학 연구자들은 아시아인의 삶과 가치관, 환경문제를 잘 드러내주는 각국의 설화, 옛이야기들을 조사해 연구·편집하고, 자국어 및 영어로 번역해 연구자 및 독자와 공유할 필요가 있다. 또한, 환경·생태를 제재로 한 각국의 설화·고전 텍스트를 활용해 아시아인의 상호소통 및 평화, 자연파괴 및 재해 예방에 기여할 현실적 방식을 찾아야 한다.

아시아 생태설화의 다양한 이야기와 생태의식의 활용은 독서·교육 면에서 가장 유용할 것이다. 설화를 통해 생태적 삶을 생각해보는 것은 초·중등교육 등에서 관심 가질 만한 일이라고 생각한다. 예컨대, 인도네시아 설화에서 신성한 악어 와투베와 인간이 말을 주고받으며, 서로 도우며 살아가는 신화시대의 삶은 어린이 독자들에게 흥미로운 이야기 소재가 될 것이다. 최근 전래동화 또는 설화는 유아교육 및 초등교육, 어린이 독서지도 분야에서 관심을 갖고 교육적 소재로 활용되고 있다. 앞으로는 대학 교양교육, 외국인 및 다문화가정 여성·자녀의 한국어·한국문화교육 등 더 다양한 교육 분야에서 활용될 것으로 기대된다. 아시아 생태설화는 한국을 비롯해 다양한 국적의 사람들이 상호문화주의 및 문화소통의 관점에 기반해 각양의 교육 현장에서 아시아인 공동의 생태문화자산으로 유용하게 활용할 수 있을 것이다.

한국, 일본, 중국, 인도네시아를 비롯해 아시아 설화, 아시아 생태문학에서 얻은 성찰을 출판과 공연예술, 디지털 미디어 등의 분야에서 스토리와 동작, 이미지로 재현하는 일은 흥미로울 것이라 생각한다. 아시아 설화, 아시아 생태문학을 조사·학습하고, 설화가 지니고 있는 신선하거나 낯선 다양한 이야기, 캐릭터와 감성, 문화를 활용해 이러한 일을 할 수 있을 것이다.

또한 생태설화를 바탕으로 감염병 발생의 생태적 근원인 열대우림 파괴와 야생동물 불법거래를 근절하기 위한 담론과 시민문화활동의 방향을 논의할 수 있다. 마크 라이너스가 『6도의 멸종』에서 이야기한 것처럼, 지구의 기온이 3도 올라갔을 때의 빙붕의 용해와 해수면 상승, 폭염, 식량위기, 치명적인 홍수, 숲의 파괴 등의 현상과 인도네시아 설화에 그려진 자연재해를 연관시켜 논의한다면, 현재의 기후위기를 좀 더 쉽게 이해할 수 있을 것이다. 마크 라이너스는 환경위기, 기후위기 극복을 위해 청소년 세대, 시민들의 노력과 활동이 중요하다고 말한 바 있다. 우리가 과학에서 객관적 지식과 합리적 인식을 얻는다면, 인도네시아, 한국을 비롯한 아시아 설화에서는 연대와 공감, 감성 면에서 힘을 얻을 수 있다는 점을 믿는다.

우리는 아시아의 생태설화를 통해 인간의 탐욕과 악행이 지속된다면 자연과 공동체가 멸망한다는 교훈, 때로는 가장 값비싼 것으로 대가를 치르지 않으면 자연과 공동체를 회복할 수 없다는 경고를 얻는다. 감염병의 치명적 피해와 그로 인한 격리·배제의 고통에 대해 공감하며 우리는 감성적으로 견고해지고 지혜를 얻는다. 우리는 다양하고 오래된 옛이야기를 통해 평화롭고 아름다운 자연과 생태적 삶, 공생의 정신, 화해와 소통, 평화의 정신이 얼마나 값진가에 대해 공감하며, 이를 지키기 위해 지구공동체 구성원들이 어떻게 연대해야 할 것인지 생각한다.

주

서장

1 김욱동, 『문학생태학을 위하여』, 민음사, 1998, 32쪽.
2 김용민, 『문학생태학』, 연세대 대학출판문화원, 2014, 10~11쪽.
3 홍성암, 「한국생태문학연구」, 『한민족문화연구』 17, 2005, 26~27쪽.

1장 아시아 설화 연구 동향과 문학생태학

1 권혁래, 「다문화동화집 출간과 활용 연구: 이주민들이 안고 들어온 글로컬 문학에 대해」, 『동화와 번역』 35, 2018.
2 다음 논문들은 다문화가정, 다문화사회, 다문화동화의 키워드가 발견되는 논문으로, 옛이야기 연구 방법론으로서의 다문화주의에 이론적 바탕과 시사점을 제공한다. 박윤경, 「민족 및 인종편견 감소를 위한 초등다문화교육: 아동문학을 활용한 간접 접촉」, 『초등사회과교육』 18-2, 2006; 고경민, 「아시아 전래동화의 비교를 통한 한국문화교육: 다문화가정 구성원을 대상으로」, 『동화와 번역』 24, 2012; 김창근, 「상호문화주의의 원리와 과제: 다문화주의의 대체인가 보완인가?」, 『윤리연구』 103, 2015; 신동흔, 「새로운 한국어문학으로서 이주민 설화 구술의 성격과 의의」, 『국어국문학』 180, 2017.
3 임재해, 「동물 보은담에 갈무리된 공생적 동물인식과 생태학적 자연관」, 『구비문학연구』 18, 2004; 허원기, 「인간-동물 관계담의 생태적 양상과 의미」, 『동화와번역』 23, 2012; 김옥성·조미연, 「한국 설화에 나타난 생태학적 동물 인식」, 『문학과 환경』 11-1, 2012.
4 김해옥, 『생태문학론』, 새미, 2005.
5 김용민, 「환경문학과 생태문학의 관계」, 계간 『시와늪』 3, 2009.

6 김욱동, 『문학생태학을 위하여』, 민음사, 1998, 32쪽.

7 이시무레 미치코, 서혜은 옮김, 『신들의 마을』, 녹색평론사, 2015.

8 조규익, 정연정 엮음, 『한국생태문학연구총서』, 학고방, 2011; 문학과환경 학술총
   서편집위원 엮음, 『환경위기와 문학』, 학고방, 2015 등

9 손민달, 「『문학과 환경』 10년, 한국 생태주의 문학이론연구의 성과와 과제」, 『문학
   과환경』 11(1), 2012, 7~34쪽.

10 이시이 마사미, 김용의·송영숙·최가진 옮김, 『일본 민담의 연구와 교육』, 민속원,
   2018.

11 石井正己, 『復興と民話: ことばでつなぐ心』, 東京: 三弥井書店, 2019.

12 이 분야의 연구 성과는 최근 한국에서 번역·출판되었다. 이시이 마사미, 김광식
   옮김, 『제국 일본이 간행한 설화집과 교과서』, 민속원, 2019.

13 신동흔, 「〈산천굿〉에 담긴 인간과 자연의 생태학과 순환적 생명론」, 『구비문학연
   구』 53, 2019, 203~242쪽.

14 김재웅, 『나무로 읽는 삼국유사』, 마인드큐브, 2019.

15 김재웅, 「『삼국유사』와 생태문학적 상상력」, 『국학연구론총』 18, 2016, 69~
   96쪽.

16 자오바이성(趙白生) 교수는 전기문학(biographical writings) 및 생태문학이 주
   전공이며, 관련 저서와 논문으로 Ecology and Life Writing(Heidelberg: Winter,
   2013), 『东方作家传记文学研究』(北京: 北京大学出版社, 2012), 「生态主义: 人文主义
   的终结?」(『文艺研究』 5, 2002) 등이 있다. https://baike.baidu.com

17 정선경, 「『요재지이(聊齋志異)』의 생태적 세계관과 의미 고찰: 人과 物의 관계성
   을 중심으로」, 『동아시아고대학』 55, 2019, 111~146쪽.

18 김유미, 「전근대 생태환경에 관한 한국문학연구의 동향과 제언」, 『열상고전연구』
   72, 2020.

2장 문학생태학과 아시아 생태설화의 연구 과제

1 김영주, 「조선한문학에 나타난 두역(痘疫)」, 『한문교육연구』 29, 2007, 515~
   543쪽.

2 이주영, 「19세기 역병 체험의 문학적 형상」, 『동악어문학』 55, 2010, 39~68쪽.

3 자연재해를 제재로 한 조선의 재난문학의 대략적 양상에 대해서는 다음의 논문을

참고해 서술했다. 안대회, 「전근대 한국문학 속의 자연재해: 18세기와 19세기의 자연재해를 중심으로」, 『일본학연구』 53, 2018, 39~61쪽.

4 정난영, 「조선후기 기사시(記事詩) 연구: 사건·사고를 배경으로 한 작품을 중심으로」, 『동양한문학연구』 57, 2020, 249~286쪽.

5 권혁래, 「17세기 재난문학 『어우야담』을 통해 보는 재난 상황과 인간존중정신」, 『동아시아고대학』 61, 2021; 이주영, 「19세기 역병 체험의 문학적 형상」, 『동악어문학』 55, 2010.

6 이석현, 「중국의 재해, 재난 연구와 '재난인문학'」, 『인문학연구』 59, 2020, 90~91쪽.

7 야나기타 구니오(柳田國男) 엮음, 김용의 외 옮김, 〈장님 수신(水神)〉, 『일본의 민담』, 전남대 출판부, 2002, 166~168쪽.

8 연점숙 편역, 〈소녀와 쌍둥이 나무〉, 『쥬앙과 대나무 사다리』, 창작과비평사, 1990, 215~221쪽.

9 임재해, 「동물보은담에 갈무리된 공생적 동물인식과 생태학적 자연관」, 『구비문학연구』 18, 2004.

10 임재해, 「설화에서 공유된 자연생명의 생태학적 재해석과 재창작」, 『남도민속연구』 41, 2020.

11 정영림, 「말레이시아와 인도네시아의 『흥부·놀부 이야기』 연구: 구조와 의미를 중심으로」, 『세계문학비교연구』 18, 2007.

12 오세정, 「'종을 울려 보은한 새 설화' 연구: 설화들의 관계양상과 의미체계를 중심으로」, 『우리말글』 39, 2007.

13 김수연, 「동물보은담에 나타난 인간과 동물의 화해 양상」, 『열상고전연구』 38, 2013.

14 조미라, 「포스트휴먼과 그 이웃(2): 공생과 공멸의 반려종, 동물」, 『다문화콘텐츠연구』 38, 2021.

15 쩡판런, 「생태미학: 포스트모던 언어 환경에서의 새로운 생태존재론적 미학관」, 신정근·쩡판런 외, 『생태미학과 동양철학』, 도서출판 문사철, 2019, 59쪽.

16 유현주, 「생태미학은 가능한가?: '자기조직화'를 바탕으로 한 생태예술의 체계화 I」, 『미학예술학연구』 46, 2016, 151~179쪽.

17 남치우, 「동서양의 생태미학 지형 연구: 심연(心然)의 생태미학에 대한 시론」, 『동양예술』 46, 2020, 57~81쪽.

18 김해옥, 『생태문학론』, 서울, 새미, 2005; 김용민, 「환경문학과 생태문학의 관계」, 계간 『시와늪』 3, 2009.

19 이혜원, 「생태미학의 가능성과 시적 적용의 문제」, 『돈암어문학』 40, 2021.

20 윌리엄 F. 루미스, 조은경 옮김, 「인구조절」, 『생명전쟁』, 글항아리, 2010, 341~344쪽.

21 노대원, 「포스트휴먼 (인)문학과 SF의 사변적 상상력」, 『국어국문학』 200, 2022, 128~130쪽.

22 손민달, 「인류세 담론의 의미와 한계」, 『한민족어문학』 102, 2023, 219~251쪽.

23 권혁래, 「한·중·일 동물보은담의 생태의식과 공생의 인문학」, 『동아시아고대학』 67, 2022.

24 손민달, 앞의 논문, 238쪽.

25 조미라, 앞의 논문, 250쪽,

26 피터 싱어, 김성한 옮김, 『동물해방』, 인간사랑, 2021(개정완역판), 373쪽.

27 주완요, 손준식·신미정 옮김, 『대만: 아름다운 섬 슬픈 역사』, 신구문화사, 2003. 60~66쪽.

28 佐山融吉·大西吉寿, 『生蕃傳說集』, 臺北: 杉田重蔵書店, 1923.

29 瀬野尾寧·鈴木質, 『蕃人傳說童話選集』, 臺北: 台湾警察協会台北支部, 1930.

30 권혁래, 「1945년 이전 일본어로 간행된 대만설화·동화 연구: 탈식민주의와 아시아문화자산의 관점에서 보기」, 『구비문학연구』 63, 2021, 202~209쪽.

31 '괌', 다음백과.

32 Rogers Robert, *Destiny's Landfall: A History of Guam*, Honolulu: University of Hawai'i Press, 1995, https://www.guampedia.com/chiefs-hurao.

33 *Chamorro Folktales*, www.guampedia.com, 2011.

34 행정안전부, 「2020 지방자치단체 외국인주민 현황」, 2020.11.1.

35 최원오, 「구비문학을 통한 다문화적 소통 방향에 대한 제언」, 『구비문학연구』 49, 2018.

36 김해옥, 앞의 책, 183~185쪽.

37 신두호는 아시아적 가치와 환경의식에 근거한 아시아 작품을 영어로 번역하는 작업이 아시아적 생태비평의 토대를 마련하는 데 중요하다고 주장했다. 이에 대해서는, 신두호의 「아시아적 생태비평의 과제와 영역 작업」(『문학과 환경』 9-1, 2010)을 참조할 것.

38 이인경·김혜정,「현대구전설화(MPN) 자료의 전승 양상과 분류방안 연구:『한국 구비문학대계』개정증보사업 2008년~2012년 조사 설화를 중심으로」,『민속연 구』34, 2017.

39 신동흔,「역사경험담의 존재 양상과 문학적 특성: 6.25 체험담을 중심으로」,『국문 학연구』23, 2011.

3장 17세기 재난문학『어우야담』을 통해 본 조선의 재난과 인간존중정신

1 「어우야담」,『한국민족문화대백과사전』, 한국학중앙연구원.

2 「유몽인」,『한국민족문화대백과사전』, 한국학중앙연구원.

3 유몽인, 신익철·이형대·조융희·노영미 옮김,『어우야담』, 돌베개, 2006.

4 김동민,「동중서 춘추학의 천인감응론에 대한 고찰: 상서재이설(祥瑞災異說)을 중심으로」,『동양철학연구』36, 2004, 314~317쪽.

5 김영주,「조선한문학에 나타난 두역(痘疫)」,『한문교육연구』29, 2007, 4쪽.

6 이현숙,「역병으로 본 한국고대사」,『신라사학보』28, 2013, 265~266쪽.

7 윌리암 맥닐, 허정 옮김,『전염병과 인류의 역사』, 한울, 1992, 66~67쪽.

8 김학목,「명리학(命理學), 미신인가 학문인가?: 음양오행론과 관계하여」,『퇴계학 논총』25, 2015, 215~217쪽.

9 임방, 김동욱·최상은 옮김,『완역 천예록』, 명문당, 2003, 73~74쪽.

10 위의 책, 75~76쪽.

11 『선조(수정실록)』1594년(선조 27) 1월 1일, "경기 및 하삼도에 심한 흉년이 들다."

12 『광해군일기』1619년(광해 11) 11월 15일, "흉년으로 진휼하는 일을 거행하도록 모든 도에 전교하다."

13 박종우,「재난 주제 한시의 형상화 양상과 그 의미」,『인문학연구』42, 2011, 47쪽.

14 안대회,「전근대 한국문학 속의 자연재해: 18세기와 19세기의 자연재해를 중심으 로」,『일본학연구』53, 2018, 36쪽.

15 〈치암최옹묘갈명(癡庵崔翁墓碣銘)〉, 연암집 권2; 박지원, 신호열·김명호 옮김, 『연암집』상편, 돌베개, 2007, 345~351쪽.

16 권혁래,「고전문학에 그려진 개성상인 형상 연구」,『열상고전연구』64, 2018, 205~208쪽.

4장 인도네시아 설화집에 그려진 재난과 생태적 삶

1 고영훈, 「인도네시아 민담에 나타난 동물 상징」, 『외국문학연구』 43, 2011, 12~13쪽.
2 Novi Siti Kussuji Indrastuti etc., *366 Cerita Rakyat Nusantara*, Yogyakarta: Adicita Karya Nusa, 2015.
3 위의 책, 636쪽.
4 같은 책, 954쪽.
5 같은 책, 814쪽.

5장 아시아 4개국 생태설화를 통해 보는 생태계 회복의 문제

1 박연숙·박미경 옮김, 『우지슈이 이야기(宇治拾遺物語)』, 지식과교양, 2018.
2 위의 책, 3~4쪽.
3 김소연, 「공생을 위한 인류세 시대의 개발협력」, 『국제개발협력연구』 12-4, 2020, 1~17쪽.
4 이병민, 「문화자산을 토대로 한 도시재생과 지역발전: 〈서울동화축제〉 사례를 중심으로」, 『한국경제지리학회지』 19-1, 2016, 51~67쪽.
5 원문 출전: 小出正吾, 〈魚嫌ひの村〉, 『クスモの花: 東印度童話集』, 大阪: 增進堂, 1942.

6장 아시아 선악형제담에 그려진 선악관념과 생명존중사상

1 Novi Siti Kussuji Indrastuti etc., "Semangka Emas", 앞의 책(366편 인도네시아 설화집), pp. 376~378. 이 설화집은 학생들을 주된 독자층으로 하여, 인도네시아 전 군도(群島)의 다양성 체험을 위해 인도네시아 34개 주 전 군도에서 구전되어 오는 옛이야기를 각색하여 수록한 성격의 책이다.
2 위의 책, 376쪽.
3 Lintang Pandu Pratiwi edit., "Semangka Emas", *Kumpulan Cerita Klasik Indonesia*(인도네시아 고전설화선집), Jakarta: Elex Media Komputindo, 2015.
4 정영림, 「말레이시아와 인도네시아의 흥부·놀부 이야기 연구」, 『세계문학비교연구』 18, 2007, 133쪽.

5 이 작품은 정영림(2007)의 논문에 소개된 내용을 재인용했으며, 텍스트의 서지사항은 다음과 같다; Wahab Yob, "Waja dan Wira", *Penghulu Alang Gagah, Kumpulan Cerita Rakyat Malaysia*, Kuala Lumpur: Dewan Bahasa & Pustaka. Kuala Lumpur, 1985, pp.104~121.

6 정영림, 앞의 논문, 129쪽.

7 위의 논문, 128쪽.

8 심의린, 〈놀부와 흥부〉, 『조선동화대집』, 한성도서주식회사, 1926, 142~146쪽; 심의린, 신원기 역해, 『조선동화대집』, 보고사, 2009.

9 위의 책, 143쪽.

10 박영만, 〈놀부와 흥부〉, 『조선전래동화집』, 학예사, 1940, 107~115쪽; 박영만, 권혁래 옮김, 『조선전래동화집』, 보고사, 2013.

11 도 옥 루이엔, 『별나무 이야기』, 정인, 2012.

12 위의 책, 4~6쪽.

13 베트남 전통제사의 종류와 절차, 제상 차림 등의 특징에 대해서는 다음의 논문을 참조할 것. 김현재·이지선, 「중국 주자가례에 의거한 베트남 전통 제사문화와 그 특징에 대한 고찰」, 『동북아문화연구』 54, 2018, 35~47쪽; 권혁래, 「한국·베트남 선악형제담의 양상과 문화소통방안 고찰」, 『국제어문』 82, 2019, 119쪽.

14 이유진 글, 〈빛나는 황금수박〉, 아시안허브 엮음, 『한국어로 읽는 우즈베키스탄 동화』, 아시안허브, 2020, 83~104쪽. 우즈베키스탄 옛이야기가 한국어로 번역 출판된 것은 이 책이 처음이다. 그렇기에 결혼이주여성들을 통한 자국 옛이야기의 다문화동화 출판 작업은 의미 있다고 생각한다.

15 채록 지역: 인도네시아 서부 칼리만탄주. 원문 출전: Novi Siti Kussuji Indrastuti etc., "Semangka Emas", 앞의 책(366편 인도네시아 설화집), pp.376~378.

7장 한·중·일 동물보은담을 통해 보는 인간과 야생동물의 공존 문제

1 임재해, 「동물 보은담에 갈무리된 공생적 동물인식과 생태학적 자연관」, 『구비문학연구』 18, 2004, 193~236쪽.

2 이강엽, 「보은담의 유형과 의미: 교환과 증여의 측면에서」, 『고전문학연구』 32, 2007, 244~252쪽.

3 김수연, 「동물보은담에 나타난 인간과 동물의 화해 양상」, 『열상고전연구』 38,

462~463쪽.

4 조현설, 「동물 설화에 나타난 인간적인 것을 넘어선 애니미즘 연구」, 『구비문학연구』 65, 2022, 292~294쪽.

5 주요 작품집으로는 『新日本敎育昔噺』(高木敏雄, 1917), 『조선동화집』(조선총독부, 1924), 『조선동화대집』(심의린, 1926), 『온돌야화』(정인섭, 1927), 『조선민담집』(손진태, 1930), 『조선전래동화집』(박영만, 1940), 『한국동화집』(김상덕, 1959), 『한국의 민담』(임동권, 1972) 등이 있다.

6 이 책은 1930년 12월 일본 도쿄의 향토연구사(鄕土硏究社)에서 일본어로 간행되었으며, 2000년, 2009년 두 차례 번역되었다. 손진태, 김헌선·강혜정·이경애 옮김, 『한국 민화에 대하여』, 역락, 2000; 손진태, 최인학 역편, 『조선설화집』, 민속원, 2009.

7 권혁래, 「손진태 『조선민담집』 연구: 설화의 성격과 분류체계를 중심으로」, 『한국문학논총』 63, 2013, 309~313쪽.

8 劉守華 編, 『中國民間故事經典』, 武漢: 華中師範大學 出版部, 2015.

9 劉守華 註編, 池水湧·裵圭範·徐禎愛 共譯, 『중국민간고사경전』, 보고사, 2019.

10 야나기타 구니오 엮음, 김용의 외 옮김, 「편자의 말」, 『일본의 민담』, 전남대 출판부, 2002, 9~11쪽.

11 황윤정, 「문화사적으로 본 견묘쟁주 설화」, 『고전문학과 교육』 50, 2022, 72쪽.

12 정규식, 「구비설화에 형상화된 가축의 가족 공동체적 성격과 국어교육적 활용」, 『동남어문』 30, 2010, 4쪽.

13 이재선, 『고양이 한국문학』, 서강대 출판부, 2018, 10~12쪽.

14 황윤정, 앞의 논문, 89쪽.

15 코린 펠뤼숑, 배지선 옮김, 『동물주의 선언』, 책공장더불어, 2019, 12~13쪽.

16 위의 책, 92~118쪽.

17 피터 싱어, 김성한 옮김, 『동물해방』, 인간사랑, 2012. 개정완역판: 2021, 8쪽.

18 최윤오, 「유럽중심주의 역사인식에 대한 반성과 비판」, 『한국학연구』 27, 2012, 482~489쪽.

19 피터 싱어, 앞의 책.

20 잔 카제즈, 윤은진 옮김, 『동물에 대한 예의』, 책읽는수요일, 2011.

21 최훈, 『동물을 위한 윤리학』, 사월의책, 2015.

22 코린 펠뤼숑, 앞의 책.

23 피터 싱어, 앞의 책, 373쪽.

24 잔 카제즈, 앞의 책, 242~243쪽.

25 위의 책, 308쪽.

26 같은 책, 309~311쪽.

27 같은 책, 325쪽.

28 최훈, 앞의 책, 277~278쪽.

8장 이주 경험담을 통해 보는 결혼이주여성의 삶과 문화소통 방안

1 행정안전부,「2020 지방자치단체 외국인주민 현황」, 2020.11.1.

2 https://youtu.be/jsBiYG2aE6E?si=IctDFUZFo9-risId.

3 https://youtu.be/gl47jgCOcxY?si=3cGv89YGPshs8i4T.

4 최원오,「한국과 남아메리카 구비설화에 나타난 자연재난 인식의 메커니즘」,『문학치료연구』42, 2017.

5 황혜진,「베트남 이주민 구술설화 자료의 현황과 성격 연구」,『고전문학과 교육』42, 2019; 오정미,「다문화동화로서의 아시아 전래동화집의 방향 연구」,『동화와 번역』42, 2021; 박현숙,「이주민 구술설화의 문화적 가치와 활용 방안: 이주민 대상 현지조사 자료를 중심으로」,『구비문학연구』49, 2018.

6 김정희,「부모와의 관계 맺기 방식이 결혼이주여성의 삶에 미치는 영향과 그 문학치료적 의미」,『문학치료연구』51, 2019, 45~84쪽.

7 황해영,「중앙아시아 고려인 결혼이주여성의 생활세계 적응 생애담 연구」,『학습자중심교과교육연구』21-10, 2021, 305~321쪽.

8 박경용,「조선족 디아스포라 구술생애사 연구현황과 방법」,『아태연구』21-1, 2014, 93쪽, 표 3.

9 건국대 서사와문학치료연구소,『한국 이주내력 및 생활담』(다문화구비문학대계 20), 북코리아, 2022, 17~117쪽. 각 편의 제목은 다음과 같다. 1) 모국에서의 시련과 한국에서의 새 삶, 2) 우리는 어떻게 한국인과 결혼했나, 3) 한국의 엄마로 살면서 꿈꾸는 자아 찾기의 길, 4) 결혼으로 시작된 한국생활 이모저모, 5) 나의 한국문화 적응기, 6) 베트남 문화와 한국문화 사이에서, 7) 이주로 포기한 꿈과 새로 찾은 꿈, 8) 한국 취업 과정과 정착기, 9) 강원도 시골에서의 결혼생활 우여곡절.

10 이인경·김혜정,「현대구전설화(MPN) 자료의 전승 양상과 분류방안 연구:『한국

구비문학대계』 개정증보사업 2008~2012년 조사 설화를 중심으로」, 『민속연구』 34, 107~110쪽.

11 건국대 서사와문학치료연구소, 『한국 이주내력 및 생활담』의 17~117쪽에 수록되어 있다.

12 「국적(지역) 및 체류자격별 체류외국인 현황」(통계표ID: DT_1B040A5A), KOSIS(「출입국자 및 체류외국인통계」, 법무부), https://kosis.kr/statHtml/statHtml.do?orgId=111&tblId=DT_1B040A5A&conn_path=I3(검색일: 2023.8.7.).

13 베트남 여성의 결혼이주와 관련된 최근 10여 년간의 사회과학 및 인문학적 연구 동향은 강미옥·이정애·최은경의 「베트남 결혼이주여성의 정체성, 자본, 이데올로기」(『다문화와 평화』 13-2, 2019), 108쪽을 참고할 것.

14 정의철, 「다문화사회와 다문화교육: 참여적 다문화 미디어교육 사례」, 『비교한국학』 19-1, 2011.

15 상호문화주의는 서로 다른 문화를 지닌 사람들 간의 만남에서 서로의 문화를 이해하고 소통할 수 있는 능력 및 소양의 배양을 중시하는 개념이다(김창근, 앞의 논문).

16 김혜숙, 『유아 다문화교육 프로그램』, 창지사, 2015; 고경민, 「아시아 전래동화의 비교를 통한 한국 문화교육: 다문화가정 구성원을 대상으로」, 『동화와 번역』 24, 15~38쪽; 권혁래, 「다문화동집의 출간과 활용 연구」, 『동화와번역』 35, 2018, 38~40쪽.

17 박윤경, 「민족 및 인종 편견 감소를 위한 초등 다문화교육: 아동 문학을 활용한 간접 접촉」, 『초등사회과교육』 18-2, 2006; 박신경, 「그림 도서의 문화 소재를 활용한 다문화 교육 방안」, 서울교대 석사논문, 2008; 민경숙, 「동화 활용 다문화 교육 프로그램이 초등학생의 다문화 이해 및 태도에 미치는 영향」, 한국교원대 석사논문, 2010.

18 최진우, 「환대의 윤리와 평화」, 『Oughtopia(오토피아)』 32-1, 2017, 11~14쪽.

19 Brown, Garrett W., "The Laws of Hospitality, Asylum Seekers and Cosmopolitan Right: A Kantian Response to Jacques Derrida", *European Journal of Political Theory* 9(3), 2010, pp. 308-327, 최진우, 위의 논문 10쪽에서 재인용.

20 최진우, 같은 논문, 11~17쪽.

21 김태원, 「다문화 사회의 통합을 위한 패러다임으로서의 유럽 상호문화주의에 대한 이론적 탐색」, 『유럽사회문화』 9, 2012, 199쪽.

22　최승은, 「베트남 출신 결혼이주여성의 가족관계에 관한 상호문화적 해석」, 『문화
　　교류 연구』 8-2, 2019, 148쪽.

종장

1　Mark Lynas, *Six Degrees: Our Future on a Hotter Planet*, London: Fourth Estate,
　　2007; 마크 라이너스, 이한중 옮김, 『6도의 멸종』, 세종서적, 2014.

2　Mark Lynas, *Our Final Warning: Six Degrees of Climate Emergency*, London: Harper
　　Collins Publishers, 2020; 마크 라이너스, 김아림 옮김, 『최종 경고: 6도의 멸종 -
　　기후변화의 종료, 기후붕괴의 시작』, 세종서적, 2022.

3　마크 라이너스, 위의 책, 15~16쪽.

4　같은 책, 181~238쪽.

참고문헌

1. 기본도서 및 연구도서

『광해군일기』

『선조(수정실록)』

건국대 서사와문학치료연구소,『한국 이주내력 및 생활담』(다문화구비문학대계 20),
　　북코리아, 2022.

김기태 편역,『쩌우 까우 이야기』, 창작과비평사, 1984.

김용민,『문학생태학』, 연세대 대학출판문화원, 2014.

김욱동,『문학생태학을 위하여』, 민음사, 1998.

김재웅,『나무로 읽는 삼국유사』, 마인드큐브, 2019.

김해옥,『생태문학론』, 새미, 2005.

김혜숙,『유아 다문화교육 프로그램』, 창지사, 2015.

도 옥 루이엔,『별나무 이야기』, 정인, 2012.

문학과환경 학술총서편집위원 엮음,『환경위기와 문학』, 학고방, 2015.

박연숙·박미경 옮김,『우지슈이 이야기(宇治拾遺物語)』, 지식과교양, 2018.

박영만,『조선전래동화집』, 학예사, 1940; 권혁래 옮김,『화계 박영만의 조선전래동화집』,
　　한국국학진흥원, 2006; 보고사, 2013.

박지원, 신호열·김명호 옮김,『연암집』 상편, 돌베개, 2007.

부티김융, 경인교대 한국다문화교육연구원 엮음,『다문화전래동화』, 예림당, 2012.

손진태,『조선민담집』, 東京: 鄕土硏究社, 1930; 김헌선·강혜정·이경애 옮김,『한국
　　민화에 대하여』, 역락, 2000; 최인학 역편,『조선설화집』, 민속원, 2009.

심의린,『조선동화대집』, 한성도서주식회사, 1926; 신원기 역해,『조선동화대집』, 보고
　　사, 2009.

야나기타 구니오 엮음, 김용의 외 옮김,『일본의 민담』, 전남대 출판부, 2002.

윌리엄 맥닐, 허정 옮김,『전염병과 인류의 역사』, 한울, 1992.

윌리엄 F. 루미스, 조은경 옮김, 「인구조절」,『생명전쟁』, 글항아리, 2010.

유몽인, 신익철·이형대·조용희·노영미 옮김,『어우야담』, 돌베개, 2006.

이시무레 미치코, 김경인 옮김,『슬픈 미나마타』, 달팽이, 2007.

이시무레 미치코, 서혜은 옮김,『신들의 마을』, 녹색평론사, 2015.

이시이 마사미, 김광식 옮김,『제국 일본이 간행한 설화집과 교과서』, 민속원, 2019.

이시이 마사미, 김용의·송영숙·최가진 옮김,『일본 민담의 연구와 교육』, 민속원, 2018.

이유진, 아시안허브 엮음,『한국어로 읽는 우즈베키스탄 동화』, 아시안허브, 2020.

이재선,『고양이 한국문학』, 서강대 출판부, 2018.

임방, 김동욱·최상은 옮김,『완역 천예록』, 명문당, 2003.

잔 카제즈, 윤은진 옮김,『동물에 대한 예의』, 책읽는수요일, 2011.

조규익, 정연정 엮음,『한국생태문학연구총서』, 학고방, 2011.

주완요, 손준식·신미정 옮김,『대만: 아름다운 섬 슬픈 역사』, 신구문화사, 2003.

최원식,『민족문학의 논리』, 창작과비평사, 1982.

최원식,『제국 이후의 동아시아』, 창비, 2009.

최훈,『동물을 위한 윤리학』, 사월의책, 2015.

코린 펠뤼숑, 배지선 옮김,『동물주의 선언』, 책공장더불어, 2019.

피터 싱어, 김성한 옮김,『동물해방』, 인간사랑, 2012(개정완역판 2021).

헨리 데이빗 소로우, 강승영 옮김,『월든』, 은행나무, 2011(개정3판).

楠山正雄,『日本童話宝玉集』下卷, 富山房, 1922.

劉守華 編,『中國民間故事經典』, 武漢: 華中師範大學 出版部, 2015; 劉守華 註編, 池水湧·裵圭範·徐禎愛 共譯,『중국민간고사경전』, 보고사, 2019.

石井正己,『復興と民話: ことばでつなぐ心』, 東京: 三弥井書店, 2019.

趙白生,『东方作家传记文学研究』, 北京: 北京大学出版社, 2012.

Lintang Pandu Pratiwi edit., "Semangka Emas", *Kumpulan Cerita Klasik Indonesia*(인도네시아 고전설화선집), Jakarta: Elex Media Komputindo, 2015.

Mark Lynas, *Our Final Warning: Six Degrees of Climate Emergency*, London: Harper Collins Publishers, 2020; 김아림 옮김,『최종 경고: 6도의 멸종 – 기후변화의 종료, 기후붕괴의 시작』, 세종서적, 2022.

Mark Lynas, *Six Degrees : Our Future on a Hotter Planet*, London: Fourth Estate, 2007; 이한중 옮김,『6도의 멸종』, 세종서적, 2014.

Novi Siti Kussuji Indrastuti etc., *366 Cerita Rakyat Nusantara*, Yogyakarta: Adicita Karya Nusa, 2015.

Wahab Yob, "Waja dan Wira", *Penghulu Alang Gagah, Kumpulan Cerita Rakyat Malaysia*, Kuala Lumpur: Dewan Bahasa & Pustaka, 1985.

2. 논문 및 기타 자료

강미옥·이정애·최은경, 「베트남 결혼이주 여성의 정체성, 자본, 이데올로기」, 『다문화와 평화』 13-2, 성결대 다문화평화연구소, 2019.

고경민, 「아시아 전래동화의 비교를 통한 한국 문화교육: 다문화가정 구성원을 대상으로」, 『동화와 번역』 24, 건국대 동화와번역연구소, 2012.

고영훈, 「인도네시아 민담에 나타난 동물 상징」, 『외국문학연구』 43, 한국외국어대 외국문학연구소, 2011.

권혁래, 「17세기 재난문학 『어우야담』을 통해 보는 재난상황과 인간존중정신」, 『동아시아고대학』 61, 동아시아고대학회, 2021.

권혁래, 「1945년 이전 일본어로 간행된 대만설화·동화 연구: 탈식민주의와 아시아문화자산의 관점에서 보기」, 『구비문학연구』 63, 한국구비문학회, 2021.

권혁래, 「고전문학에 그려진 개성상인 형상 연구」, 『열상고전연구』 64, 열상고전연구회, 2018.

권혁래, 「다문화동화집 출간과 활용 연구: 이주민들이 안고 들어온 글로컬 문학에 대해」, 『동화와 번역』 35, 건국대 동화와번역연구소, 2018.

권혁래, 「'대동아권동화총서'에 나타난 제국의 시각과 아시아 전래동화총서의 면모」, 『열상고전연구』 61, 열상고전연구회, 2018.

권혁래, 「동남아 출신 결혼이주 여성의 한국 이주 경험담 연구」, 『우리문학연구』 80, 우리문학회, 2023.

권혁래, 「동아시아 옛이야기 연구방법론으로써의 환경문학-생태문학론 검토: 최근 연구동향 분석을 중심으로」, 『동아시아고대학』 57, 동아시아고대학회, 2020.

권혁래, 「손진태 『조선민담집』 연구: 설화의 성격과 분류체계를 중심으로」, 『한국문학논총』 63, 한국문학회, 2013.

권혁래, 「아시아 4개국 생태설화에 나타난 생태의식 연구: 한·일·인니·필 설화집을 대상으로」, 『스토리앤이미지텔링』 21, 건국대 스토리앤이미지텔링연구소, 2021.

권혁래, 「아시아 선악형제담 비교연구: '놀부와 흥부'·'황금수박' 유형을 대상으로」, 『열상고전연구』 72, 열상고전연구회, 2020.

권혁래, 「인도네시아 옛이야기를 통해 생각하는 재난과 생태적 삶, 공생의 인문학」, 『열상고전연구』 76, 열상고전연구회, 2022.

권혁래, 「한·중·일 동물보은담의 생태의식과 공생의 인문학」, 『동아시아고대학』 67, 동아시아고대학회, 2022.

권혁래, 「한국·베트남 선악형제담의 양상과 문화소통방안 고찰」, 『국제어문』 82, 국제어문학회, 2019,

김기봉, 「포스트코로나 시대 감염과 연결에 대한 성찰」, 『인문과학연구』 68, 강원대 인문과학연구소, 2021.

김동민, 「동중서 춘추학의 천인감응론에 대한 고찰: 상서재이설(祥瑞災異說)을 중심으로」, 『동양철학연구』 36, 동양철학연구회, 2004.

김소연, 「공생을 위한 인류세 시대의 개발협력」, 『국제개발협력연구』 12-4, 국제개발협력학회, 2020.

김수연, 「동물보은담에 나타난 인간과 동물의 화해 양상」, 『열상고전연구』 38, 열상고전연구회, 2013.

김영주, 「조선한문학에 나타난 두역(痘疫)」, 『한문교육연구』 29, 한국한문교육학회, 2007.

김옥성·조미연, 「한국 설화에 나타난 생태학적 동물 인식」, 『문학과환경』 11-1, 문학과환경학회, 2012.

김용민, 「환경문학과 생태문학의 관계」, 계간 『시와늪』 3, 2009.

김유미, 「국외의 동아시아 연구와 한국학 동향: 전근대 생태문학에 관한 영어권 저서를 중심으로」, 『열상고전연구』 76, 열상고전연구회, 2022.

김유미, 「전근대 생태환경에 관한 한국문학연구의 동향과 제언」, 『열상고전연구』 72, 열상고전연구회, 2020.

김재웅, 「『삼국유사』와 생태문학적 상상력」, 『국학연구론총』 18, 택민국학연구원, 2016.

김정희, 「부모와의 관계 맺기 방식이 결혼이주여성의 삶에 미치는 영향과 그 문학치료적 의미」, 『문학치료연구』 51, 한국문학치료학회, 2019.

김주현, 「자율·자치·우정의 공동체를 조직하는 뉴노멀 시대의 인문학」, 『한민족문화

연구』73, 한민족문화학회, 2021.

김창근, 「상호문화주의의 원리와 과제: 다문화주의의 대체인가 보완인가?」, 『윤리연구』103, 한국윤리학회, 2015.

김태원, 「다문화 사회의 통합을 위한 패러다임으로서의 유럽 상호문화주의에 대한 이론적 탐색」, 『유럽사회문화』9, 연세대 인문학연구원, 2012.

김학목, 「명리학(命理學), 미신인가 학문인가?: 음양오행론과 관계하여」, 『퇴계학논총』25, 사단법인 퇴계학부산연구원, 2015.

김현재·이지선, 「중국 주자가례에 의거한 베트남 전통 제사문화와 그 특징에 대한 고찰」, 『동북아문화연구』54, 동북아시아문화학회, 2018.

김홍백, 「유몽인 記文에서의 '자연'」, 『열상고전연구』77, 열상고전연구회, 2022.

김희정, 「한국의 관 주도형 다문화주의: 다문화주의의 이론과 한국적 적용」, 『한국에서의 다문화주의: 현실과 쟁점』, 한울아카데미, 2007.

남치우, 「동서양의 생태미학 지형 연구: 심연(心然)의 생태미학에 대한 시론」, 『동양예술』46, 한국동양예술학회, 2020.

노대원, 「포스트휴먼 (인)문학과 SF의 사변적 상상력」, 『국어국문학』200, 국어국문학회, 2022.

노대원·황임경, 「포스트휴먼, 바이러스, 취약성」, 『국어국문학』193, 국어국문학회, 2020.

박경용, 「조선족 디아스포라 구술생애사 연구현황과 방법」, 『아태연구』21-1, 경희대 국제지역연구원, 2014.

박수밀, 「연암 박지원의 생태 정신과 공생 미학」, 『열상고전연구』77, 열상고전연구회, 2022.

박윤경, 「민족 및 인종편견 감소를 위한 초등다문화교육: 아동문학을 활용한 간접 접촉」, 『초등사회과교육』18-2, 한국초등사회과교육학회, 2006.

박종우, 「재난 주제 한시의 형상화 양상과 그 의미」, 『인문학연구』42, 조선대 인문학연구원, 2011.

박지현, 「채식·비건·비거니즘 법체계도입을 위한 연구」, 『환경법연구』43-2, 한국환경법학회, 2021.

박현숙, 「이주민 구술설화의 문화적 가치와 활용 방안: 이주민 대상 현지조사 자료를 중심으로」, 『구비문학연구』49, 한국구비문학회, 2018.

방건춘(PANG JIAN CHUN), 「천역(泉域) 사회의 물관리 전설 및 사회생태관」, 『열상고전연구』77, 열상고전연구회, 2022.

손민달, 「『문학과 환경』 10년, 한국 생태주의 문학이론연구의 성과와 과제」, 『문학과 환경』 11 (1), 문학과환경학회, 2012.

손민달, 「인류세 담론의 의미와 한계」, 『한민족어문학』 102, 한민족어문학회, 2023.

송지청·박영채·이훈상·엄동명, 「조선 홍역발생과 관련의서 편찬관계 고찰: 18C, 19C를 중심으로」, 『한국의사학회지』 31-2, 한국의사학회, 2018.

신동흔, 「〈산천굿〉에 담긴 인간과 자연의 생태학과 순환적 생명론」, 『구비문학연구』 53, 한국구비문학회, 2019.

신동흔, 「새로운 한국어문학으로서 이주민 설화 구술의 성격과 의의」, 『국어국문학』 180, 국어국문학회, 2017.

신동흔, 「역사경험담의 존재 양상과 문학적 특성: 6.25 체험담을 중심으로」, 『국문학연구』 23, 국문학회, 2011.

신두호, 「아시아적 생태비평의 과제와 영역 작업」, 『문학과 환경』 9-1, 문학과환경학회, 2010.

신유진, 「한국 미디어에 나타난 다문화가족 담론 연구: 텔레비전 다큐멘터리를 중심으로」, 이화여대 국제대학원 박사학위논문, 2016.

안대회, 「전근대 한국문학 속의 자연재해: 18세기와 19세기의 자연재해를 중심으로」, 『일본학연구』 53, 한림대 일본연구소, 2018.

안영훈, 「서양인이 간행한 이규보(李奎報) 영역시(英譯詩)의 양상과 특징: 생태적 관점의 읽기와 의미부여를 중심으로」, 『열상고전연구』 77, 열상고전연구회, 2022.

양은주, 「교육의 생태적 전환을 위한 듀이 교육철학의 재조명」, 『초등교육연구』 34-1, 한국초등교육학회, 2021.

양해림, 「코로나19와 뉴노멀의 인문학: 코로나19 이후, 인문학의 미래와 전망을 중심으로」, 『인문과학연구』 60-1, 충남대 인문과학연구소, 2021.

엄태식, 「〈최척전〉의 창작 배경과 열녀 담론」, 『한국고전여성문학연구』 24, 한국고전여성문학회, 2012.

오동석, 「지구법학 관점에서 한국헌법의 해석론」, 『환경법과 정책』 26, 강원대 비교법학연구소, 2021.

오세정, 「'종을 울려 보은한 새 설화' 연구: 설화들의 관계양상과 의미체계를 중심으로」, 『우리말글』 39, 우리말글학회, 2007.

오정미, 「다문화동화로서의 아시아 전래동화집의 방향 연구」, 『동화와번역』 42, 건국대 동화와번역연구소, 2021.

오정미, 「이주민 설화 조사를 통해 본 새로운 다문화교육 방안」, 『구비문학연구』 47, 한국구비문학회, 2017.

원진숙, 「문화융합사회의 문식성 함양을 위한 국어교육의 대응과 과제」, 『국어교육연구』 69, 국어교육학회, 2019.

유현주, 「생태미학은 가능한가?: '자기조직화'를 바탕으로 한 생태예술의 체계화 I」, 『미학예술학연구』 46, 한국미학예술학회, 2016.

이강엽, 「보은담의 유형과 의미: 교환과 증여의 측면에서」, 『고전문학연구』 32, 한국고전문학회, 2007.

이병민, 「문화자산을 토대로 한 도시재생과 지역발전: 〈서울동화축제〉 사례를 중심으로」, 『한국경제지리학회지』 19-1, 한국경제지리학회, 2016.

이석현, 「중국의 재해, 재난 연구와 '재난인문학'」, 『인문학연구』 59, 조선대 인문학연구원, 2020.

이시이 마사미, 「일본 한센병 문학의 계보」, 『열상고전연구』 77, 열상고전연구회, 2022.

이인경·김혜정, 「현대구전설화(MPN) 자료의 전승 양상과 분류방안 연구: 『한국구비문학대계』 개정증보사업 2008~2012년 조사 설화를 중심으로」, 『민속연구』 34, 안동대 민속학연구소, 2017.

이주영, 「19세기 역병 체험의 문학적 형상」, 『동악어문학』 55, 동악어문학회, 2010.

이주영, 「조선후기 문학의 역병(疫病) 재난과 대응 양상」, 『열상고전연구』 77, 열상고전연구회, 2022.

이현숙, 「역병으로 본 한국고대사」, 『신라사학보』 28, 신라사학회, 2013.

이혜원, 「생태미학의 가능성과 시적 적용의 문제」, 『돈암어문학』 40, 돈암어문학회, 2021.

임재해, 「동물 보은담에 갈무리된 공생적 동물인식과 생태학적 자연관」, 『구비문학연구』 18, 한국구비문학회, 2004.

임재해, 「설화에서 공유된 자연생명의 생태학적 재해석과 재창작」, 『남도민속연구』 41, 남도민속학회, 2020.

정규식, 「구비설화에 형상화된 가축의 가족 공동체적 성격과 국어교육적 활용」, 『동남어문』 30, 동남어문학회, 2010.

정난영, 「조선후기 기사시(記事詩) 연구: 사건·사고를 배경으로 한 작품을 중심으로」,

『동양한문학연구』57, 동양한문학회, 2020.

정선경, 「『요재지이(聊齋志異)』의 생태적 세계관과 의미 고찰: 人과 物의 관계성을 중심으로」, 『동아시아고대학』55, 동아시아고대학회, 2019.

정영림, 「말레이시아와 인도네시아의 『흥부·놀부 이야기』 연구: 구조와 의미를 중심으로」, 『세계문학비교연구』18, 세계문학비교학회, 2007.

정의철, 「다문화사회와 다문화교육: 참여적 다문화 미디어교육 사례」, 『비교한국학』19-1, 국제비교한국학회, 2011.

조미라, 「포스트휴먼과 그 이웃(2): 공생과 공멸의 반려종, 동물」, 『다문화콘텐츠연구』38, 문화콘텐츠기술연구원, 2021.

조현설, 「동물 설화에 나타난 인간적인 것을 넘어선 애니미즘 연구」, 『구비문학연구』65, 한국구비문학회, 2022.

쩡판런, 「생태미학: 포스트모던 언어 환경에서의 새로운 생태존재론적 미학관」, 신정근·쩡판런 외, 『생태미학과 동양철학』, 도서출판 문사철, 2019.

최기숙, 「조선시대 지식인의 글쓰기 실험과 『어우야담』: '서사'의 포용성으로 본 '야담' 양식의 재성찰」, 『동방학지』187, 연세대학교 국학연구원, 2019.

최승은, 「베트남 출신 결혼이주여성의 가족 관계에 관한 상호문화적 해석」, 『문화교류연구』8-2, 한국국제문화교류학회, 2019.

최원오, 「구비문학을 통한 다문화적 소통 방향에 대한 제언」, 『구비문학연구』49, 한국구비문학회, 2018.

최원오, 「한국과 남아메리카 구비설화에 나타난 자연재난 인식의 메커니즘」, 『문학치료연구』42, 한국문학치료학회, 2017.

최윤오, 「유럽중심주의 역사인식에 대한 반성과 비판」, 『한국학연구』27, 인하대 한국학연구소, 2012.

최진우, 「환대의 윤리와 평화」, 『Oughtopia(오토피아)』32-1, 인류사회재건연구원, 2017.

한경란, 「고전 속 음식의 형상화 방식: 유교와 도교의 관점을 중심으로」, 『열상고전연구』77, 열상고전연구회, 2022.

허원기, 「인간-동물 관계담의 생태적 양상과 의미」, 『동화와번역』23, 건국대 동화와번역연구소, 2012.

호카인반(Ho Khanh Van), "Society of Yol-Sang Academy 2022 International Academic Conference: Body and Nature: Feminist ecological consciousness in Ho Xuan

Huong's Sino-Nom poetry",『열상고전연구』77, 열상고전연구회, 2022.

홍성암, 「한국생태문학연구」,『한민족문화연구』17, 한민족문화학회, 2005.

황윤정, 「문화사적으로 본 견묘쟁주 설화」,『고전문학과 교육』50, 한국고전문학교육
학회, 2022.

황해영, 「중앙아시아 고려인 결혼이주여성의 생활세계 적응 생애담 연구」,『학습자중
심교과교육연구』21-10, 학습자중심교과교육학회, 2021.

황혜진, 「베트남 이주민 구술설화 자료의 현황과 성격 연구」,『고전문학과 교육』42,
한국고전문학교육학회, 2019.

石井正己, 「帝國主義・植民地主義と昔話研究」,『昔話: 研究と資料』43, 東京: 三弥井書
店, 2015.

'괌', 다음백과; https://100.daum.net/encyclopedia/view/b02g1225a(검색일:
2024.3.20.)

Rogers Robert, *Destiny's Landfall: A History of Guam*, Honolulu: University of Hawai'i
Press, 1995; https://www.guampedia.com/chiefs-hurao(검색일: 2024.2.15.)

행정안전부, 「2020년 통계청 인구주택총조사 자료」(2020년 10월 29일자 행정안전부
보도자료); https://www.mois.go.kr/frt/bbs/type010/commonSelectBoardArticle.
do?bbsId=BBSMSTR_000000000008&nttId=80756.

행정안전부, 「2020 지방자치단체 외국인주민 현황」, 2020.11.1.

법무부, 「국적(지역) 및 체류자격별 체류외국인 현황」(통계표ID: DT_1B040A5A),
KOSIS(「출입국자 및 체류외국인통계」); https://kosis.kr/statHtml/statHtml.do?o
rgId=111&tblId=DT_1B040A5A&conn_path=I3(검색일: 2023.8.7.)

「어우야담」,『한국민족문화대백과사전』, 한국학중앙연구원.

「유몽인」,『한국민족문화대백과사전』, 한국학중앙연구원.

Abstract

Asian Ecological Folktales
A Life of Symbiosis Discovered in Old Stories
in the Era of Climate Crisis

This book introduces ecological folktales from various Asian countries, offering comparative analyses of these intriguing narratives and exploring ecological awareness and aesthetics. These themes are especially meaningful in light of today's ecological crisis. My interest in ecological literature began shortly before the onset of the COVID-19 pandemic in 2020. While conducting a close reading and research of folktales from several Asian countries, I discovered a series of tales with ecological themes, leading me to frame my work within the categories of ecological literature and ecological folktales. This book is a product of my five years of research conducted from 2020 to 2024, reflecting my response to the climate crisis and the severe destruction of the ecological environment as a literary scholar.

The world we live in today faces a profound ecological crisis, marked by overpopulation, food shortages, and environmental pollution, alongside globally escalating climate-related disasters such as earthquakes, tsunamis, floods, forest fires, torrential rains and extreme heat waves, as well as pandemics like COVID-19. The destruction of the Earth's ecosystems poses a severe threat not only to humans but also to flora and fauna. In response to this global ecological crisis, a range of ecological diagnoses and remedies are being developed and implemented. Ecology, the scientific study of actions, reactions, and interactions between organisms and their environments, has emerged as a crucial field of study since the late 20th century.

Ecology is an academic discipline that not only analyzes and criticizes the origins of environmental and ecosystem crises but also explores solutions for overcoming these challenges. Ecological perspectives within ecology have deeply influenced numerous academic fields, leading to the emergence of interdisciplinary approaches. Recent research trends reveal a proliferation of ecology-informed disciplines, such as ecological welfare studies, ecological education (and philosophy), ecological early childhood education, eco-criticism and eco-writing, ecological physical education, and eco-feminist theology. Additionally, hundreds of studies are emerging on topics that apply ecological worldviews and methodologies, such as Earth jurisprudence, Anthropocene art, eco-friendly design, ecological packaging design, funerary practices and ecological aesthetic design, ecotourism and eco-museums, Korean language education in the post-human era, fostering ecological citizenship in English education, eco theater-ecodramaturgy, and critical post humanism. While this may appear to be a temporary trend, it reflects a growing awareness, spurred by the current climate crisis and the COVID-19 pandemic, across all societal and academic spheres. This movement signifies an active shift toward eco-centrism, eco-friendly life, and the application of post human values.

In literary studies, there is a growing emphasis on ecological literature, literary ecology, and related areas such as environmental literature, disaster literature, disease literature, post-humanism, catastrophe, and dystopia. Ecological literature refers to literary works that cultivate ecological consciousness and present an ecological worldview, while literary ecology is concerned with the relationship between literature and the environment, along with the roles and responsibilities of literature in preserving the global ecosystem. Ecological literature fundamentally questions the often misaligned relationship between humans and nature and is premised on a standard or expectation that it should propose a vision or practical direction for the harmony and coexistence of human and nature. Just as ecology uses scientific methods to study ecosystem relationships and sustainability, research in ecological literature must also present appropriate critical perspectives and practical research results concerning current ecological conditions. This demand applies equally to the studies of pre-modern literary works. Since the late 1990s, scholarly articles have been published examining Korea's traditional views of nature and conceptions of animality. However, it is problematic to categorize works as ecological literature not only when they reflect the author's admiration for specific animals, plants, or nature, but also when they lack critical reflection or questioning of practices such as animal killing or environmental destruction.

In this book, I examine ecological themes in Asian folktales, unearthing and introducing ecological folktales, conducting comparative analyses of their narratives, and exploring the ecological consciousness embedded within these works to discuss responses to environmental issues. Through reading and researching Asian ecological folktales, I hope to engage readers in reflecting on contemporary meanings and concepts such as disaster and respect for humanity, disaster and ecological living, ecosystem restoration, reverence for life, coexistence between humans and wildlife, and the challenges of migration and adaptation faced by migrant women in marriage.

Chapter 1 examines research trends in Asian folktales from the perspective of literary ecology. The research perspective of literary ecology involves reflecting on disaster and nature-friendly living through writing and literary studies, while exploring the possibility of a life where humans, animals, and nature coexist, as well as a life of symbiosis between settled residents and migrants. Folktale research from this perspective explores themes such as disaster and ecological living, ecological reflections on the relationships between humans, animals, and nature, and stories of animals repaying kindness. From an ecological literature perspective, folktale research should aim to discover pre-modern literary works throughout Asia, including Korea, and identify practical ways to foster mutual communication, peace, and the prevention of environmental degradation and disasters by sharing these texts among Asian communities through research, translation, and publication.

Chapter 2 discusses the perspective of ecological aesthetics centered on the theme of 'pursuing reconciliation between humanity and nature and provides an outlook on the themes, research directions, and challenges of Asian ecological folktales. Researchers in literary ecology across Asia need to develop a heightened awareness of the sociopolitical, ecological, and scientific realities in Asia, including Korea. They should adopt an approach that connects the interpretation of traditional folktales, personal narratives, and contemporary oral folktales to current events and future perspectives. Through this, they should also strive to present awareness of current global environmental and ecological issues and solutions.

Chapter 3 examines the disaster narratives in the 17th century Korean work *Eou Yadam*(於于野談), focusing on the disaster situations and attitudes in 16th to 17th century Joseon, as well as reflections on the spirit of respect for humanity demonstrated in disaster situations. *Eou yadam* includes about 20 disaster stories featuring themes such as war, drifting, epidemics, floods, droughts, and unusual celestial and terrestrial signs. Its author, Mong-In Yu, mourned the civilians who perished in the wars spanning from the Japanese invasions of 1592 to the Battle of Simha in 1619, narrating the suffering of captives, exiles, and drifters, as well as the pain of families separated by conflict. It is necessary to pay attention to how the spirit of respect for humanity appears in the extreme disaster situations of war, famine, and epidemics depicted in the disaster tales of *Eou Yadam*.

Chapter 4 explores the meaning of disaster and the ecological life envisioned by the Indonesian people through a selection of over twenty stories from Indonesian folktales. The ecological narratives in Indonesian folktales can be broadly categorized into stories related to floods and droughts, tales about skin diseases and ailments that disproportionately affect people living in tropical regions, and narratives that depict harmonious living with nature or express a desire for peaceful existence while avoiding war. Through these stories, we will be able to engage with disasters and ecological life and think about ways to respond to the 21st century climate crisis.

Chapter 5 analyzes eleven ecological folktales found in six collections from four countries: Korea, Japan, Indonesia, and the Philippines, examining the manifestations of disaster and ecological consciousness within these narratives. The folktales reveal a range of ecological awareness, from the recognition of reciprocal relationships between human benevolence and animal gratitude to reflections on the ethics of killing and the spirit of respect for life, as well as notions of cause and effect. By reading these works, it will be intriguing to reevaluate the themes of respect for life and narratives of catastrophe depicted in the folktales, broadening our understanding of animals, nature, and the Earth's ecosystems in the context of today's ecological crisis and exploring potential applications for this knowledge.

Chapter 6 introduces and analyzes tales of good and evil siblings from six Asian countries, including Indonesia's *Golden Watermelon*, Korea's *Heungbu and Nolbu*, and Japan's *The Sparrow with the Broken Back*. In tales of good and evil siblings, the narrative typically illustrates moral lessons of virtue and retribution. The kind younger sibling helps an injured bird, and as a reward for this kindness, receives a fruit that contains treasures like gold and silver, making him wealthy. In contrast, the greedy older sibling attempts to imitate his younger brother's actions but ultimately fails. Through this storyline, the tale conveys messages of rewarding good and punishing evil, as well as the principles of cause and effect. The comparative study of good and evil sibling tales across various Asian countries is an intriguing endeavor. The cultural elements and symbols identified in each folktale will serve as cultural codes for understanding and communicating aspects of Asian culture, along with the concepts of good and evil.

Chapter 7 compares and analyzes animal gratitude tales from Korea,

China, and Japan, exploring the theme of coexistence between humans and wildlife from various perspectives. Animal gratitude tales are stories that explore the potential for friendly, symbiotic, and coexistent relationships between humans and wild animals, based on the premise that positive relationships can form between them. While analyzing the tales, I seek to reflect on themes of compassion for animals, the value of life, courtesy toward animals, and their welfare. By contemplating the insights from these Asian tales of animal gratitude, I hope to inspire readers to reflect on principles of coexistence, conservation of the natural environment, and the potential for harmonious living within our shared global ecosystem.

Chapter 8 analyzes narratives of migration experiences shared by marriage-migrant women from Southeast Asia, focusing on the environmental changes and cultural adaptation they encountered during their transition to life in Korea. Additionally, I explore ecological awareness and potential support measures for these women's lives through the lenses of hospitality and inter-culturalism. Through these migration stories, we can gain insight into the migration process, adaptation challenges in new environments, and the dynamics of conflict and mutual understanding between migrants and native residents.

The final chapter reestablishes the categories and core concepts of humanities based on ecology with the concept of 'humanities of coexistence' regarding the task of 'solving the climate crisis' in the postcorona era. And it examines the direction of convergent practice and utilization by discipline. Asian ecological folktales provide imagination for nature and ecological life, the spirit of coexistence, reconciliation and communication, and the spirit of peace, and will provide wisdom on how members of the global community can unite.

아시아 생태설화

기후위기 시대, 옛이야기에서 발견한 공생의 삶

Asian Ecological Folktales

A Life of Symbiosis Discovered in Old Stories in the Era of Climate Crisis

1판 1쇄 2025년 1월 20일

지은이 | 권혁래 (Kwon, Hyeok Rae)

펴낸이 | 류종필
책임편집 | 김현대
편집 | 권준, 이정우, 이은진
경영지원 | 홍정민
표지 디자인 | 석운디자인
본문 디자인 | 박애영

펴낸곳 | (주)도서출판 책과함께
　　　　주소 (04022) 서울시 마포구 동교로 70 소와소빌딩 2층
　　　　전화 (02) 335-1982
　　　　팩스 (02) 335-1316
　　　　전자우편 prpub@daum.net
　　　　블로그 blog.naver.com/prpub
　　　　등록 2003년 4월 3일 제2003-000392호

ISBN 979-11-94263-24-1 93800

* 이 책은 아모레퍼시픽재단의 지원을 받아 저술·출판되었습니다.